小学館文庫

ロボット・イン・ザ・ファミリー

デボラ・インストール
松原葉子 訳

小学館

主な登場人物

ベン・チェンバーズ……………獣医をしている優柔不断な主人公
アクリッド・タング……………レトロな箱型ロボット
エイミー・チェンバーズ………ベンの妻。弁護士
ボニー…………………………ベンとエイミーの娘
フランキー……………………ベンの家の前に捨てられた筒型ロボット
ブライオニー…………………ベンの姉。法廷弁護士
デイブ…………………………ブライオニーの夫。パイロット
アナベル………………………ブライオニーとデイブ夫妻の長女
ジョージー……………………アナベルの弟
フロリアン……………………大学で教鞭をとるアンドロイド
ミスター・パークス……………ベンの家の隣人
イアン…………………………ボニーの親友
マンディ………………………イアンの母親
アンドリュー…………………イアンの父親
しかめっ面さん………………道でよくすれちがう老婆
ジャスミン……………………卵型ロボット
カトウ・オーバジン……………人工知能を研究するエキスパート
リジー・キャッツ………………研究者でカトウの妻
オーガスト・ボリンジャー……天才ロボット工学者
ミスター・クライド……………ベンの動物病院の前院長
シェリー………………………ベンの助手

〈目次〉

A ROBOT IN THE FAMILY
by Deborah Install

ロボット・イン・ザ・ファミリー

一　パラドックス

自宅の敷地内にロボットが座っていたら、普通は驚く。そんな光景、朝起きてカーテンを開けた瞬間に目に飛び込んでくるとも、海外から一ヵ月ぶりに帰って一番に目にするとも思わない。それなのに僕は妻のエイミーと並び、またしても首を傾《かし》げることになった。我が家のどこかに〝ホームレスのロボット専用の宿〟と謳った看板でも掲げられているのだろうか。

問題は、やって来るのがただのロボットではないということだ。ロボットが現れるのはこれで三度目だが、一体目と二体目が意識や心を持っていたとなると、もしや三体目もと考えたくもなる。自らをタングと名づけた、我が家に最初にやって来たロボットが、新参ロボットに家の案内を始めている。どうやら僕たち夫婦が望むと望まざるとにかかわらず、〝フランキー〟を我が家に置くことになりそうだ。

ちなみに、タングは僕たちの庭の感じが気に入って、本人の意志でうちに来た。ジャスミンはタングを取り戻そうとした人物によって僕たちの元に送り込まれ、そのまま留まった。そして、フランキーは我が家の敷地に捨てられていた。そう考えると登場の仕方は三者三様だ。

ジャスミンと言えば……彼女はたしかにしばらく我が家に留まった。だが、先ほど東京から帰国した僕たち家族の中にジャスミンの姿はなかった。気まずく、だが致し方のない事情により東京に残る決断をしたのだ。その過程でタングの小さなロボットの心を粉々にして。

エイミーと目が合った。心のうちを読まれているようだ。僕はこう考えていた――ロボットのガールフレンドと別れたばかりなのに、早々に吹っきって次に行くというのはいかがなものか。もっともそれは人間の、それも大人のものの見方で、タングは実質的にはまだ子どもだ。タングも人間と同じで、この先何度か失恋の痛みを味わいながら大人になっていくのかもしれない。だとしたら、その都度僕とエイミーとで粉々になったタングの心のかけらを拾い集めてやるしかない。十年かそこらがたち、今はまだ五歳の娘のボニーが恋をする年頃になったなら、きっとそうしてやるように。

そう思って、身震いした。娘を守ろうとする父親の本能が働いたわけではない。むろん、いずれはそういう感覚にもなるだろう。だが、今の震えは、娘が未来のボーイフレンドたちを縮み上がらせている光景がありありと浮かんでぞっとしたせいだった。娘の恋人にはなりたくない。ボニーのそういうところは僕の姉のブライオニーとよく似ている。姉を見ていると、がっしりとした体で敵に猛然と突進するサイを連想する。

「タングにとってはいいことかもしれないわ」エイミーが言った。

「うーん」

「前向きに考えれば、少なくともタングはつらいことを忘れさせてくれる何か――誰か――に出会えたのよ」

「うーん」僕はそう繰り返しつつ、今回はうなずいた。

「それにこう言っちゃなんだけど」と、エイミーが家の中へ消えていくふたりのロボットの方を示した。「他に選択肢なんてある?」

エイミーは僕の肩をぽんと叩くとロボットたちや娘に続いて家の中に入っていった。ひとり残された僕は私道に立ち、フランキーとともに置かれていた手紙を読み返した。

――この子を機能させるために頑張ってみましたが、あまりにいろんなものでできていて、どうにも使いこなせなくなってしまいました。

手紙は、僕が〝この手のものが好きで、扱いも得意〟だと聞いたと続いていた。

以前、父の書斎にあった古代ギリシャの哲学書を読んだ。その中で著者がプルタルコスの「テセウスの船」について論じていた。船を構成する木材がすべて入れ換えられた時、以前の船と同じと言えるのかという思考実験だ。僕たちの目の前——実際には車庫の真ん前——に現れた、さまざまな部品でできているというロボットに関する元の持ち主の記述を読んでいたら、ふとその「テセウスの船」を思い出した。

家族は新たにやって来たロボットを早くも我が家の一員に迎える気でいるらしい。まるで野良猫を受け入れるかのようで（実際、数年前に野良猫を保護して飼っている）、寄る辺のない存在を迎え入れる抵抗感はもはやどこにもないようだ。普段なら僕も迷わずフランキーの受け入れに賛成しただろう。だが、時差ボケのせいか、タングとの関係がいまだ微妙な状態だからか、それとも単に歳を取って変化に臆病になったからか、とにかく僕は、フランキーを物理的に我が家に迎え入れる前に、家族で、そしてフランキーとも、話し合いをすべきだったと思った。とは言え、フランキーを家の前に放置するようなかわいそうな真似は誰もしたくはない。結局、エイミーの言うように他に選択肢はなかった。

家の中から、エイミーがスーツケースを運ぶ音や、間《ま》もなく推定六歳になるタングの、発達して目立たなくなったものの、相変わらず電子的な響きの残る声が聞こえてくる。フランキーに、ひとりになりたい時に座れる場所や、もし興味があるなら馬を眺められる場所など、家のことをあれこれ教えてやっている。

僕にはひとつならず疑問があった。そのどれかひとつに対する答えだけでもないものかと、置き手紙の裏を見てみた。そもそも手紙を書いたのは誰なのか。なぜフランキーを買った、あるいは作ったのか（どちらの可能性もある）。単純には捨てられないほどフランキーに情が移りながらも、もはや役に立たないと思ったのはなぜなのか。

何より気がかりだったのは、元の持ち主が考えを変えはしないかということだ。僕たち家族が知るロボットたちは自らの意志で行動する。タングは出会った時からそうだったし、ジャスミンもそうしていいのだと納得してからは自由意志で動くようになった。その結果心の痛みを味わうことになったのは不憫だったが、こんなことならボリンジャーの邪悪な思想の奴隷であり続けた方がましだったとは、ジャスミンは考えないだろう。

ジャスミンの自由意志はタングの心も傷つけた。もし、どこの誰かもわからないフランキーの元の持ち主がふいに現れ、やっぱりフランキーを返してくれと要求してきたら、フランキーは僕たちの元に留まるのか、それとも以前の持ち主のところに帰るのか、想像もつかない。フランキー自身は何を望むのか、そもそも自分の希望を通したいという気持ちはあるのか。

フランキーが去ってしまったら、タングはまた傷つく。何がどう転ぶかがまったく見通せず不安だった。

エイミーが表に出てきて、手を貸してくれという顔をした。

「手伝ってくれない？　それとも、日が暮れるまで私道に突っ立ってるつもり？」

今後起き得るフランキーの問題に気を揉《も》んでいたものだから、僕はエイミーもフランキーの話をしているものと思い込んだ。

「タングが対応してるんじゃないのか？」

エイミーが顔をしかめる。

「あのね、ベン。たしかにタングはいろんなことができるわ。特別だし、唯一無二の存在よ。それでもスーツケースを運ぶ能力は備わってないんじゃない？」

「ごめん、そっか、スーツケースの話か。ちなみにフランキーの様子はどう？」

「フランキー？　これと言って問題はなさそうだけど。どうして？」

「何か言ってた？」

「特には何も。何を言うと思ってたの？」

「わからない。ただ……まあ、いいや」

見知らぬ来客について判断するのはまだ早い。それでも家族はすでに当たり前のようにフランキーを受け入れていたので、僕はひとまず残りのスーツケースを家に運び入れ、フランキーとは落ち着いてから話をすることにした。

時差ボケはきつかったが、新たなロボットのことをもう少し知るまでは寝たくない。

僕は荷物を解き、ボニーにサンドイッチを作り、途中で寝てくれることを期待しつつテレビの時間を与えてから、フランキーを探しにいった。

彼女はタングと庭に出ていた。タングがあれこれ指差しては説明している。僕たちと出会う前の、そして出会ってからの自分の人生にまつわるすべてを、思いつく限り伝えようとしているらしい。フランキーはうっとりと聞き入っているようだった。まあ、顔が柔軟に動くわけではないので表情から読むのは難しいが、タングをまっすぐに見つめる眼差しからは、少なくともタングの話を楽しんでいるか、あるいは彼について熱心に知ろうとしている様子はうかがえた。その両方かもしれない。いや、眼差しとは裏腹に何も考えていない可能性もある。

タングもフランキーも僕が庭に出たことには気づかなかったので、僕は改めてフランキーをじっくり観察した。身長は一五〇センチ余りと、タングよりやや高く、体つきはタングみたいな箱型ではなく円筒状だった。頭の形も違っていて、ホテルでルームサービスを頼むと料理の皿にかぶせられてくる、金属製のドームカバーに似た形状だ。近づくほどにドームカバーに見えてくる。実際それなんじゃないだろうか。胴体から出ている首がわりのバトン状の筒に乗っかり、ゆらゆらしている。筒自体はカメラの三脚のポールみたい、と言うよりそれそのものを利用しているように見えた。フランキーの頭はいったいどうやってあの筒に固定されているのだろう。ずいぶん自由に動くようだ。

僕がそばまで行くとフランキーがこちらに顔を向け、僕に気づき、いかにもロボットらしい腕を伸ばして、黄色いゴム手袋をはめた手でタングの角張った金属製の肩を叩いた。手袋の下にどんな構造が隠れているのかは知らないが、ゴム手袋をしているという事実からフランキーの主要な機能をある程度は推測できた。それにしても、あのゴム手袋は新しいものに替えてやった方がよさそうだ。

ドームカバーには一対の艶《つや》やかな目がはめ込まれていた。スヌーカーの黒いボールみたいだ。ドーム型の頭にどうやって収まっているのだろう。さらに近寄って確かめたところで、僕にはわかりそうもない。フランキーの頭のてっぺんには、先端の平らな細く黒いアンテナがついていて、それが彼女が動くたびに揺れた。昔は携帯電話で通話するにはアンテナを伸ばさなければならなかったものだが、フランキーの頭についているものもかなり古い携帯電話のアンテナなのではないか。

タングもこちらを振り返り、〝あ、いたの〟と言うようにひとつ瞬きをすると、フランキーに向き直って話の続きに戻った。だが、フランキーは僕という人間を見定めようと、こちらを見つめ続けている。僕も同じだ。互いに相手のことを計りかねていた。実質的にはフランキーの新しい持ち主になったのに、困った話だ。いや、持ち主になったからこそ、探り合いみたいなことをしているのかもしれない。

芝生に立つフランキーの足元に動きがあった。目をやると、カップの受け皿ほどの大きさの車輪が足がわりにふたつついていた。さらに、フランキーのお尻側の、車輪と車輪のちょうど真ん中辺りからは一本のスパイク状の突起が出ていて、先端には、よく杖の先にあるようなゴムのキャップがついていた。何らかのストッパーのようだが、どう見ても地面には届きそうになく、用途は謎だった。ちなみに最初にフランキーを見つけた時に古いカーペットの塊だと思ったものは、そばに寄って確かめたら我が家の私道の地面だった。苔が地面のひび割れを覆い、それが模様のように見えていたのだ。僕たちの留守中に育ってしまったらしい。

車輪が回転して芝が浅くえぐられていたが、フランキー自身は前進するわけでもなく、僕はつかの間、地面にはまって動けなくなってしまったのかと思った。だが、タングが庭の中をガシャガシャと移動すると、フランキーも迷わずついていった。すぐには僕から顔をそらさず、しばらくこちらを見続けていたけれど。

理由はよくわからないが、フランキーに嫌われている気がした。

「嫌われてなんかいないわよ」

寝る前に僕が不安を口にしたら、エイミーはそう言った。「だって、タングはフランキーのことが好きみたいだもの。彼女があなたを嫌っていたなら、タングはフランキーを好きにはなれない」

「タングはまだフランキーのことをよく知らない。それが心配なんだ。あいつ、フランキーにひと目惚れして、彼女が何をしても全部よく見えちゃうんじゃないのかな……今のところは」

エイミーが首を傾げた。

「急にどうしたの？　妙にひねくれたものの見方をするようになっちゃって。まあ、でも、仮にあなたの言うとおりだとしても、タングにとって誰よりあなたが大事ってことに変わりはないわ。最後にはあなたを選ぶ」

「いつかそうじゃなくなる日が来る」僕はため息をついた。

「どういう意味？」

エイミーが保湿クリームを額に塗り込む。しわが目立ち始めたと気にしているのだ。

「そんなにさすったら摩擦でおでこに穴が空いちゃうよ」

エイミーは僕をぎろりと睨んで、ナイトクリームの瓶の蓋を閉めた。

「話を戻すけど、いずれはタングも誰かと出会って、その子と一緒に暮らしたいと、この家を出ていくってことだよ」

「ベン、タングはロボットよ。それを忘れないで。人間の子どもと同じような成長の仕方をするかは疑問だわ……少なくとも、今あなたが言ったようにはならないんじゃない？」

「どうしてわかる？」

今度はエイミーがため息をつき、ベッドにいた僕の隣に腰かけた。

「たしかに」と、指を絡ませるようにして僕の手を握る。「私にもわからない。わかるはずもない。ただ、あなたとタングの絆はあまりに強いから、そんなふうに離れられるとも思えない。ジャスミンの一件はあなたにとってもタングにとっても試練になってしまったけど、タングはいずれ立ち直る。あなたを許す日が来るわ」

「うーん」今日は〝うーん〟ばかり言っている。「歴史は繰り返すなんてことにならないといいけど。あんな気まずい思いはもうこりごりだ」

「あんまり自分を責めないで。ジャスミンがあなたを好きになるなんて、あなたは知る由《よし》もなかった。そんなの、前もって知りようもない」

僕はエイミーの手を口元に引き寄せ、その指にキスをした。彼女の励ましがありがたかった。

「ジャスミン、どうしてるかな。カトウにメールしてみようかな」

「それがいいわ」と言うと、エイミーはにやりといたずらっぽく笑った。「とりあえず、フランキーに嫌われてるなら、彼女に恋心を抱かれる心配はしないですむわね」

二　家庭

翌朝、僕は椅子に座ってカトウにメッセージを打ち始めた。

――そっちの様子はどうかと思って。

削除。

――日本を発ってまだ数日だけど、様子を知りたくて……

削除。

――カトウ、聞いてくれよ。帰って早々何があったと思う？　また新たなロボットが現れてさ……

まだこの話をするのは早いかもしれない。僕は椅子に深く身を預け、少しの間考えてから、打った。

――ジャスミンはどうしてる？

ため息とともに、また消した。どう切り出せばいいのだろう。カトウに、ジャスミンを日本に残してきたことを後悔しているとは思わせたくない。そもそも僕の選択ではなく、ジャスミン自身の決断だったが、僕たち家族が今もジャスミンを大切に思っていることはカトウにもわかっていてもらいたかった。僕たちが、僕が、ジャスミンを見捨てたとは考えてほしくない。

いや、見捨てたのかもしれない。僕のしたことはそういうことなのかもしれない。ジャスミンがそばにいて彼女の気持ちをひしひしと感じていなければならない状況は、僕には気詰まりだった。だから、ジャスミンに翻意を促して一緒に帰るように本気で説得しようとはしなかった。

ジャスミンの様子を尋ねるのは、もう少し時間を置いてからにしよう。

このままだと自己不信から抜け出せなくなりそうで、僕はパソコンをロックし、家族を探しにいった。誰でもいい。この家にはそれなりに人がいるのだから、ひとりくらいは手が空いていて、僕の気を紛らわしてくれるだろう。

ジャスミンがいないと家の中がやけに静かに感じる。考えてみれば妙な話だが、それが実感だった。ジャスミンと暮らしたのは三年。彼女は騒ぎを起こすたちではなかったし、そもそもほとんど物音を立てなかった。それでも彼女がいないと、想像以上に大きな穴がぽっかりと空いてしまったようだった。

僕はジャスミンの愛に応えられなかった。ジャスミンもそれは承知のうえで僕に告白した。ただ、想いには応えられなくてもジャスミンが大切であることに変わりはなく、あんな展開にならずにすんだならと悔やまれてならなかった。ジャスミンが恋心を抱かずにすんだなら、と。だが、気持ちとはままならないもので、人は必ずしも理にかなった感情を抱くわけではない。むしろ理屈など通用しないことが多い。〝人は〟と言ったが、そこには意識あるロボットも含まれる。ジャスミンも僕も、自分の気持ちをどうすることもできなかった。そして、同じ気持ちになれない以上、何もなかったふりをして今までどおりに暮らすことはできなかった。少なくとも僕には無理に思えた。それでも、ジャスミンがいなくて寂しかった。

家を見回っていたら、最初にボニーを見つけた。ソファに座り、オンライン動画を夢中になって見ている。僕が隣に腰かけたら、座面が沈み、ボニーは座る位置を少しずらして僕との間に空間を作った。

不思議なことに、ボニーは不意な体の接触をひどく嫌う。よその子どもたちは校庭でじゃれ合ったり取っ組み合ったりしているし、ブライオニーと僕もそうやって大きくなった。そこに両親が加わることもあった。だが、ボニーの周りには接触を阻むバリアでもあるみたいだ。

「何を見てるのかな?」

そう尋ねたら、ボニーはぱっとモニターの電源を切った。

「何も」

娘がもう少し大きかったなら、その答えに気を揉《も》んだかもしれないが、ボニーに秘密主義的なところがあるのはこれまでの経験からわかっていた。ひとりの世界が必要なのだ。今も何を見ていたにせよ、僕と分かち合う気はさらさらないようだったので、「続きを楽しんで」とだけ告げてボニーのそばを離れた。

エイミーはイヤホンをして目を閉じ、寝室のベッドに横になっていた。オーディオブックでも聴いているのだろう。確かめずとも、今は邪魔されたくないだろうと察しがつく。猫のポムポムもエイミーの隣で無防備に手足を投げ出し、寝ているか、寝たふりをしている。僕はどちらにも声をかけずに寝室のドアを閉めた。

残るはタングとフランキーで、ふたりは――また――庭に出て、いつかの秋にタングが作ったハリネズミ用のホテルを眺めていた。ハリネズミの習性について説明していたタングが、僕の姿に気づいてぴたりと話をやめた。

「ふたりで何をしてるんだい？」

「何も」タングがさっきのボニーみたいな返事をした。

フランキーはタングと僕とを見比べていたが、何も言わなかった。

「何か手伝おうか？」

なおも尋ねたが、タングはかぶりを振った。

「ううん、いい」

冷たい言い方ではなかったが、不安が波紋のように広がった。タングは今もジャスミンのことで僕へのわだかまりを拭えずにいるのではないか。それも仕方がないと自分に言い聞かせた。タングの心の傷はまだ新しい。家に帰ってきたとは言え、傷心を癒やすには時間が必要で、タングにはそれがまだまだ足りていない。

僕はふたりを見つめ、うなずくと、やはり邪魔をしないことにした。タングが僕と過ごせるようになるには、もう少し気持ちを整理する必要があるのかもしれない。あるいは、せっかく辛抱強く自分の話を聞いてくれる相手ができたのに、僕がいてはやりづらいと思っているのかもしれない。僕がフランキーをも取り上げるのではないかと恐れている可能性もある。もしくは、そのすべてか。

どんな思いが去来しているにせよ、僕にそこにいてほしくないのは確かだったので、僕は室内に戻っていかにも英国人らしく紅茶を淹れることにした。

お茶を手に書斎に行った。ほんの数分、ぼんやりとインターネットを見るつもりが、雑多な情報やニュースに目を通しているうちにいつの間《ま》にか一時間もたっていた。家の中は相変わらずしんとしている。僕はブライオニーの家を訪ねることにした。僕たちが日本に滞在していた間に留守を預かってくれていた姪のアナベルに、家の鍵を預けてある。それを返してもらい、ついでにフランキーに関することで気づいたことがなかったかも訊いてこよう。たしかブライオニーは、アナベルは僕たちが帰宅する一日か二日前に留守番を切り上げたと言っていたが、詳しい事情までは説明しなかった。アナベルは留守番を終える前にポムポムの餌をちゃんと用意してくれており、見た限りでは置かれてからそう時間はたってなさそうだった。もっとも、我が家の給餌器にはスマートフォンから操作できる自動給餌機能があるので、アナベルがそれを先週のどこかであらかじめセットした可能性もある。

ここで考えていても埒があかない。ブライオニーの家に行って本人に直接訊こう。

ブライオニー一家は在宅時には玄関の鍵をかけないので、暗黙のルールとして親族はそのまま入っていいことになっている。それでも、僕は玄関ドアの取っ手を回す前に一応ノックはした。その時はまさか、食器の割れる音と金切り声に迎えられるとは思ってもみなかった。

ブライオニーとデイブがこれまでにない派手な喧嘩をしているだけで、誰かの身に危険が及んでいるわけではないことはすぐにわかった。胃に緊張が走ったが、押し込み強盗の現場に足を踏み入れたわけではなさそうでほっとした。

姉たちの夫婦喧嘩を聞いてしまうのは、親の言い争いを耳にするのと同じで落ち着かない気持ちになるものだ。原因が飼い犬に前回の駆虫薬をやり忘れたのはどっちかという些細なことなのか、それとも家庭に激震が走るほどの深刻な内容なのかもわからない。仲裁に入るべきか、そっと家から出ていくべきか、決めかねて様子を見ていたら、デイブが珍しく感情をあらわにして怒鳴る声が響いた。

「あの子がこのまま帰ってこなかったら君のせいだからな。君の考えにはついていけない！」

そうだった、アナベルはパリに行っているんだった。メッセージをもらっていたのに、時差ボケでぼーっとしていて頭に入っていなかった。パリに発つ前に家族の誰かに鍵を預けていっているといいのだが。ついでに我が家の前に投棄されていたロボットについて（ごみの山という認識かもしれないが）何かしら話していたことも期待したいが、こちらは望み薄な気がした。

間もなく足音がして、デイブが上着を手に廊下に出てきた。僕に気づいてはっと足を止める。こっちも好き好んで喧嘩の現場に立ち入ったわけではないのだが、僕は驚いたウサギみたいにその場に固まってしまった。

デイブは、愛想のよい態度を取り繕うべきか、断りもなく家に入っていた僕を咎《とが》めるべきか、ブライオニーをどうにかしてくれと泣きつくべきか、迷っているようだった。そのどれもしたいというのが本音だろう。だが、結局はかぶりを振って僕を押しのけるようにして表に出ると、玄関のドアを乱暴に閉めた。

よほどデイブについていこうかと思った。喧嘩の原因が何であれ、デイブが出ていってしまった今、彼のかわりに姉の非難の矢面に立つのはできれば避けたい。だが、逃げる間もなくブライオニーが廊下に顔を出した。

僕を見て、ブライオニーも夫と同様、どうしていいかわからない顔をした。姉の場合はふたつの選択肢の間で揺れていた。わっと泣き出すか、気を取り直して僕たちの帰りのフライトや東京について尋ねるか。どちらかが方向性を決めなければならず、僕としてはブライオニーが不安に無理やり蓋をするのを黙って見過ごすわけにはいかなかった。だから両手を広げ、反応を待った。こういう時、ブライオニーは抱擁など好まない（つまりはいかなる触れ合いも受け入れない）が、今日は素直に僕の胸に顔を預けた。僕はブライオニーの背中に腕を回し、両手の指をつなぎ合わせるようにして抱きしめ、待った。姉はこらえるのをやめて泣けるだろうか。一分ほどしてTシャツに冷たいものが染み込むのを感じ、姉が泣いていることを知った。

ブライオニーの涙を前に、僕は夫婦喧嘩を聞いてしまった時と同じくらい動揺した。そもそも姉が泣く姿などほとんど見たことがない。子どもの頃も、姉が泣くとすればそれは怒りからで、当時は腕組みをして床を踏み鳴らしながら泣いていた。まあ、腕組みをするようになったのは、殴り合いはだめだとさんざん叩き込まれてからだが。両親が亡くなった時でさえ、ブライオニーは僕の前では泣かなかった。人知れず泣いてはいたのだろうけれど。

そんなブライオニーが泣いているのだから、よほど深刻な理由があるのだ。僕は姉の頭のてっぺんに顎《あご》を載せてため息をつき、うっかり吸い込んでしまった姉の髪をぺっと吐き出した。僕たちは髪色は一緒だが、髪質は違う。僕の髪は太く、くるくるとした強烈な癖毛だが、ブライオニーの髪は昔から細くてまっすぐだ。髪さえもが姉を恐れてぴしっとしているのかもしれない。

「何があったの？」

ブライオニーを抱きしめたまま尋ねた。僕の顎の下で姉はかぶりを振った。そのまま黙っているので、僕は体を離した。

「お湯を沸かそう。その間に何があったか話してくれたらいい」

ブライオニーは鼻をすすり、少しためらうと、うなずいた。僕がお茶を淹れるよと申し出たが、ブライオニーは私がやると言って譲らず、僕の紅茶に砂糖を――いつもよりかなり多く、飲む気が失せるほどに――入れて混ぜ終わる頃には、いくらか落ち着きを取り戻していた。朝食用のテーブルに僕と向き合って座ると、マグカップを両手で包むように持ち、口を開いた。

「アナベルのことなんだけどね」

「うん。アナベル、どうかしたのか？」

「どうもしないわよ」思いがけず、きつい口調で返された。「元気にしてるわ」

皮肉のひとつでも返したくなるのをぐっとこらえて、待った。

「ごめん。今のは八つ当たりだった。体調的には何の問題もないわ」

「精神的にも……？」

「うん。精神的にも元気だと思う」

「だったら何が問題なんだ？」

ブライオニーは一瞬、唇を引き結ぶようにして口をつぐんだ。

「あの子の新しい〝彼氏〟よ」

その口ぶりからして単純な問題ではなさそうだ。

「つき合いに反対なの？」

ブライオニーが顔をしかめる。

「相手はフランス出身で……」

「ブライオニー、それを理由にだめっていうのは人種差別だよ」

「最後まで聞いてよ。フランス出身であることが問題なんじゃない。問題は彼が年上だってこと」

「どれくらい？」

「たぶん、十歳以上。何とも言えないけど」

「なるほどな。まあ、初めてのボーイフレンドがそこまで年上なのはちょっと珍しいかもしれないけど、そんなに目くじら立てるほどのことでもないだろう?」

「初めてのボーイフレンドのわけがないじゃない。今までに少なくとも三人はつき合ってるわよ。私たちが把握しているだけでね……」

「ええっ? だって……あの子……まだ十五かそこらだよな?」

ブライオニーが呆れたように目をぐるりとさせた。「ベン、アナベルはもうすぐ二十一よ」

「ほんとに? いったいいつの間にそんなに大きくなったんだ?」

僕の言葉をブライオニーは聞き流した。

「それはともかく、相手がフランス出身で年上だからって、それの何がいけないいんだ?」

ブライオニーがもぞもぞする。

「言えよ……」と促し、紅茶をひと口飲んだ。

「彼はアナベルの講師だったの」

「ふうん。まあ、理想的な相手ではないかもしれないけど、もし今はもう講師と学生の関係ではなくて、法を犯しているわけでもないなら……」

「彼、アンドロイドなの」

思わず紅茶を噴き出した。歯が浮きそうなほどの甘さのせいだけではなかった。

「そういうことなの」と言って、ブライオニーは僕にティッシュを一枚差し出した。

「これで何が問題か、わかった?」

僕はテーブルと自分の顎についたお茶を拭きながら、どう答えたものかと考えた。お茶を噴くという自分の反応に対してはすぐに後ろめたさを覚えた。ロボットのよき理解者を気取っておきながらその反応はないだろう、と。それはともかく、考えれば考えるほど、問題は姪が人間とロボットの境界を越えてアンドロイドと恋愛関係になったことより、姉がそれをまったく受け入れられないことである気がしてきた。ブライオニーは僕のせいだと責めるに違いない。

「ブライオニーの心配は……わかる気もするけど、困るとすれば、それはアナベルじゃなくて彼の方なんじゃないか?」

アナベルの眉間《みけん》にしわが寄り始めるのを見て、僕は間の悪い冗談を言った。「まあ……あの子が妊娠してるってなら話は別だけど」

ブライオニーはクスリともせず、気まずい沈黙だけが流れた。場を明るくしようとしたことを僕は後悔した。

「きっとしばらくつき合ったら、別れるよ」

ブライオニーは嫌悪感もあらわに僕を睨んだ。

「あなたもデイブと一緒。あの人も同じことを言ったわ」

「なるほど、そういうことか」僕はふたりがこのやり取りをしていたところに来てしまったわけだ。「デイブは心配してないの？」

「心配はしてる」

「だったら何で揉めてるんだ？　デイブとさ」

「あの人も心配はしてるけど、放っておくべきだと思ってる。あなたと一緒でね」

僕は両手を掲げた。

「待てよ、僕は放っておけなんてひと言も言ってない。心配し過ぎなんじゃないかと思ってるだけだ。喧嘩するほどのことじゃない」

「だったら、どうしろって言うのよ」

ブライオニーの声が大きくなってきた。気をつけないと、パブだかバスの停留所の屋根の下だか知らないが、喧嘩のあとにデイブが向かった先で合流するはめになりそうだ。

僕はもう一度、落ち着けというように両手を掲げた。これぞ僕のよく知るブライオニーだ。うまく伝わらないかもしれないが、イメージとしては交渉上手なサイだ。このブライオニーになら対処できる。

「論理的に考えてみなよ」と、僕は言った。「デイブと喧嘩したら何か解決するの？」

「しない」

　ブライオニーが考えを巡らせているのがわかる。しばらくすると、姉はまた両手でマグカップを包んだ。

「デイブは、反応の仕方を間違えたらアナベルは離れていってしまうと言った」

　同感だったが、言葉にするのは賢明ではない気がした。

「たぶん、デイブは正しかったんだわ」

　譲歩した姉に、僕は少なからずショックを受けた。

「正しかった？」

「今さら手遅れだけど。アナベルから打ちあけられた時……まずい反応をしちゃったから。あれからずっとアナベルと話し合おうとしてるけど、最後にはいつも怒鳴り合いになって、そのたびにデイブはアナベルの肩を持つ。ジョージーも仲裁に入ってきたけど、やっぱり姉の味方。私だけが悪者みたい。アナベルのことが心配なだけなのに。幸せになってほしいだけなのに！　何だか……何だか孤独よ」

　そう言うなり、ブライオニーは両手で顔を覆ってしまった。二度目の涙をまじまじと見るのも悪い気がして、僕は冷め始めた紅茶の表面の泡《あぶく》を見つめた。

「ん？　相手はアンドロイドなのに、どうして年上ってわかるんだ？」

「講師として作られたんだもの、当然年上でしょう」

　僕自身、ロボットの〝年齢〟を考える時、製造年月日よりも見た目で判断してきた。

製造会社がアンドロイドを学生より年上に見えるように製造したというのは十分にあり得る。ただ、ブライオニーは年齢について論じたいわけではないだろうから、僕はもうしばらく黙って座っていた。

「エイミーは何て言ってるの?」少ししてから、そう尋ねた。

ブライオニーが鼻をすする。

「エイミーには何も話してないわ」

「どうして?」

「あなたたちまで喧嘩になったら申し訳ないもの。ベンがデイブの意見に賛成するのは想像がついたけど、エイミーがどう考えるかわからなくて、それで……」ブライオニーが言葉を切った。

「そんな心配はしなくてもいいよ、ブライオニー。エイミーは親友だろ。相談したい時はしなよ、僕たちに遠慮なんかしないでさ」

僕はテーブル越しに手を伸ばし、姉の腕に触れたが、返ってきたのは険しい視線だった。

「へえ、意外。こっちの心配をされるとはね。いつもは、ベンとエイミーは仲よくやってるのかとか、風変わりなベン一家で今度は何が起きているのかとか、また別れるんじゃないかとか、そっちが心配される側なのに」

ブライオニーの言葉に何と返し、何を感じればいいのか、わからなかった。ただ、傷つきはした。それに、姉はやはり僕のせいだと思っていた。はっきりそうとは言わないが、アナベルに影響を与えた責任の一端は僕にあるという、これまで蓋をしてきた怒りがとうとう抑えきれなくなり、蓋を押し上げてこちらに向かってくるのを感じた。僕は伸ばした手を引っ込めた。

「今のはあんまりだ」

ブライオニーがいら立ったように舌を鳴らし、目をぐるりとさせた。

「そうよね。ごめん。今のは八つ当たりだった。あなたのせいじゃないのにね。たぶん」

やっぱり僕のせいだと思っているじゃないか。

ブライオニーがふたりのマグカップを手に立ち上がり、残っていたお茶を流しに捨てた。助かった。帰ってもいいという合図だと思って腰を浮かしかけたら、ブライオニーがまた湯を沸かし始めた。

「それはそうと、東京はどうだった？」

あまりの疲れにこれ以上言い争う気になれなかった僕は、ブライオニーに調子を合わせ、ひととおり土産話をした。ただ、ジャスミンだけは日本に残った事実はバレないように黙っておいた。その話は後日でいい。そもそもここに来た目的のひとつはアナベルにフランキーについて知っていることはないか確かめることだったのに、アナベルの恋愛騒動に巻き込まれてすっかり忘れていた。あとで電話をかけるしかない。

その後はもっぱら当たり障りのない話に終始した。唯一、ブライオニーが嫌みっぽくなったのは、四十歳という節目の誕生日を家族から離れて迎えるなんてと指摘した時だった。ここで言う家族とはブライオニーのことだ。自分の誕生日をどう過ごそうが僕の勝手で、悪いとも思わなかったが、今後数カ月の間にパーティを開くと約束した。ブライオニーはとんでもなく多機能な腕時計をくれるつもりらしい（スマートウォッチを持っているから出番はなさそうだが）。それからたぶん、ど派手なケーキも。

結局フランキーについては何もわからないまま、家の鍵を返してもらうという当初の目的だけ果たすと、僕は家族にまつわる不安を胸にブライオニーの家をあとにした。姪のことはなるようになるだろうから、さほど心配はしていない。引っかかっていたのは僕とエイミーに関する姉の言葉だ。夫婦で向き合わなければならない問題が生じるのは仕方のないことだし、我が家はたしかに普通の家族とは言えないだろう。それでも僕たちはごく普通の夫婦だ。当然、いい時もあれば悪い時もある。だが、ブライオニーの話しようでは、あたかも僕たちは浮き沈みばかりで……平穏がないみたいだ。そんなことはない。僕たちだってドラマみたいに劇的な状況を求めているわけじゃない。そういう状況が向こうから勝手にやって来るだけだ。

姉の言葉を思い返すほどにいら立ちが募り、角を曲がって自宅のある通りに入る頃には心拍数が上がっていた。血圧もだ。ブライオニーの八つ当たりが不満だったからではない。たしかに、姉の家をあとにし（きびすを返してもう一度家に乗り込み、「言っておくけどな……」と声を荒らげない限り）反論できなくなった今になって腹が立ってきたのも事実だが、鼓動が速くなっている原因はそれだけではない。近頃ではエイミーとの絆は揺るぎないものになっていると安心しきっていたが、果たしてそうなのかというざわざわとした疑念が心の奥底で渦巻いていた。夫婦の絆が本当に揺るぎないなら、ブライオニーはわざわざあんなことを言うだろうか。僕かエイミーのどちらかが相談でもしない限り、姉が心配するはずはない……。

あまりに勢いよく玄関を開けたものだから、階段の手すりに当たったドアが跳ね返ってきて、危うくまた閉め出されそうになった。

「エイミー！　どこにいる？」

さっきは寝室のベッドでオーディオブックを聴いていた。僕はエイミーを探して階段を一段飛ばしで上がった。僕が上りきるのとほぼ同時に、エイミーが階段のてっぺんに姿を現した。残りあと二段のところにいた僕を見て足を止め、訝《いぶか》しげな顔で片方の耳からイヤホンを外した。起こしてしまったようだ。

「どうしたの?」

僕は両手を伸ばした。息が整いきらずに腕が小さく揺れた。

「頼むから出ていかないでくれ、お願いだ。たしかにこの一年、僕は何度か問題を起こした。でも、君が今何を思っているにしても、やり直すチャンスがほしい」

エイミーの眉間のしわが深くなったが、それは不満ではなく純粋な困惑によるものだった。ひょっとしたら僕は姉の言葉に過剰反応しているのかもしれない。

「いったい何の話?」エイミーが言った。

「ブライオニーは僕たちがまた別れると思ってる。みんなそう思ってるって言われた」

「ブライオニーが? ほんとにそう言ったの?」

「まあ、正確には違うけど、でもそんなような意味のことを言ってた」

エイミーはかぶりを振るとにっこりほほ笑み、片手で僕の頬に触れた。

「ブライオニーは自分の基準で人の人生を判断する。自分がうまくいってない時は、周りも同じはずだと思い込むところがあるわ」

「じゃあ……君は幸せなの?」

「当たり前じゃない。ばかねぇ。心配し過ぎよ」

エイミーは僕を引き寄せて頭のてっぺんにキスをすると、僕の顔を上に向かせ、今度はちゃんとキスをした。エイミーとのこのひと時以外どうでもよくなりかけた時、視線を感じた。

「気持ち悪い」

僕の背後にボニーがいた。娘はそのまま数秒間、階段に立ってじっと僕たちを見つめると、言った。

「そこ通りたいから、どいて……くれる？」


それから数時間、僕は眠った。エイミーにそうしろと言われたのだ。

「時差ボケで頭がまともに働いてないのよ。寝た方がいいわ」

次に目覚めた時にはさっきよりは気分がましになっていたが、昼寝は時として人の頭を混乱させ、落ち着かない気持ちにさせる。実際、体は楽になったが不安感は残ったままだった。

エイミーがお茶を淹れて寝室まで持ってきてくれた。夕食はどうしたいかと訊かれ、眼鏡をかけて確かめたら、ボニーとタングの就寝時間を過ぎていた。こんなにゆっくり寝させてもらっていたとは。

「大丈夫。ふたりとももうベッドで寝てるわ」エイミーが僕の心を読んでそう言った。

「ボニーはソファで眠り込んでいたから、着替えはさせずにそのままベッドに運んだわ。それを合図にタングも自分の部屋に下がって、私がボニーを寝かせ終わる頃にはぐっすり眠ってた」

「フランキーは？」

「タングが一緒に連れていったわ。どこで寝かせるか迷ってたけど、知らない家でひとりで眠るのは心細いだろうと、結局自分の部屋に連れていった。ジャスミンの部屋は使わせたくない気持ちもあったんじゃないかしら。何か違う気がしたんだと思うわ」

「タングがそう言ったの？」

「ううん、私の勝手な想像。自分の気持ちを投影してるのかも」

僕はふっと笑うと、ベッドの上で上体を起こして座り、紅茶をひと口飲んだ。

「それは僕の得意技だ」

エイミーもほほ笑む。

「彼女が不憫だわ」

「ジャスミンのこと？」

「違う」と、エイミーが眉根を寄せた。「フランキーよ。ジャスミンなら大丈夫、やりたいことをしているはずよ……」

「傷心のままな」

そう指摘したら、エイミーは僕の額にキスをした。

「ダーリン、ジャスミンのことを気に病むのはそろそろやめにしないと。彼女もいずれ必ず立ち直るわ。あなたからしたら、自分を忘れられるはずがないと思うかもしれないけど」

エイミーの皮肉に少しはっとした。僕は知らぬ間に自分のことしか考えられなくなっていた。

「ごめん。エイミーの言うとおりだ。話を戻そう。君はフランキーが不憫だと思うの？」

「まあね。だって彼女、捨てられたのよ。元の持ち主が誰なのかも、自分の役目が何だったのかも覚えていないようだし。タングは記憶を消されたんじゃないかって」

「それって……いわゆる初期化みたいなことか？」

「うん、タングはそう考えてる」

僕は顔をしかめ、目をこすった。

「タングの考えがどうしてわかるんだ？」

「あの子が話してくれたから」

「いつ？」

「あなたが出かけてた間に。タングははじめ、あなたを探してたんだけど、見当たらないから私のところに来たの。オーディオブックを停止するまでしつこく突かれたわ」

「タングが僕を探してた？」嬉しかった。と同時に、必要としてくれた瞬間にその場にいてやれなかった自分に腹が立った。「どうしてだろう？」

「フランキーが記憶を消されているようだと、伝えたかったのよ。それ以上のことは言わなかった」

僕はやれやれとばかりに目を動かした。

「まあ、いいや。明日の朝、タングと話してみるよ」僕はそう言うと、少し考えてから続けた。「フランキーを家《うち》の前に置いていった人は、記憶を消してやった方がフランキーのためになると思ったんだろうな」途中で欠伸《あくび》が出た。「新しいスタートを切らせてやりたいって」

「でも、フランキーには行く当てなんてどこにもないのよ。私には残酷としか思えない」

「他に何かわかったことはある？　僕が寝ている間に」

エイミーは僕がベッドから足を下ろせるようにと立ち上がった。そして、ジョガーパンツとTシャツに着替える僕に答えた。

「特には何も。フランキーに意識や心があるのかもよくわからない。タングはあるかのように振る舞っているけど……」

「タングも自分の思いを投影しているだけかもしれない?」

「そんな気がする」

「最近では意識を持つロボットは珍しくない。もうボリンジャーひとりの技術ではない」アナベルの一件が喉元まで出かかったが、今はその話をする元気はなかった。どのみち、ブライオニーからすべてを聞くことになる。

「そうね。でも、そうじゃないロボットも多いわ」エイミーは一瞬ためらってから、続けた。「フランキーには登録証がなさそうなの。それってつまり……意識を持つロボットなら登録証があるはずよね?」

エイミーの指摘は正しい——僕たちに託されたロボットに果たして意識や心があるのか、可能性は五分五分だった。あるとすれば、フランキーはタングの傷ついた心を癒やしてくれるかもしれないし、また傷つけるかもしれない。ないなら……そういうロボットがタングにとってどんな存在になるのか、僕にはよくわからなかった。誰にもわからない。

「フランキーがどっちなのか、突きとめないとな」

三　前へ進もう

　翌日、僕はアナベルに電話をかけた。

「ママのことで電話してきたなら、話すことは何もないから」開口一番、姪はそう言った。「人からママの意見なんて聞かされたくない」

「とんだご挨拶だなぁ。〝ベン叔父さん、こんにちは。声が聞けて嬉しいな。東京はどうだった？〟くらい言ってくれよ」と、僕は返した。

　一瞬、沈黙が流れた。

「ごめんなさい。東京、どうだった？」

「よかったよ。ところで、アナベルが僕たちの家を出た時のことを訊きたいんだけど……」

「言ったでしょ、その話はしたくない」

「その話？」

「ママのこと」

「ブライオニーは関係ないよ。って……え？　留守番を切り上げたこととブライオニーと、関係があるのか？」

「ない」

　嘘だな。返事が早すぎる。僕は片手で顔をこすり、このまま姪との会話を続けるならコーヒーがいると思った。スピーカーフォンでの通話に切り替え、スマートフォンをキッチンの調理台の上に置いた。

「アナベル、とりあえず今は君とお母さんとの揉《も》めごとに首を突っ込みたくはない。ただ、うちを出ていく前に家の前でロボットを見なかったかだけ教えてほしいんだ」

「ほら、やっぱり！　口では首を突っ込みたくないとか言いながら、次の瞬間には干渉するような質問をしてるじゃない！」

　疲れのせいで気短になり、いら立っていた僕は、普段は自然に閉まるのに任せている冷蔵庫のドアを叩きつけるように閉めた。

「わからないな、アナベル。フランキーのことと君の問題と、何の関係があるって言うんだ？　僕は……」

「フランキー？」アナベルが僕の言葉を遮《さえぎ》った。「フランキーって誰？」

「うちの前にいたロボット。いったい誰の話だと思っ……あっ」

「そう、そっち」

「そういうことか。彼の話じゃないよ」

「ごめんなさい」

「いいんだ。最初からやり直そうか」

「うん、お願いします」

「アナベル、君がいつまでいてくれたのかは知らないけど、とにかくしっかり留守を守って猫の面倒もよく見てくれたあと、うちを出ていく時にロボットを見なかったかな。見た目は……」僕は声を落とし、スピーカーモードを解除すると、家族に聞かれないようにコーヒーマシンの電源を入れた。「がらくたの寄せ集めみたいなんだけど」

立ち聞きされていないかと周囲に視線を走らせたが、そばには誰もいないようだ。

「うーん、見なかった。ごめんなさい。みんなの帰国予定日の二日前に家を出たけど、私が知る限り家の前におかしなものは何もなかったわ。ママが立ってた以外は。自動給餌器は出る前にセットしておいた」

僕はため息をついた。

「うん、それは知ってる。ありがとう」一瞬考えてから続けた。「本当にその話はしたくないのか？　お母さんとのことって意味だけど」

「あんまり話したくない」

「個人的には、僕もブライオニーの反応は少し大げさだと思う」

「そうなの？」

「そりゃそうだよ。じゃないと僕は、言ってることとやってることが違うやつになってしまう」

「ロボットを、それも複数のロボットを我が子のように育てることと、ひとりのロボットに想いを寄せることとは違うと思う。恋愛感情をね」

ジャスミンの話が喉まで出かけたが、まったく同じ状況とは言えず、話したところでアナベルの助けになるのか、余計に混乱を招くだけなのか、わからない。それに意気地なしの僕は、自分から話す前にアナベル経由でブライオニーに伝わってしまうことが怖かった。そうなったら本当にまずい。

「思うに、今の時代、意識や心を持つテクノロジーと人間の関係性は単純明快じゃない。そのことを誰よりも実感してるのは僕だ。だから、アナベルが彼――」

「フロリアン」

「――フロリアンとつき合いたいなら、僕はそれをどうこう言う立場にはない」

アナベルが息をフーッと長く吐き出した。

「ありがとう、ベン」

昔は僕をベン叔父さんと呼んでいたアナベルもいつの間にか大きくなり、名前だけで呼ぶようになった。さして驚きはしない。難しい状況に置かれた姪を見ると、大人になったのだと思う。

「いつも来てたの」アナベルが唐突に言った。「ママのことね。しょっちゅう様子を見にきてた。ちゃんと留守番できてるのか、確かめるみたいに。ある時、ちょうどフロリアンがいる時にママが来ちゃって……」

アナベルがそこで口をつぐんでくれてよかった。最後まで聞きたくはない。それでもその場に立ってコーヒーを飲みながら、思わずキッチンを見回した。姪がフロリアンというフランス出身の講師とここで何をしていたのかは、想像すまいとした。

冷静沈着でかっこいい叔父さんでありたい反面、ブライオニーが少し気の毒な気もしてきた。まあ、娘に僕たちの家の留守番をさせることを自分で決めておきながら、任せきれなかったのだから、自業自得ではある。姉への気持ちはのみ込み、僕は姪に指摘した。

「ブライオニーがちょくちょく、それもいきなり現れていたなら、アナベルもちょっと軽率だったよな。自分をそういう……状況に置いたのは」

アナベルがため息をつく。

「そうね。いっそママにバレちゃえばいいと思ってたのかも。自分でもわからない。とにかくママに見られて、そのせいでママとパパの仲が険悪になってる。そんなことは全然望んでなかったんだけど。ただ、パパがママに反論したのはよかった。うちでは滅多にないことだから――誰もママには逆らえない。みんな、ママの前ではいつもびくびくしてる。いつだってママの思いどおりじゃないといけない」

「そんなことはないだろう」本当は、そんなことは大ありだと知っていた。次に言うべき言葉が浮かばなかった。そこへ、手足のかわりに科学技術でさまざまな音を奏でるワンマンバンドさながらに、キッチンの外からガシャガシャだのウィーンだのという音が聞こえてきた。助かった。通話を終える口実ができた。

「ごめん、アナベル。もう切るよ。ロボットたちと話をしなきゃならないんだ」

電話を切り、スマートフォンをポケットにしまったのと同時に、ロボットたちが姿を現した。

「うちには慣れてきたかい？」

フランキーに声をかけたら彼女はうなずいたが、それきりフランキーもタングも黙ってその場に突っ立ち、目をぱちぱちさせて僕を見つめていた。アナベルにはああ言ったが、ロボットたちと何を話すか、きちんと決めていたわけではなく、改めて考えると今話したい相手はタングだけだった。そこから数秒間、僕は体を前後に揺すりながら、フランキーに疎外感を与えず、タングにも訝《いぶか》られることなく、ふたりを引き離す方法を思案した。

そしてはたと、自分は大人で、相手にこうしなさいと指示しようと思えばできる立場なのだと思い出した。

「タング、ちょっと来てくれるか？」僕はそう言って、タングに書斎に来るように手招きした。

「何で？」タングはその場を動かない。

「話がある……いや、したいんだ。いいかな？」

タングはフランキーを見て、再び僕に視線を戻すと、両腕を広げて肩をすくめ、僕のあとをガシャガシャとついてきた。書斎のドアを閉める時、フランキーが体を伸ばして狭い隙間からこちらをのぞいているのが見えた。僕はにっこり笑いかけた。それで彼女が安心してくれるといいのだけれど。僕は事務椅子に座り、膝《ひざ》に肘《ひじ》をついてタングの方に身を乗り出した。

「エイミーから、昨日タングが僕を探してたと聞いた」

「うん。フランキーの記憶が消されてるって伝えたかったの」

「うん、エイミーからそう聞いたよ。どうしてそんなふうに思ったの？」

「フランキーが何も知らないから。ロボットだったら知ってるはずなのに」

「フランキーが何も知らないっていうのは、具体的にはどういうことだ？」

「自分が誰かとか、何のためのロボットかとか。自分が何をしたいかもわからないんだよ、全然。僕の後ろをタイヤをくるくるさせてついてくるけど、あんまりしゃべらないんだ」

「もしかしたらフランキーは……」

「違うもん！」タングが語気を荒らげた。「フランキーにも心はあるもん！」怒ったように瞼《まぶた》を斜めにして、険しい顔で僕を睨む。

「わかったよ、ひとまず心があるってことにしとこう」

「うん。だって、あるもん」

「わかった。タングの言葉を信じるよ」

「よかった。だって、フランキーには心があるんだもん」

「わかったから、そんなに何度も繰り返さなくてもいいよ」

「わかった」

そのひと言に僕が先を続けようとしたら、

「でも、フランキーには心があるよ」

僕はもう一度、両手で顔を拭った。

「話を進めさせてもらうけど、さっきタングが教えてくれたこと以外で、フランキーの記憶が消されてると感じる理由はあるか？　いや、ほら、フランキーはもしかしたらそんなに……その……賢くないかもしれないだろう？」

はあ、何をやっているんだか。タングの初めてのガールフレンドは日本に置いてきて、ふたり目のガールフレンドになるかもしれない子のことは頭が悪いかもとほのめかす。どうもうまくいかない。タングはつかの間僕を見据えると、ゆっくり、そしてはっきりと言った。

「フランキーは賢いと思う。きっと、いろんなことを忘れちゃってるだけなんだ。思い出したいみたいだけど」

「うん、言ってることはわかるよ、タング。ただ、最後のひと言はどういう意味だ？　思い出したいみたいだってのは——たとえば？　どういうところからタングはそう感じるんだ？」

　タングが床に目を落とし、胸のフラップに貼ったガムテープをいじる。もどかしさをあらわにしてしまった自分を、僕は少し反省した。

「ごめんな。どうにかしてフランキーのことをもっとよく知りたくてさ。彼女をうちに歓迎するためにも、壊れて修理が必要な場所がないことを確かめるためにも。タングの時みたいに、ある日突然、フランキーの命に関わる場所から何かが漏れているのを見つけて、でも気づいた時にはほとんど手遅れだったなんてことになるのはいやだ。だから聞いているんだよ」

　頭で考えたのではなく、自然とあふれた言葉だった。僕の話を理解しようと考えているタングを見つめながら、僕は、今のが自分の正直な気持ちなのだと気づいた。結局のところ、僕にとってはそれこそが何より大事なのだ。その他のことは先送りにして構わない。

タングがこちらを見上げて僕の目をまっすぐに見た。

「ほんとに？」

「ほんとだ、タング。もうタングにも傷ついてほしくない。タングには元気で幸せでいてほしい。家族みんなに元気で幸せでいてほしい。タングとボニーを守るためなら、僕は何だってする。それはわかってくれてるよな？　ジャスミンについては、あんなふうになってしまって申し訳ないと思ってる。あんな展開、僕も望んでなかった。ちっとも望んでなかった」

今度もタングはしばらく黙っていた。一方僕は、やはり思いがけずあふれ出た今の言葉も偽りのない本音なのだと自覚した。タングが僕に歩み寄り、マジックハンドでできた両手で僕の脚を抱きしめると、膝に頭を預けた。

「ベン、大好き。いっぱい怒ってごめんなさい。ベンが人よりロボットにモテるのはベンのせいじゃないもんね」

四　フランキーの機能

フランキーときちんと話ができたのは、それから何日もたってからだった。タングがそばにいる時にあれこれ尋ねたくはなかった。タングが知りたくないことを突きとめてしまう可能性もあるからだ。タングの期待と違う事実が出てくるなら、それをタングにどう伝えるか、事前にエイミーと相談しておきたい。

問題は、フランキーのそばにはつねにタングがいることだった。僕は心配だった。タングがジャスミンとの一件から立ち直ったことには家族一同ほっとしたが、その反動のように得体の知れないロボットに夢中になるタングを見ていると落ち着かなかった。タングはフランキーには心があるし賢いと訴えていたが、実際のところはわからない。ジャスミンの場合は、少なくとも彼女が我が家に現れた理由も、彼女を送り込んで来た相手も、最初からわかっていた。こちらがすべきこともはっきりしていた。ジャスミンに、君の主《あるじ》は悪いやつだから、君は僕たちの側につくべきだと説得するのは骨の折れる仕事だったが。

しかし、フランキーの場合……置き手紙と、目で見てわかること以外に情報がない。誰かと出会う時、はじめのうちは相手のことをほぼ何も知らないのは当たり前で、それを知っていく過程は人と友達になることの醍醐味でもある。ただ、普通は差出人不明の手紙以外に信用を保証できるものがない人をいきなり自宅に泊めたりはしない。

エイミーは僕の懸念にあまり共感を示してくれなかった。

「ベン、あえて言わせてもらうけど、最初にすべてを放り出して壊れたロボットと世界を旅して回ったのはあなたよ。思いつきでね。最初にタングを家に入れたのもあなた。タングとフランキーの何がそんなに違うのか、私にはわからないわ。彼女の何が問題なの？」

「フランキーが違うってことじゃないんだ……むしろ、ジャスミンよりはるかにタングに近い。フランキーに問題があるわけでもない。今のところ……僕たちの知る限りは。でも、そこが問題なんだ——僕たちは何も知らない。タングと出会った頃は、僕には失うものがなかった。少なくともそう感じていた。もう何年も忘れていた、誰かの役に立てている実感もあった。たとえその相手が壊れたロボットただひとりでも。だけど、今は守るべき家族がいる。家族の命を守らなきゃならない。フランキーが現れたのはボリンジャーの差し金ではないと言いきれるか？」

「さすがにそれは妄想が過ぎるわ。それに守るべきものがあるって言うけど、それはあなたひとりの責任ではなく、私も一緒に守っていくんだからね」

「それはわかってる。ただ……ああ、もう、わけがわからないや。君の言うとおりだな。ごめん。ただ、僕のしたことのせいで、もしくは、今回で言えばしなかったことのせいで、タングがまた傷つくのが怖いんだ」

「そうね。フランキーについてもう少し情報が得られればみんなが幸せよね。本人も含めて」

しかし、いざフランキーと話す機会が訪れると、どう切り出せばいいか迷ってしまった。タングには郵便ポストまで手紙を出しにいってもらっていた。別段急ぎでもない（差出人への単なる返送の）手紙だが、タングには今夜中に運送を開始してもらわなくてはならない急ぎの手紙だと伝えてある。そうしてから、僕はフランキーの姿を探した。

彼女は庭のデッキの階段に座って庭を眺めていた。僕が近づいたら、音に気づいて顔だけこちらを振り返った。

「ああ、ベンでしたか。何かやるべきことがありますか？」

「特にないよ。君にやりたいことがない限りは」僕はフランキーの隣に腰かけた。

「やりたいこと？」

「そう、やりたいこと。やるべき、じゃなくて」

フランキーは僕を見つめると、考えるように何度か「やりたいこと」と繰り返した。

「〝やりたい〟の意味がいまいちよくわかりません」

フランキーに意識や心があるのかという観点から考えると、〝やりたい〟の意味が理解できないのはいい兆しではない。

「僕が庭に出てきた時、フランキーは何をしてたのかな？」

「庭を見ていました」

「またばかな質問をして……」

半ば独り言のようにつぶやいたら、フランキーが訊いてきた。

「芝は緑色ですか？」

僕は眉をひそめた。

「えーっと……うん、そうだな。何でそんなことを訊くんだ？」

「あなたに質問をしろと言われたので」

理解するのに一秒ほどかかった。

「ああ……いや、違うんだ……今のは指示ではなくて独り言だ。気にしなくていいよ」

「ああ。なるほど、そうでしたか」

実際にはよくわかっていないような口ぶりだ。

「ほら」僕は、フランキーを探しがてらシンクの下から取ってきた新しいゴム手袋を差し出した。「新しいのに替えた方がよさそうだから」

「あら」と、フランキーが両手を見つめる。「言われてみればそうですね。少し傷んで汚れているし、実は水が染みてくるんです」

僕はフランキーが手袋を外すのを手伝い、フランス窓の内側のごみ箱に古い手袋を捨てた。フランキーが指を曲げる。見た限りでは、フランキーの手には人間と同じくらい多くの関節があった。クロムめっきが施された手はぴかぴかで、曲げた関節部分はワイヤーが露出していた。以前、カトウの東京のオフィスで見た金属の腕についていた手に少し似ている。フランキーの正体不明の元の持ち主は、フランキーの他の部位と比べて、手だけをかなりアップグレードしたようだ。新しいゴム手袋をはめようとするフランキーの指先には、タッチパネルに対応した何らかの素材が使用されていた。ゴム手袋で覆ってしまうのがもったいないような手だったが、ワイヤーを保護するためにははめておく方がいいのかもしれない。ただ、水が染みてくることはもっと早くに教えてほしかった。フランキーの手にいいはずがない。

ロボットにまともな手がついているのを見るのは何だか不思議だった。タングの手はマジックハンドだし、ジャスミンにいたってはそもそも手足がなかった。ただ、手があるという事実のみからフランキーの本来の役割を絞り込むのは難しかった。

一連の疑問の中から次は何を訊くべきか。僕は急いで考えを巡らせた。いくらタングの脚が短くても、通りの端の郵便ポストに手紙を投函して戻ってくるのに、そう長くはかからない。気が急《せ》いた。すると、フランキーの方から質問してきた。

「人間はよく言いますか？　独り言を」

「まあ、そうだね……どうして？」

「うーん、何なんでしょう。人間はよく独り言を言うという知識が、どういうわけか頭の中にあるのですが、それがなぜなのか自分でもわからなくて。前に聞いたことがあるのかもしれません。私、前のことをあまり覚えていないんです」

「うん、聞いたよ」

「私が覚えていないのが……聞こえるんですか？」

「いや、いや。そうじゃなくて……タングが言ってたんだ。前の持ち主が君の記憶を消したんじゃないかって。そうなのかい？」

「そう考えるのが妥当でしょうね」

フランキーの口調はどこか他人事《ひとごと》のようで、僕は不安になってきた。

「感情的になるでも文句を言うでもなく、ずいぶんストイックだな、フランキー。すごく冷静というか。君は気にならないの？　何も思い出せないこと」

「ストイック、ストア派に由来する言葉。ストア派は哲学の一学派で、その特徴は今この瞬間に生じている物事を情念に乱されることなく受け入れること」

「えーっと……うまくまとめたね」

フランキーの解説は的確で、つけ足すべき言葉は見当たらなかった。だが、それは安心材料にはならない。哲学を語れるという事実は意識や心があることの証明になり得る一方で、単なる辞書の定義をフランキーがどこかの時点で学んだだけという可能性もある。いや、学んだというよりプログラミングされたのかもしれない。僕が次の質問を考えていたら、フランキーがさらに続けた。

「気にはなります。でも、自分がどこから来たのかがわからない以上、現状が前よりよいのか悪いのかも判断できません。今置かれている状況に即して行動するしかないのです。そう考えると、たしかに私はストイックなのだと思います」

彼女の言葉をどう解釈すればいいのか、僕にはわからなかった。「フランキー、以前はどんなことをしていたのか、何か思い出せないかな？」

「どんなことをしていたのか？」

「そう。フランキーの仕事は何だったの？」

「ベン、私はロボットです。報酬をいただくわけではないので、仕事に就くことはできません。厳密には」

一瞬、フランキーの発言の裏に何かを見つけた気がした。言葉にはされない、だが暗に伝わってくるもの。フランキーの意見。

「フランキーもじきに、この家ではロボットについて世間一般とは違う考え方をしているのだとわかると思うよ。でも、まあ、今はこう言い換えようか。君の役目は何だったのかな？　前に住んでいたところでの」

「私……私、自分に課されていた務めの記憶がまったくないんです」

それから優に一分間、フランキーはまっすぐ前を見つめていた。僕がはじめに心配したのは、フランキーのシステムがエラーを起こして強制的に終了したのではないかということだった。元の持ち主の置き手紙にあった、フランキーを使いこなせなくなってしまったというのは、ひょっとしてこれのことだったのか。頻繁に異常終了するので安心して使えない、と。

だが、よく見るとフランキーの黒い目はかすかに動いていた。異常終了したわけではなく、僕という人間を見定めようと、こちらを見ているだけなのかもしれない。フランキーの両目には小さく欠けた跡やひびがあった。あまり手入れされていない古いスヌーカーのボールに似ている。ただしサイズはそれより小さく、巨大なビー玉という感じだ。さらに観察するうちに、僕を見つめるフランキーの両目がまったくの不透明ではなく、ごくわずかながら光を透過することに気づいた。考えてみれば当然だ。目なのだから。だが、それを除くと、フランキーの目がどんな仕組みで働いているのかは見当もつかなかった。それはタングも同じだ。タングの目の仕組みもいまだ謎のままだ。

そのうちにまた別の考えが浮かんできた。フランキーは僕のことを見定めようとしているわけではなく、意識や心もないのかもしれない……単に指示を待っているだけなのかもしれない。フランキーもタングやジャスミンと同じだろうと決めてかかるのは簡単だが、彼女はボリンジャーの手で作られたわけではない。意識や心を持つどころか、機械学習が可能だと裏づける証拠さえない。本人に単刀直入に訊くしかなく、問いかける言葉が喉まで出かかったが、ためらいが生じた。答えが得られたとして、その情報をどうすればいい？　フランキーが意識や心を持っているならそれでいい。だが、持っていなかったら？　タングはそれを承知のうえでフランキーを受け入れているのかもしれず、とやかく言われるのを嫌うかもしれない。反対に知らなかった場合に事実を伝えれば、何で余計な詮索をするのかと僕を責めるかもしれない。僕を許す気になってくれたばかりのタングの心の傷を再びえぐる真似はしたくなかった。

気になることもあった。元の持ち主の置き手紙だ。フランキーがただのロボットなら、〝あなたはこの手のものが好きで、扱いも得意だと聞きました〟とは書かないのではないか。僕にそのような評判が立っているとすれば、それはタングを学校に通わせているからだろう。となると、元の持ち主は地元の小学校に何らかの関わりがある人なのかもしれない。ただ、皆が皆、僕たちみたいに言い出したら聞かない頑固なロボットを相手にした経験があるわけではなく、ロボットなどどれも同じだと考えている可能性もある。置き手紙の真意を知る方法はひとつしかなく、僕はその方法を取ることにした。

「フランキー。さっき、課されていた務めの記憶がまったくないと言ってたけど、元の持ち主のことは覚えているかい？」

「覚えていません」

「そうか。そのことについてはどう感じているのかな？」

「パパが本当に訊きたいのはね、フランキーもタングみたいなロボットなのか、それともただの機械なのかってこと」

いつの間《ま》にかボニーもリンゴを手に話の輪に加わっていた。遠慮のない物言いは相変わらずで、意気地なしの僕が訊けずにいた核心にずばっと切り込んだ。フランキーが僕からボニーに注意を移した。

「私はタングみたいではありません。彼は男の子のロボットです」

全然答えになっていない。ボニーと僕は顔を見合わせた。タングと一緒に育ってきたボニーと言えども、ロボットに単刀直入な質問をしたらよくわからない答えが返ってきたという経験は、僕と比べたらまだまだ少ない。

「つまり、フランキーは女の子のロボットなのかな？」僕は尋ねた。

「そういうわけでもありません。性別は私には関わりのないことです」

そうなのか。落胆した。フランキーにも意識や心がありそうだと思いかけていたのに。僕の耳にはフランキーの声は女性のものに聞こえるが、高い声は子どもの声のようでもある。僕はたまたま自分の子どもが女の子だから、無意識のうちに娘と同じ性別を彼女に当てはめていたのかもしれない。彼女。彼。それ。彼ら。フランキーに指定してもらわないと、正しい人称代名詞がわからない。次に訊くべき問いを見出せずにいたら、フランキーがこう続けた。

「私と一緒に残されていた手紙には、〝この子〟と言う時に女性を表す〝her〟という代名詞を当てていましたが、それは単にそうした方が落ち着くからだと思います。もしかすると元の持ち主は女性で、私を同性と思った方が気が楽だったのかもしれません。いずれにせよ、生殖という欲求を持たない私には性別などどちらでもいいことです」

ロボットの生殖……考えたこともなかった。頭のあたりにボニーの視線を感じたが、娘とこんな形でそういう話をしたくはなかったので、僕はかたくなにフランキーだけを見つめた。

「君にはそういう……欲求はないのかい？」

フランキーがウィーンとかすかな音を立てて僕からボニーへ、そしてまた僕へと顔を向けた。

「あるはずがありません。それを考えるほどには長く生きていませんから。いつかは出てくるかもしれませんね」

僕は思わずハハッと甲高《かんだか》く笑った。かぶりを振り、衝動的にフランキーを抱きしめた。フランキーは片方の腕を上げて僕の背中をぽんぽんと叩いた。

「私には抱擁という形で人間と交流した記憶がありません。でも……こうして抱きしめられることを自分がどう感じるか、そのうちわかってくるでしょう」

「ごめん」僕はフランキーから離れた。「僕はすぐ抱きしめちゃうからな。でも、万人が抱擁を好《マイ・カップ・オブ・ティー》きだと思ってるわけじゃないよ」

「私、紅茶は好きじゃない」ボニーがいやそうな顔をした。

フランキーがボニーに目をやった。

「私もですよ、妹のボニー」

ボニーが満面に笑みを浮かべた。そうやって笑うと鼻にしわが寄るところは母親にそっくりだ。ボニーはフランキーのゴム手袋をした手を取った。

「私の部屋においで。おもちゃを見せてあげる」

フランキーはボニーのあとを従順についていった。ロボット掃除機みたいにドアの段差を越えていく。自分ではフランキーのナビゲーション能力が気になっていたつもりはなかったが、なるほど、そんなふうに動くのかと納得した。だが、玄関の手前の階段の下まで来たところで問題に気づいた。

「ボニー、あのさ……」僕は階段を指差した。「何て言うか……フランキーには階段を上るのは難しいんじゃないかな、ダーリン。脚が車輪ではさ。脚があるタングでさえ苦労してるくらいだし……」

「昨日は上れたよ」

予想外の返事だった。

「そうなのか？」

ボニーがうなずく。僕は前日のことを思い返し、上れていなければおかしいのだと気づいた。エイミーが言っていたではないか。フランキーはタングの部屋にいると。ただ、昨日は時差ボケがきつく、フランキーがどうやって二階の部屋にたどり着いたのかということにまで頭が回らなかった。

「ご心配には及びません。これをする際にプロセッサーを調べましたが、警告は特に出ませんでした――」

そう言うと、フランキーは階段の一番下の段へと進み出た。

「つまり、私には垂直方向に移動する機能が備わっているのだと思います」

「階段を上れるってことかい？」

「はい、一階分でしたら上れます」

フランキーが自身の体を一段目の踏み板の高さまで持ち上げ、車輪を回して踏み板の上に前進した。どうやっているのだろう。彼女の背部からは、狩猟用ステッキ（訳注：開閉式の上部を開くと腰かけにもなる杖）に似た棒が斜めに突き出ていた。その先端が床についていることで体のバランスを保っている。まるで尻尾だ。フランキーの内部システムが無事に一段を上りきったと判断すると、彼女は尻尾の位置を調整して再び体を支えつつ、次の一段を上った。一連の動きが繰り返されていく。

「昨日見た突起の用途はこれだったのか！」

僕が大声を出したものだから、フランキーのリズムが崩れかけた。

けっして手っ取り早い方法ではなかったが、フランキーが階段を上れることに僕はおおいに感動した。だが、フランキーが踊り場の手前まで上がったところで、ふと疑問が湧いた。

「フランキー、待った……自分で下りてこられるのか？」

フランキーは頭を百八十度回転させて僕を見た。

「人間はこういう時、何と言うんでしたっけ？　上がったものは必ず下がる？」

持って回った言い方におかしくなったが、できればもう少し具体的な答えがほしかった。フランキーの言葉を真《ま》に受けた結果、あとになって、たしかに彼女は階段を下りられるが、それは氷上を滑るペンギンみたいに体を投げ出す方式だったと判明するようでは困る。

「下りてみてもらってもいいかな?」

「はい」

フランキーがこちらに向けていた顔を前方に戻す。ボニーに目をやったら、彼女は驚くでもなく目の前で起きていることを見つめていた。僕は万が一に備え、娘に脇にどくようにと合図すると、フランキーが派手に転げ落ちても受けとめられる位置に立った。

フランキーが落ちてくることはなかった。たとえるなら、ビデオテープを非常にゆっくりと巻き戻して見ているみたいだった。階段を上る時と動作は同じだ。ただし今回は……上らない。フランキーは車輪を後ろ向きに回転させ、いったん尻尾を引っ込めながら階段を一段下り、再び尻尾を出すという動作を繰り返しながら、僕たちの方へ下りてきた。こちらに背を向けたまま、梯子《はしご》を下りる時のように。

「それ、いらいらしないの?」と、ボニーが尋ねた。「後ろ向きで階段を下りなくちゃならないのって。変な感じする?」

ボニーを振り返ろうとして、フランキーがぐらりと体勢を崩しかけた。全員どきっとした。フランキーは前に向き直り、体を安定させてから答えた。

「今の質問への答えは、改めて考えればそうでしょうが、いちいち考えない、です」

ボニーが僕を見上げて肩をすくめた。

「まあ、そうだろうな」僕は言った。

ボニーも僕もそれ以上は邪魔をせず、フランキーが下りてくるのを見守った。階段を下りきると、フランキーはくるりと回転して僕たちを見た。何を言えばいいかわからなかったが、フランキーは誰かが沈黙を破るのを待っているようだった。いや、沈黙を埋めたかったのは僕の方かもしれない。

「すごいよ、フランキー」と、声をかけた。「お見事」

「ありがとうございます」フランキーはそう言うと、再び黙り、僕かボニーが話すのを待った。そこへ玄関のドアが開き、タングが帰ってきた。

「何してるの？」

「フランキーがパパに階段を上れるとこを見せてたの」ボニーが答えた。

「へえ。いいね。ベン、お遣い終わったから庭に出てもいい？」

「もちろん」

「フランキーも一緒に行こ」

フランキーはその場を動かず、ボニーを見た。そして、言った。

「ボニーにおもちゃを見においでと誘われているんです」

「そっか。わかった」タングはそう答えると、自分も二階へ行こうとした。タングとフランキーとボニーの間に、無言の、だが目に見えそうなほどはっきりとした気まずい空気が流れた。フランキーとふたりだけで遊びたいボニーは、自身のその明白な意図と、自分も当然仲間に入れてもらえるものと信じているタングの気持ちとに折り合いをつけようとしていた。ボニーが拳《こぶし》を握りしめる。ストレスの度合いが強くなっている証拠だ。フランキーはボニーとタングを交互に見ていた。頭の動きがどんどん速くなっていくのは、ふたりからの相反する誘いにどう応えるか、決めかねているからだろう。僕が間に入るしかない。

「タング、来週から始まる新学期に備えて、持っていくものを一緒に確認してくれないか？　必要なものが揃っているか確かめたいんだ。それがすんだら遊んでいいから」

形状の異なる三対の目がいっせいにこちらを見た。皆の心のうちは容易に想像できた。僕としてはタングに再び嫌われたくはなかったが、フランキーとボニーがふたりだけの時間を過ごす重要性も理解していた。フランキーがこのまま僕たちと暮らすなら、どうにかしてボニーと絆を結ぶ必要がある。

「とりあえず、フランキーに意識や心があるのは間違いなさそうだ」

あとになって、僕はピーマンを刻みながらエイミーに言った。「そうそう、フランキーが階段を上れるって知ってた?」

エイミーが眼鏡を外し、目の前のテーブルの、作業中のファイルの上に置いた。遠近両用眼鏡のはずだが、手元を見る時以外は使いたがらない。少なくとも、それをつけたまま遠くを見ることにはなかなか慣れない様子だった。僕は余計な指摘はしないでおいた。エイミーがこちらを振り返り、ダイニングチェアの背に片方の腕をだらりと掛けた。

「知ってた。と言うより、上れるんだろうと思ってた。昨日は二階に上がれてたから。でも、どうやったかは見てない。大騒ぎするほどのことじゃないと思ってたけど、あなたの口ぶりだとすごかったみたいね」

「僕はすごいと思った」

「どうやって上ったの?」

「まず、フランキーにはこんな……」と、狩猟用ステッキみたいな棒の説明をしようとして、結果的に品のない動作をしてしまった。

エイミーが片方の眉をぴくりと上げる。

「いや、違うんだ。ニョキッと出てくるんだよ……尻尾みたいなものが。うまく説明できないけど」

「たしかにできてないわね」エイミーはそう言ってほほ笑むと、眼鏡をかけ直した。

「自分の目で確かめてくるわ」

僕は夕食作りを続けながら、家族がフランキーにさっきの隠し芸をもう一度せがむのを聞いていた。新しくやって来たロボットが、猿回しの猿みたいな気分にならなければいいのだが。やがて戻ってきたエイミーは、片手を腰に当て、もう一方の手をキッチンカウンターに載せて指先で一度カウンターを叩くと、言った。

「あれはすごいわ」

「僕もさっきおんなじことを言ったよ」

エイミーがうなずく。そして、少し間を置いてから続けた。

「でも、すごいとばかりも言ってられない。まずいわよね……未登録のロボットがうちにいるっていうのは。またしても」

五　眼球

日本から帰国し、タングの二年目の学校生活が始まるまでの十日ほどの間に我が家に仲間入りしたのは、新たなロボットだけではないのかもしれない。うちには幽霊もいるのかもしれない。まあ、それは冗談にしても、床に次々にへこみができるものだから、僕もエイミーも首をひねっていた。

妙な出来事はそれだけではなかった。夜中にテクノミュージックの裏打ちのベース音、いわゆるドンクベースみたいな音がするのだ。そのたびに僕もエイミーも起こされた。ただ、音と床のへこみとに関連があるのはあきらかながらも、何が起きているのかまでは突きとめられずにいた。

しばらくは互いにその問題に触れるのは避けていたが、ある晩、寝る前に一階の片づけをしていた時に、ついにエイミーが切り出した。

「ベン、床のあちこちにできてるへこみが何なのか、知ってる？」

「いや、さっぱり。僕も同じことを訊こうと思ってたんだ」

「タングかボニーがゴルフボールでも手に入れて遊んでるのかしら?」

「かもな」

そう言いながら、廊下にいるエイミーの隣に立った。エイミー自身は、僕が廊下に出た時には四つん這いになり、片手で頰杖をついて寄木《よせぎ》張りの床を調べていた。僕の足音に気づき、へこみのひとつを示す。僕はエイミーの向かいにあぐらを組んで座ると、問題の場所をのぞき込んだ。

「たしかにゴルフボールか何かでできた跡に見える。でもブライオニーか、あの家の誰かからもらわない限り、子どもたちがゴルフボールを手に入れられるとも思えない」

「ブライオニーが渡してたんなら許さないんだから。見てよ、このひどい有様!」

「ここ、見て」と、僕はへこみのひとつをこすった。「へこんでいるところに黒い色がついてる」

床板に使われている木材は色が濃いので、へこみはともかく、へこみに付着した黒い跡は床に同化していた。近くで目を凝《こ》らして初めて、どのへこみも同様だと知った。「子どもたちがやったとしか思えない」目の前の証拠を手早く調べながら、エイミーが言った。「本人たちに確かめないと」

そのまま勢いよく立ち上がったものだから、てっきり今すぐ確かめるのかと思った。

しかし、それでは子どもたちを起こすことになる。タングは単純にねじを巻くなり何なり、普段〝眠り〟から覚める時にしていることをするだけだろうが、ボニーがすんなり起きるとは思えない。きっと僕たちにものを投げつけるくらいのことはするだろう。そう指摘しようと見上げたら、エイミーが先回りして言った。

「もちろん、今じゃないわよ。私もばかじゃないわ」

「よかった」

「明日の朝、ふたりを捕まえて確かめてみましょ」

エイミーが言っていた〝明日の朝〟とは、よりによって彼女がロンドンでの弁護士仲間との朝食を兼ねた会議のために、いつもより早く家を出る朝だった。床のへこみについて子どもたちに説明を求める場にいられないことを、昨夜の時点でエイミーが認識していたかはわからない。いずれにせよ、ボニーとタングを問いただす役目は僕に託されてしまった。うまくいくよう祈るしかない。

ボニーが嘘をつくことはまずないだろう。ただしそれは、娘を生来の正直者だと思うからではない。娘の場合、悪いことをしてもそれが悪いとは理解できていないことがあり、それゆえに自分を正当化して人に責任を押しつけることもしないのだ。とは言え、嘘をつけないわけでもない。以前、タングが学校でいじめに遭い、ボニーがいじめた男の子の顔にパンチを見舞うという、マフィアの下っ端みたいなやり方で〝対処した〟際には、ボニーもタングもそれらの事実を黙っていた。あの時のボニーは、人に暴力を振るってはいけないことを十分に理解しながらも、自分にとってはそれが理にかなった解決方法だと思っていた。ボニー流の〝目には目を〟だ。

　そんなわけで、ボニーとタングが床にへこみを作ったのは自分たちではないと答えた時、僕はふたりが嘘をついているとは思わなかった。ただし、ふたりが事の次第を知っているのは間違いなさそうだった。

「あのさ、何が起きているのかを話してくれさえすれば、怒ったりしないよ」

　厳密には正しくないが、嘘でもない。正直に話してくれるなら叱るつもりはない。ただ、絶対にカッとならないとも言いきれない。だが、今はそんなことより謎の解明だ。

　タングもボニーも黙っている。僕はより具体的な質問で真相を探ることにした。

「ボニー、床のへこみを作ったのはボニーか？」

「違う。床のへこみを作ったのは私じゃない」

「そうか。じゃあ、へこみを作ったのが誰かは知ってるか？」

「うん」

　その答えに僕が緊張しながら次の質問を口にしようとしたら、ボニーはこう続けた。

「うんでもあるし、ううんでもある」

「どういうことだ？　〝うんでもあるし、ううんでもある〟って」

「へこみがどうやってできたかは知ってるけど、誰のせいでもないと思う」

「だけど、へこみが勝手にできたわけじゃないだろう？」

自分の言葉にたじろいだ。〝親が言いがちなフレーズ〟をテーマにした終わりなきビンゴゲームでもしている気分だ。僕は心の中でまたひとつ、親の台詞にチェックマークを入れた。

「うん、勝手にできたわけじゃない」

「じゃあ、誰がへこみを作ったか、言ってごらん」

「言わない」

「ボニー！　頼むから聞き分けのないことを言わないでくれよ」

胸の前で腕を組んだ娘を見て、今はこれ以上のことを聞き出そうとしても無駄だと悟った。タングがかわりに追及に屈してくれたのは幸いだった。何かを言ったわけではない。ただ、一瞬視線を横にやり、再び正面に戻したのだ。自分がうっかりやってしまったことを自覚してすぐに目を伏せたが、僕がタングの見ていた先に目を向けたまさにその時、フランキーの左目が眼窩《がんか》からぽろりと外れ、床に落ちてコンコンと音を立てた。左目はそのまま転がり、僕の足に軽く当たって止まった。僕は目を拾い上げると、タングとボニーを見た。

「ふたりとも、もう行っていいよ」

ボニーはちょこちょこと走り去り、タングもガシャガシャとその場から離れた。ふたりの背中に向かって〝最初から話してくれればよかったのに！〟と言いたい気持ちに駆られた。言ったところで返事など返ってきやしないのだが。僕はただ、ふたりがやっていないことをやったと決めつけて呼びつけたわけではないのだと、自分を正当化したかっただけなのかもしれない。

ため息をひとつついてから、フランキーに歩み寄り、その場にしゃがんで眼球を渡した。だが、フランキーはゴム手袋をした手にそれを持ったまま、顔にぽっかりと空いた黒い穴に戻そうとはしなかった。見られたくないのかと顔をそむけてみたが、やはり動かない。

「どうしたんだい？」

フランキーは何も言わず、眼窩に眼球を戻した。眼球はすぐに外れて転がり、フランキーの車輪にぶつかった。フランキーは足元をのぞき込むと、僕に視線を戻した。

「すぐに外れちゃうんです」

僕は周囲の床を一瞥し、うなずいた。

「うん、見た感じ、そうみたいだな」

「床をこんなふうにしてしまってごめんなさい。どうしていいか、わからなくて。壊れていることを知られたら、追い出されてしまうのではないかと思ったんです」

「ああ、フランキー」

僕はフランキーの肩を優しく叩いた。我が家に限って、壊れているからとロボットを追い出すことは絶対にない。そう口で説明するのは簡単だし、実際伝えるつもりだ。ただ、フランキーの不安は、彼女がいかにして以前の暮らしを失ったかを雄弁に物語っていた。タングは自らの意志で生みの親の元を離れた。虐待を受けていたからだ。ジャスミンはスパイとして我が家に送り込まれたが、悪事には加担したくないと、我が家に留まる道を選んだ。ふたりとも自分で決断した。けれどもフランキーは、もう役に立ちそうにないからと一方的に追い出された。捨てられる恐怖を克服するまでには相当時間がかかるだろう。フランキーの気持ちを思うと怒りがこみ上げてきた。謎だらけのフランキーの過去をたどった先にいるのが誰にせよ、せめて、あんな捨て方をした裏にはやむにやまれぬ事情があったのだと思いたい。

僕はフランキーの眼球を拾うと、彼女に差し出した。

「これは直してあげられる。でも、仮に君が僕らには直せない問題を抱えていたなら、僕は心配だ。エイミーだってそうだよ。家族みんなが心配する。今は僕らが君の力になる時だ。謝ることなんかないんだよ」

フランキーは黙ったまま、その場で小さく身動きをした。その動きに関係するすべての場所が低い動作音を立てた。フランキーは忍者や屋根から忍び込む泥棒には絶対になれない。

「さてと。目のせいで痛みを感じるかい？」

「痛み。いいえ。たぶん感じていないと思います。少なくとも身体的には。心では感じているのかもしれませんが、それは目が外れてしまうせいではない気がします。でも、やっぱり目のせいなのかも。よくわかりません」

「まあ、何が原因にせよ直さないと。な？」

フランキーがうなずく。

「その目がないと、きちんと見えないのかな？」

「いいえ。見た目が美しくないだけです。片目でも視覚情報をもとに正しく映像を認識できますし、奥行きも正確に計算できます」

「よかった、少なくとも見え方に問題はないわけだ。それでも目が外れることで君に少しでも不都合があるなら、ちゃんと直さないとな。助けになってくれそうな友達に連絡してみるから、少し時間をくれるかい？」

「はい。ありがとうございます、ベン。タングには、あなたのことを好きになり過ぎない方がいいと言われました……きっと、あなたも私を捨ててしまうのではないかと心配したのだと思います。でも、あなたはそんなことはしないとよくわかりました。

あなたは優しい人です」

すぐさまタングの元に行き、フランキーにあんなことを言うなんてと叱りつけたい衝動に駆られたが、ぐっとこらえた。それは然るべき時が来たら言おう。タングがなぜそんな発言をしたかは理解できる。僕の気持ちを傷つけたかったわけではない。僕はそう信じている。タングはいつまでも何かを根に持ったり復讐に燃えたりするタイプではない。ただ、ひどく傷ついたばかりだから、二度と同じ思いをしないように予防線を張ったのだろう。もっともそれはタングにとっては一種の賭けだ。人間が相手に距離を置かれるとかえって近づきたくなる生き物であるように、フランキーにもそういう人間っぽさがないとも限らない。

それでも、ジャスミンの時と同じようにフランキーに接することは慎もうと心に決めた。ジャスミンに対しては、僕は結果的に白馬の王子様みたいに振る舞ってしまっていた。ただ、そうは言ってもフランキーの目は直さなければならない。僕はカトウにメールを送った。

――カトウへ
みんな変わりなく元気にしているかな？　ところでちょっと訊きたいんだけど、眼窩ってどうしたら小さくできるのかな？
教えてもらえたら助かるよ。
ベン

東京は夜も遅い時間だったが、ほとんど間《ま》を置かずに返事が来た。そう言えばエイミーが夏にカトウと働いていた時、彼は必要なら残業もする、かなり遅くまで働くこともあるようだと話していた。今日はそれが幸いした。

——眼窩？　人間の？

——ロボットだよ！

〝決まってるじゃないか〟と続けたくなったが、やめておいた。カトウのユーモアのセンスは時としてわかりにくく、少しだけいらっとすることがある。

——彼、今度は何をしでかしたんだ？

一瞬考えて、タングのことを言っているのだと気づいた。僕自身の頭の中にはフランキーのことがあったから、当然彼女の話のつもりで書いていたが、それをカトウに説明していなかった。

――いや、違うんだ、タングはいたって元気。今回はまた別のロボットなんだ。

メッセージの送信ボタンを押したら、すぐに向こうが入力中であることを示す点々が画面に表示されたので、僕は急いでつけ足した。

――今は何も訊かないで。その話はまた改めて。

――わかった。眼窩の開口部の口径を自分で変えるのはあまりお薦めできない。修理センターに頼めないのかい？

――あっ、そうか。うん、たしかに。ありがとう。

そこでふと、ジャスミンの様子をうまく尋ねられずに、そのままにしていたことを思い出した。

――ところでジャスミンはどうしてる？　面倒をかけたりしてないかな？

すぐには返信がなく、僕は訊いたことを後悔した。寝た子を起こすような真似はせず、僕が気にかけていることをジャスミンに知られないよう、そっとしておくべきだったのかもしれない。だが、しばくして返ってきたのはこんな返事だった。

――ごめん、最近トモがおねしょをするようになって、シーツを替えてるところなんだ。リジーがトモを僕たちのベッドに寝かせてる間に。

仕事中ではなかったらしい。

――ジャスミンはとても元気だよ。すばらしい戦力になって、チームのみんなにも認められ、愛されている。東京に残るというジャスミンの決断は正しかったと思う。仕事を通して彼女の能力もめざましく発達しているよ！

無意識に行間を読んでしまいそうになるのを無理やり押しとどめた。カトウは別に、僕たちもジャスミンの可能性を広げようと努力していた事実を蔑《ないがし》ろにしているわけじゃない。そう自分に言い聞かせたが、ジャスミンとの間にあったことへの罪悪感が今も僕の心に重くのしかかっていた。

〝ジャスミンのことは君に任せるよ〟と打ち、送信しようとした時、カトウから追加のメッセージが来た。

――当面、眼帯をつけたらどうかな？　君じゃなくて、ロボットにね。

ウィンクの顔文字つきの最後のひと言は知らんふりをしておいた。それでもカトウの助言には全幅の信頼を置いている。僕はすぐに立ち上がり、子どもたちのコスチュームなどが入っている衣装ケースを見にいった。

「フランキー？　ちょっとこっちに来てくれるかい？」

フランキーの眼帯を見て、タングは少しうらやましそうだった。ボニーもだ。おかげで眼帯を追加で注文するはめになった。それから一、二週間は、未来版の『ピーター・パン』さながらに、家の中をちびっこ海賊たちが歩き回っているみたいだった。

タングもボニーも目の機能を制限される状況にかなりてこずった。ボニーはもともと体の物理的な知覚にやや心許ないところがある。どこかしらにぶつかっては、古いジャガイモみたいに痣《あざ》をこしらえている。それでも距離感の掴み方は優れているし、目と手の反射的な協調性も人並みにある。ボニーが将来的に僕と同じ獣医師を目指すことがあれば、それらはおおいに役立つだろう。そんな未来をつい想像したくなる。僕の跡を継いでくれるなら、やはり嬉しい。ただ、勝手に決めつけたくはない。

生まれてこのかた、ボニーは痣を作ってもけろっとしていて——ちっとも痛がらない。痣の存在にすら気づいていないこともあり、痣のせいで泣いたこともない。あれは小学校での一年が終わりに差しかかった頃だったか、一度、上腕部に大きな痣を作って帰ってきたことがある。黄色とも緑色ともつかない色に落ち着くまで一週間かかり、なかなか完全には消えなかった。ボニーは校庭で転んだと言い張っていたが、エイミーも僕も誰かと喧嘩したのではないかと案じた。だが、学校側が何かを把握している様子もない。そうなると、喧嘩の相手はタングで、タングがボニーを叩いたのではないかと、今度はそっちが心配になったが、兄妹喧嘩をしたのなら、どちらかが言いつけにきそうなものだ。

それにうまく説明できないが、タングのせいでできた痣には見えなかった。二股に分かれたマジックハンドの手先に思いきり力を入れても、ボニーの腕にある痣の形にはなりそうもない。最終的には記憶をたどり、ボニーが庭のデッキの階段から芝の上に落ちたことを思い出した。ちなみにその事実さえ、僕とエイミーはボニーが事のついでに話すまで知らなかった。

あれはとある日の夕食の時だった。

「エイミー。キツネがまたうちの庭に来たみたいだ。気づいてた？」

「ええっ。知らなかった。もう、ほんとにいや。今度は何を掘り起こしたの？」

さらに時をさかのぼって補足すると、数カ月前、地方都市に出没するキツネがうちにも現れ、庭に埋葬した飼い猫の腐敗した亡骸《なきがら》を掘り起こすという腹立たしい出来事があった。おかげでもう一度埋め直し、その上に重い植木鉢を置いて再発を防ぐはめになった。タングはひどく取り乱したが、最初にそれを発見したボニーは平然としていた。個人的にはあの時の自分の対応は非常によかったと思う。ボニーに、「我慢しなくてていいんだよ、あんな光景、誰だって見たくないんだから」と言い聞かせたのだ。ところが、ボニーはただ眉根を寄せ、キツネが食べものをあさるのは有名な話だし、死骸も食べるのだから、猫を埋める時点でそのことを考えるべきだったのかもしれないと答えた。

それはともかく、庭の芝にまたしてもえぐったような跡を発見した僕は、今度もキツネの仕業だと思った。もっとも、前回のことがあるのに、よりによって夕食の席でその話題を出してしまうとは、僕もどうかしている。何を掘り起こしたのかは不明だと答えようとしたら、ボニーが話に割り込んできた。

「階段のそばのちょっとへこんでるところの話？」

「そうだよ」

「あれは私の頭」

「頭って？」

「芝生のへこんでるところのこと。キツネがやったんじゃなくて、私が頭をぶつけたの」

「ええっ⁉」

エイミーと僕は同時に声を上げた。タングはクスクス笑っていた。

「階段で転んで、頭から芝生に突っ込んだの」

「どうしてすぐに教えてくれなかったんだ？」

そう尋ねたら、ボニーは肩をすくめた。

「へっちゃらだったから。何も壊れてなかったし少なくとも私は怪我してなかったよ」

「ボニー、そういう時はちゃんと話してくれないと！」エイミーが注意した。

「怒ってるの？　どうして？　芝生がへこんじゃったから？　別に大丈夫かなって思

ったんだよ。だって芝だもん。芝はまた伸びるでしょ」

「芝の心配をしてるんじゃないんだ、ボニー！　どこかに体をぶつけたりした時は、必ずパパたちに言わなきゃだめだ。自分では気づかなくても、とても危険な状態になっていることだってあるんだよ」

あの時ボニーは、次からは怪我をしたらちゃんと報告すると約束し、その約束をうんざりするほどきっちり守った。どこかに体をぶつけて軽くすりむいたり、うっすら痣ができたりするたびに、律儀に報告してきた。こちらとしても教えなさいと注意した手前、いちいち全部報告しなくてもいいとも言えず、娘が物事にはほどほどというものがあるのだと気づくまで辛抱強くつき合うしかなかった。幸い、ボニーも気づいてくれた。あるいは報告することに飽きたか。報告しなくなったのはフランキーが我が家にやって来て少したった頃からだから、飽きたというより別のことに気を取られていたのかもしれない。

話を奥行きの認識に戻すと、ただでさえすぐに体をぶつけたり転んだりするボニーが、自分もフランキーみたいに眼帯をすると言ってきかないものだから、親としてははらはらした。念のためにヘルメットをかぶらせておいた方がいいだろうか。

苦労していたのはタングも同じだ。ボリンジャーは人間の目の仕組みを模してタングの目を設計し、回路を作ったらしい。おかげでタングは片目でものを見られるものの、距離感をうまく摑めなくなった。それでも、フランキーが眼帯をつけているうちはタングもボニーも外す気はないようで、僕はカトウの助言を恨めしく思った。

ちびっこ海賊ブームを終わらせるにはフランキーの目を直すしかない。僕は地元で出張修理を請け負っている、だぼっとしたジーンズがトレードマークの気のいいロボット修理専門技師のニックに、一度うちに寄ってもらえないかとメッセージを送った。翌日、さっそくニックがやって来た。

玄関の呼び鈴に気づいたボニーが、サンドイッチを手にしたまま、読んでいた本からぱっと顔を上げた。銃声を聞きつけた鹿みたいだ。

「今の、誰？　何しに来たの？」

「ボニー、落ち着いて。たぶんロボット修理のお兄さんだよ。フランキーの目を見にきてくれるよう、頼んでたんだ」

「どうして教えてくれなかったの？」

たしかに。なぜボニーに伝えておかなかったのだろう。そもそも伝えるという発想がなかった。応対するのはボニーではないから、知る必要もないと思っていた。それをそのままボニーに伝えた。

「それでもこういうことはちゃんと教えといてほしい」ボニーが大人びた口調で非難した。まったくもうとばかりに両手を掲げるさまは、彼女の母親や伯母のブライオニーが僕に見せる仕草にそっくりだ。

「どうして?」

そう尋ねつつ、僕は立ち上がって玄関に向かった。返事がないので振り返ったら、ボニーは同じ場所に座ったまま膝《ひざ》を胸元に抱え込み、そこに顔の下半分を押しつけるようにして床を睨んでいた。靴下の中でつま先をそわそわと動かしている。僕は玄関を開けにいかなければという思いと、娘を抱きしめてやりたい思いとの狭間で揺れた。なぜかはわからないが、ロボット修理工の訪問はボニーを落ち着かなくさせていた。

玄関を開けた瞬間、視界の右側にすばやい動きがあった。ボニーが脱兎のごとく二階に駆け上がったのだ。子ども部屋のドアがシュッと閉じられるのが聞こえた。ボニーを動揺させたことを心苦しく思うべきなのか、動揺する理由がわからないことに気が咎《とが》めるべきなのか、それともばかげた行動だと腹を立てるべきなのか、わからなかった。結局、そのすべてが頭の中でぐるぐるして収拾がつかないままに、僕はロボット修理工を迎え入れ、キッチンに通してお茶を淹れる支度にかかった。

子ども部屋にいる限りはボニーは少なくとも安全だし――平常心を取り戻しているはずだ。僕は娘への心配にはあとで向き合うことにして、いったん心の戸棚にしまうと、目の前の問題に集中した。

「実は」と切り出しつつ、控えめに砂糖を入れた紅茶のマグカップをニックに差し出した。「新しいロボットを迎えたんだ」

ニックが笑う。「驚かないですけどね」

家を留守にしていた間にフランキーがやって来たこと、それが正確にいつの時点だったのかは不明だが、アナベルが我が家を離れてから僕たちが帰宅するまでの間だったことを説明した。しかし、考えてみれば修理には不要な情報だ。僕は急いで本題に入った。

「問題はフランキーの目なんだ。すぐに外れてしまう」

「なるほど」

ニックが相槌を打ち、辺りを見回す。そのまま数秒がたち、僕ははたと、ニックが話の続きを待っていることに気づいた。

「問題はそれだけなんだけどさ。直し方がわからなくて」

ニックはにっこりした。「直すのは難しくないと思うんですけど、まずはフランキーを見ないことには……」

「そうか。そりゃそうだ」

僕は廊下に出てフランキーを呼んだ。すぐには反応がなく、もう一度呼ぼうとしたところで複数の声がして、ボニーの部屋のドアがさっと開いたのが聞こえた。フランキーが階段を下り始めたことを告げる、あの独特なウィーンとコツンコツンが組み合わさった音を確認してから、僕はキッチンに戻った。

「もうすぐ下りてくるから」

そう伝えたら、ニックは困惑した。

「あの……手伝ってあげなくていいんですか？」

「ああ、平気、平気。時間はかかるけどタングより遅いってことはないから。車輪を置く位置に注意する必要があるだけで」

「車輪？」

ニックはマグカップをキッチンカウンターに置き、階段の下まで様子を見にいった。フランキーは踊り場から一階へ、ゆっくりながらも着実に下りている最中だった。

ニックはその場にしゃがんでフランキーの下側を見ようとしたが、のぞき込むには胴体と床との隙間が狭すぎた。

「どういう仕組みになってるんですか？」と、僕に訊いてくる。

「そこに……」答えようとして、エイミーにした以上の説明などできないことに気づいた。あの時のジェスチャーを繰り返したくはない。だいたい、ロボット専門の技術者にわからないことが僕にわかるはずがない。

「振り子なんです」フランキーが説明した。

「ということだ、ニック」そう言ってはみたものの、僕には何が何だかさっぱりだ。

もっとも、それぞれのロボットの仕組みを理解することはとっくに諦めている。我が家に迎えたロボットは全員、動く仕組みが違う。フランキーはなぜ、彼女が階段を上り下りする姿を僕たちが初めて見た時に、振り子のことを黙っていたのだろう。まあ、フランキー自身、自分について知らないことが山ほどあるようだから、彼女にとっても新たに気づいた情報なのかもしれない。妙な気分だろうなと、僕は思った。周囲で起きていることはしっかり把握し、やれることもたくさんあるのに、それを実際にやってみるまで、自分で自分のしていることが理解できないなんて。

タングの時もジャスミンの時も、僕たちは言葉で直接やり取りしながら、彼らが何者で何がしたいのかという謎を解こうとした。タングの場合ははじめのうちは何を聞いてもとんちんかんな答えしか返ってこず、会話にならなかったが。

完全に初期化されて記憶が消去されているフランキーの場合、話をしたところで手掛かりは得られそうもない。フランキーが自分にできることを確認し直す過程で記憶も戻るか、しばらくは様子を見て、だめなら他の方法を探るしかないだろう。あるいは様子を見守りつつ、他の手段も考えるか。いずれにせよ、フランキーには取り急ぎ対処すべき問題があり、ニックにもそちらに集中してもらわなければならない。

僕は咳払いをした。「それよりフランキーの目なんだけど……」

六　除籍

ボニーの教育は学校では行わない。そう決めたとは言え、タングを学校に連れていかなければならないことに変わりはなく、新学年の初日の朝を迎えると、タングは新しい友達であるフランキーに気を取られつつも興奮を抑えきれなくなっていた。廊下に出て玄関の前に立ち、叫んでいる。

「ベン！　ベン！　ベン！　ベン！　ベン！」

日に日に口が達者になっていくタングから、こんなふうに呼ばれるのはずいぶん久しぶりだ。夏休みで学校を離れている間に今まで学習したことを忘れてしまったのかと、一瞬不安になった。そんな僕にエイミーは、ばかな心配をしてないで、さっさとタングを学校に連れていってと言った。手厳しい言い方に聞こえるかもしれないが、僕の場合、それくらいはっきり言われないとだめな時もある。

その日は動物病院には遅めに出勤する予定だったので、僕はジーンズとTシャツに手早く着替えて一階に下りた。タングは肩から鞄をさげ、いつでも出発できる状態で、足を左右にぴょこぴょこと踏み換えていた。僕の靴まで出してある。

ボニーも廊下に立っていた。フランキーにつき合って眼帯をつけている。フランキーの目の問題はニックにもまだ解決できていない。ボニーは不安げだった。僕は勘を働かせて声をかけた。

「心配しなくても、学校へは本当に行かなくていいんだよ、ボニー」

ボニーの緊張が少しほぐれた気がした。

「今日は、ボニーはママと一緒にお家《うち》で過ごす。あとのことは、まあ、おいおい決めよう」

おいおいというのはだいぶ控えめな言い方だ。ホームエデュケーションのやり方については たしかにまだ模索中だが、僕とエイミーはすでにかなりの時間を費やしてボニーの家庭での教育計画を練っていた。ホームエデュケーションが正しい選択だと、ふたりとも本心では思っている。それでも互いの言葉の端々に心の揺れが表れている気がした。学校を辞めさせるなど、やはり無謀な試みなのではないか。それより学校に慣れさせた方がボニーのためになるのではないか。

早まった決断だったのかもしれない。だが、ボニーの表情が不安から安堵に変わるのを見ていたら、学校生活に無理に溶け込ませようとするよりも家庭学習に切り替えた方が、娘も心穏やかに学べるはずだと確信した。ボニーを学校に行かせることは丸い穴に四角い杭を打とうとするようなもので、それはこの先もけっして変わらないだろう。

「パパがタングを学校に送っていくのに、私もついていかないとだめ？」ボニーが静かに尋ねた。

それについてはあらかじめエイミーと話し合っていた。自分たちを褒《ほ》めてやりたい気分だった。

「ついてこなくて大丈夫だよ。パパとママのどちらもボニーのそばに残れない時には、一緒に来てもらわないといけないだろうけど、今日は大丈夫だ」

その週はエイミーが休暇を取っていた。ボニーには一定の時間を僕と一緒に動物病院で過ごしてもらう予定だが、それがうまくいかなかった場合はエイミーに迎えにきてもらう手筈になっている。エイミーとしては、新学期の初日の朝だけは何としても家にいてやりたいとの思いもあった。新学期が楽しみで大騒ぎしている子どもたちの中を歩かせたり、ボニーはどうして制服を着ていないのかといちいち訊かれたりする状況は、娘には酷だ。ボニーが学校を辞めた話はいずれ皆の知るところとなるだろうが、今日である必要はない。

僕が仕事に行く支度をする間にエイミーがタングを送っていってもよかったのだが、僕も時間に余裕があったし、何よりタングが僕に来てほしいと希望した。ただ、そうなると必然的に、ボニーを従来の学校教育とは異なる方法で教育していくと通知する校長への手紙を渡す役目も、僕が引き受けることになる。ホームエデュケーションに踏みきったのには、学校との間に問題があったことも関係している。その事実が今回の決定に対する先生方の受けとめ方にどう影響するかを考えると、気が重かった。タングのことでは、学校との間に問題はない。一度いじめに遭ったことを除けば、タングは登校初日からクラスになじみ、楽しそうに学校生活を送っている。あいにくなことに、その一度きりのいじめでより大きな影響を受けたのはボニーだった。ご承知のとおり、ボニーはまずい方法でいじめに対処した。あの時点で僕たちは厄介な一家という烙印を押されており、ボニーのための今回の決断がその印象をますます強めることは容易に想像がつく。そのせいでタングが学校に居づらくなったりしませんようにと僕は祈った。学校との問題にタングを巻き込みたくはない。

通学路を行くタングに後れを取らないように歩くのはなかなかに大変だった。こんなことは滅多にない。何しろタングの脚はとても短く、僕の脚は人間の中でも長い方なのだ。だが、早く学校に行きたくてたまらない今日のタングは、まるで車輪つきの乗り物にでも乗っているみたいだ。むろん、乗ってはいない。僕がうっかりしてタングのキックボードを持って出るのを忘れたからだ。そうなると、あとでタングを迎えにいくエイミーが持っていかなければならない。いやな顔をされそうだ。キックボードを押していくには、エイミーの腕、あるいはハンドルの長さが足りず、抱えて運ばねばならないからだ。これは結構大変だ。先進国イギリスに暮らす中流階級の家庭の親の贅沢な悩みだ。

話を戻そう。

タングを学校に送り届けるまではすんなりいった。タングは門をくぐる時にちらっとこちらに手を振っただけで、すぐに友達に囲まれ、ほとんど姿が見えなくなった。僕が歩き去ろうとするタングの眼帯を外したことにさえ、本人は気づかなかった。

タングと、タングを太陽系の惑星みたいに取り囲む同級生の一行が見えなくなるのを待って、僕は封をした手紙を指先で軽く叩きながら学校の事務室に向かった。

受付窓口には誰もいなかったので、呼び鈴を鳴らし、応答を待つ間にスマートフォンを取り出してエイミーにメッセージを送った。

——事務室で応対してもらえるのを待ってる。本当にこれでいいんだよな？

〝そうよ〟と返信があり、数秒後、〝迷ってるの？〟と送られてきた。

——念のために確認しただけ。

僕はしばし考えた。手紙を渡したらどうなるのだろう。たぶん、すぐには何も起きない。僕が学校を出たあとで、誰かが手紙を校長室の未読トレイに置くか、封を切って直接校長に渡すだろう。後者なら、僕たちの用件は急を要するものと判断されたことになり、校長もすぐに手紙に目を通し、こんなに簡単にボニーを辞めさせることはできないと連絡してくるかもしれない。

だが、僕たちも事前にしっかり調べていたから、その気になればそれくらい簡単に辞められることを知っていた。辞めさせますと通知して仕舞いにすることは可能だし、その件に関する電話や面談に応じる必要もない。ただ、何を調べても助言は同じで、電話や面談には応じ、地方自治体の担当者とも敵対せずに協力関係を築いた方が賢明だという内容だった。理屈はわかるが、仮に学校や自治体が僕たちの決断を少しでも批判しようものなら、エイミーは躊躇なく協力関係を築くことをやめるだろう。一方で、いくら原則的には簡単な手続きですませられると言っても、心を持つロボットひとりは学校に通わせ、人間ひとりは学校への登録を解除して家庭で教育しようという時に、最も避けたいのは地方教育当局と対立することだ。

家への帰り道、僕はボニーを学校に送り届けることがタングの場合といかに違っていたかを思い返していた。毎日のように親の脚にしがみついて離れない娘を引き離すのがどれほど大変だったか。学校での出来事も、ボニーは滅多に話そうとしなかった。娘はどう頑張っても学校生活には向かないのだ。今ならそれがよくわかるし、あの子の——唯一の——友にして親友のイアンと同様、ボニーも学校とは異なる仕組みの中に身を置いた方が……いや、むしろいかなる仕組みにも縛られない方がうまくやっていける。

いや、違うな。〝教育機関〟には縛られたくないと言った方が適切だ。何らかの仕組みはほしい。学校教育を受けて育った僕たち夫婦にとって、将来的に娘の不利にならないような教育方法を見出すのは容易ではない。ともすれば、万事がかっちりと決まっている学校生活と大差のない環境を作ってしまいそうになる。だが、仮に学校と変わらない教育になったとして、それはいけないことだろうか。答えはわからない。これまでにさまざまな情報に当たり、知識を得てきたが、どうすることがボニーにとって最善なのか、まだまだ手探り状態だ。

帰宅すると、ボニーが居間のローテーブルで朝食を食べながら、明るい色調の教育番組風のテレビ番組を見ていた。ホームエデュケーションの始まりとしては悪くない。きっとエイミーもそう判断したのだろう。ちなみに〝朝食を食べながら〟と言ったが、今朝のボニーはリング状の小麦のシリアルを、いつもの食事の時みたいにスプーンいっぱいにすくってもりもり食べるかわりに……きれいに並べていた。

パジャマ姿で相変わらず眼帯もつけたまま、ローテーブルの前であぐらをかき、ボウルからリング状のシリアルをひとつずつ取り出しては、一列十個の編成でテーブルの上に並べていく。僕はとっさに、テーブルが牛乳で汚れるじゃないかとか、食べもので遊んではいけないと注意しようとしたが、よく見るとシリアルは乾いていてボウルに牛乳は入っていなかった。それでも食べもので遊んでいることに変わりはなく、僕はそれを指摘した。ボニーは僕の声に飛び上がらんばかりに驚き、テーブルに並べたシリアルを慌てて手のひらに集めるとボウルに戻した。ボニーがしていたことは奇妙で、本人もそれを自覚していた。

僕はそっと居間を出ると、エイミーを探した。彼女はダイニングテーブルにつき、コーヒーの入ったマグカップを片手にタブレット端末でニュースを読んでいた。僕もコーヒーを淹れ、テーブルについた。

「しばらくはあっちで一緒に座ってたんだけどね」と、エイミーが言った。居間の方に頭を向けた以外は、記事から顔を上げないままだ。「ボニーの見てる番組の声が耳障りで耐えられなくなっちゃって」

「わかるよ」

「ボニーが小学校に上がる前の生活に戻ったみたい。一日中テレビの前で過ごしたがったりしないといいんだけど」

「そうはならないよ。親としてそれはさせないしな。ボニーはテレビよりタブレットの方が好きだし」

タブレット端末ならよいわけでもない気がしたが、そこは触れずにおいた。それから数分は心地よい沈黙に浸っていたが、ふと、何かが足りないことに気づいた。

「フランキーは？」

エイミーがコーヒーをひと口飲む。

「タングの部屋にいるわ」

「そこで何をしてるんだ？」

「何も」エイミーは親指で画面をスクロールしながら答えた。「最後に見た時はぼーっと立ってたわ」

「どうして僕が戻った時にすぐに教えてくれなかったんだ？」

「あなたがそばを通るたびに、家族ひとりひとりの動向を逐一報告しないといけないの？　だったらポムポムのことも報告しましょうか？　あの子はたぶん、私たちの部屋の窓辺にいるわ」

「茶化すなよ。別に逐一報告してくれなんて思ってない。ただ、フランキーはうちに来たばかりだし、タングにくっついて過ごすことが多かったから、あいつがいなくて寂しいんじゃないかと心配なだけだ。タングが学校に行っている間、何をして過ごせばいいのかわからないのかもしれない」

「新しい暮らしについて、頭の中を整理しているだけかもよ」

「だけど、フランキーが長時間、一ヵ所に突っ立ったまま、何も言わず、何もせずにいるって普通か？」

「あの子にとって何が普通かなんて、私たちには知りようがないんじゃない？」

「まあ、たしかに」

「そっとしておいてあげましょ。きっと気が向いたらしたいことを見つけるわ」

僕は少し考えると言った。

「やっぱり様子を見てくる」


エイミーに聞いたとおり、フランキーはタングの部屋にいた。そして、これまたエイミーの言葉どおり何もしていなかった。壁に向かってただ突っ立っていた。いや、違う、壁を凝視していた。僕がドアをノックして開けたら、びっくりしていた。一時間もしない間に僕は二度も、唐突に姿を現して相手を驚かせてしまった。ボニーの場合は自分のしていることに没頭していたせいでもある。一方フランキーは、ペンキが乾くのでも眺めていたのでない限り——それはあり得ないが——意識がどこかへとんでいたようだ。

「ごめん、フランキー。驚かすつもりじゃなかったんだ」

「いいんです。何かしていたわけでもないですし」

「ひょっとして……寝てたのかい？」

フランキーの目はずっと開いていたが、ロボットの場合、それ自体は必ずしも意味をなさない。

「どうなんでしょう。どちらかと言うと、考えるでもなく何かを考えていた気がします。意味、通じますか？」

「白昼夢を見てたってことかな？」

フランキーは窓の方に顔を向け、外を見やった。

「今は昼間なので、そうですね、たぶんそういうことだと思います」

「内容は覚えてる？」

「両手を使って何かをしていました……それが何だったかは思い出せません。忘れてしまいました」

「ごめん」僕はもう一度謝った。「きっと僕が驚かせたせいだ。どうしてるかなと思って様子を見にきたんだ。何か困ってることはないかなって」

「何を困るんですか？」

「さあ。それがわからないから訊いてるんだ。たとえば……そうだな、充電はできてるか？　ちなみに君の動力源は何？」

フランキーが車輪の間に手を伸ばした。次に何が起きるのか、とっさに想像がつかず、何となく気まずい思いをしそうな気がした。フランキーが引っ張り出したのは巻き取り式の長いコードに接続された電源プラグだった。それを僕に見えるように掲げると、手近な壁のコンセントに差し込んで使い方を実演して見せた。まあ、実演してもらうまでもなかったが。

「なるほど。教えてくれてありがとう」

フランキーは少し胸を張った。その仕草と、ドームカバー状の頭の角度を見ていたら、表情を作れるものなら得意げな顔をしていたのだろうなと思った。だが、次の瞬間、フランキーははっと目を見開き、前屈みになってうなだれてしまった。

「どうした？」

「本当にごめんなさい、ベン。今になって気づきました。電気を使わせてもらうなら、その前に電気代を払っている人の許可を得るべきですよね。それなのに私は許可をもらっていませんでした。ここに来てからすでに四回も充電させてもらっているのに、充電してもいいかどうか、一度も訊きませんでした」

フランキーはゴム手袋をはめた両手でドームカバーの顔を覆った。僕はその手をどけて、言った。

「フランキー、君が僕たちに確認せず、僕たちも君が充電していることに気づいていなかったからと言って、君は悪いことをしたわけじゃない。充電したっていいんだ。ロボットにとって電力を得ることが必要不可欠なのは、みんな理解してる。人間が食べたり飲んだり、あとはまあ、不要なものを排泄したりするのと一緒だし、人間だってそういうことをいちいち報告し合うわけじゃない。コンセントにつなぐ必要がある時は遠慮なくそうしていいんだよ！」

フランキーは数秒間じっと僕を見つめると、礼を述べた。そして、両腕を広げて僕に近づこうとした。抱きしめようとしてくれたのだろう。ただ、自分がコンセントにつながれたままであることを忘れていた。結局、コードにぐっと引き戻されたフランキーは、感謝の抱擁のかわりに顔から転ぶはめになった。


「今さっき学校から電話があったわ」

一階に戻った僕にエイミーが告げた。緊張が走った。

「何て言ってた？」

「ボニーの件で面談の機会を設けたいって。来週の金曜に学校にうかがいますと伝えておいたわ。学校側は、今週いっぱいはボニーの欠席を容認するけれど、来週以降は無断欠席として扱うって」

「手紙は読んでくれたんだよな？　ボニーの学籍登録を解除したいと書いたはずだけど」

「読んだって」

「だったら、これは認められた権利だってことも……」

「私たちの意志が固いことを確かめたいだけなんだと思うわ」

「要するに僕たちが十分に考えてないって思ってるのか？」

エイミーが辛抱強くなだめるような顔で僕を見た。

「そんなにむきにならなくても、学校としてきちんと確認しておきたいだけよ。私はむしろ、理由を説明する機会をもらえてよかったと思ってる。この先、ボニーみたいな子どもたちの助けにもなるかもしれないもの」

「むきになんかなってないよ」図星を突かれてむっとした。あきらかにむきになっていた。「ただ、たまに、学校は保護者のことも児童とおんなじように扱う気がしてさ」

「だとしたら、どうなの？　学校にどう思われるかがそんなに気になる？」

ならないよと、とっさに言い返したくなったが、それをのみ込み、僕は答えた。

「正直、気になる」

「どうして？」

「今回のことにタングを巻き込みたくはない」

「タングは関係ないじゃない」

「今はな。でも、今後は無関係ではなくなる。同級生にいろいろ訊かれるだろうし」

「そうなったら、どう答えたらいいか、タングに教えてあげたらいい」

「まあ、そうだな」

本当はタングのことだけが理由ではなかった。白状すると、四十歳になった今でも僕の中には子どものままの自分がいて、学校で頑張って認められたい、先生や親に失望されたくないと思っていた。それを口に出しはしなかったが、エイミーがそばに来て片手で僕の頬に触れた。

「あなたはもう子どもじゃないわ、ベン。先生たちを感心させる必要はない。大局を見失わないで」

エイミーはいやになるほど僕の心を見通す。

七　遭遇

　タングが就学準備学年《レセプション》から一年生になり、再び学校に通う日々が始まると、はじめの一週間は穏やかに過ぎていった。ひとつの例外を除けば。僕はタングを学校まで送る道すがらにすれ違った人には控えめに笑いかけるようにしている。親同士のいわくありげな笑みとでも言おうか。学校に子どもを送り届けるという苦行に耐えるより、家でお茶でも飲んでいたいですよね、とひそかに語りかける表情。

　たいていの人は笑い返してくれるが、ひとりだけ、絶対に笑わない女性がいた。前年度の送り迎えの際も何度も見かけたが、向こうは子どもは連れていない。何しろ御年九十八歳くらいなのだ。しかめっ面さん（むろん本名ではない）はいつもウールのコートに身を包み、学校の柵寄りに歩道を歩きながら、すれ違う子どもやその親を、猫の皮でも剥《は》ぐつもりかと思うような怖い目で、アイシングをしていない二段のウェディングケーキみたいな毛皮の帽子の下から睨む。誤解しないでほしい。ここは自由の国だし、地域社会の一員である彼女には好きな時に好きな場所へ出かける権利がある。それでも、児童の登校時間に学校のある通りを歩いている親子を、そこにいるという理由だけで片っ端から睨みつけるのはいかがなものか。いったいいつ、子どもを送り届けろと言うのだ。

今年に入って早々、タングがそのおばあさんとすれ違おうとして、うっかり進路を塞いでしまったことがある。おばあさんはハンドバッグでタングを叩いた。

「ちょっと！」と、僕は抗議した。「叩くことはないでしょう」

おばあさんは一瞬、謝るそぶりを見せた。だが、結局は「こっちは行くところがあるのよ」と低くつぶやき、すり足で行ってしまった。

僕は「それはあなただけじゃない」と大声で言い返したい気持ちをこらえ、タングの手を取って歩き続けた。つないだ手に抵抗を感じ、急ぐようにとタングを促した。親はよくそんなふうに子どもに注意するが、あれは要するに〝自分より遅い速度で歩かれるといらいらする〟という意味だ。それはともかく、ふと見るとタングは考え込んでいた。

「あの女の人、何かおかしかった」しばらくして、タングはそう言った。

「どの女の人？」

タングが立ちどまり、ばかなの？　という顔で僕を見上げた。

「僕をバンッってやった人。帽子をかぶってた人」

季節は冬で、周囲を見回しただけでも何らかのかぶり物をしている人はたくさんいたから、〝帽子をかぶってた〟というだけでは本来絞り込むのは難しい。だが、誰のことかはすぐに察しがついた。

「おかしい？　どんなふうに？」

「心臓のドキドキが速かった」

タングが心拍を聞き取れることを、僕はいまだによく忘れる。本人も普段はその能力について取り立てて言うこともない。必要な時にだけ前面に出てくる力なのだ。

「これが、僕とみんなの違うところ」

ある時、タングは自分と同級生との違いについてそう話した。エイミーと僕は顔を見合わせ、もっと根本的な違いについて指摘すべきか考えたが、結局はそのまま触れずにおいた。

「あのおばあさん、具合が悪かったのか？」

「ううん……たぶん……そうじゃないと思う。心臓は元気だと思う。ただ、ドキドキが速かったの。僕たちがおばあさんに近づいたら速くなって、おばあさんが僕たちから離れたらまたゆっくりになった」

「そういうことか」その事実が示すことはひとつだと、僕は思った。「まあ、ロボットが好きじゃなくても、それは彼女の勝手だもんな。タングもあのおばあさんのことは気にしないことだ。ロボットが好きな人は大勢いる。おばあさんのことは知らんぷりしときな」

タングはうなずきはしたが、納得していない様子でうつむいていた。

それが、タングが就学準備《レセプション》の学年だった時の出来事だ。そして、一年生になった今、僕たちは再びあのおばあさんと会った。おばあさんは僕たちの姿を認めると目を鋭く細め、しかめっ面で顔をそらした。タングはおばあさんの心拍について、前回と同じ指摘をした。その日は偶然にもボニーのホームエデュケーションについて校長のミセス・バーンズと面談をする日だった。早くも身構え、やや神経過敏になっていた僕は、しかめっ面さんとの遭遇にますますピリついた。前を向いて生きていきたいだけなのに、やることなすことうまくいかない、そんな一日になりそうな予感がした。

学校に面談にいくにあたっては、ボニーのことも問題だった。いつもはエイミーと僕が交替でボニーのそばについているようにしていたし、それが難しい時はブライオニーや彼女の家族の誰かに子守を頼んでいる。しかし、金曜の午後の面談となると厄介だ。祖父母を頼るという選択肢は僕たちにはない。僕の両親はすでに他界しているし、エイミーの親とは疎遠になっているうえに、向こうは遠方に住んでいる。ブライオニーは出廷する日だし、アナベルは〝どこかでふて腐れている〟し（ブライオニー談)、パイロットのデイブはドバイからの復路便の乗務のため空港内のホテルにいるし、甥のジョージーは家を出て大学に行っており、十二月まで帰省しない。タングは一度子守に挑戦して以来、すっかり懲《こ》りていたし、そもそも面談の時間にはタングもまだ学校にいる。フランキーは……彼女のことは必要な登録ができていないこと以外は不明な点が多く、子守を任せるのは怖い。タングの時はそれでも任せてみたが、今から思えばあれは間違いだったし、フランキーがいくら責任を持ってボニーを見てくれたとしても、未登録のロボットに娘を任せて何かあれば大問題だ。子守役としてフランキーほど安心な相手もいないのかもしれないが、それはあくまで〝そうかもしれない〟という話であって確証はない。それに、僕たちの留守中にボニーがフランキーをばらばらに分解してしまう可能性だっておおいにある。

残された選択肢はふたつしかなかった。ひとつはボニーも学校に連れていくことだが、娘の精神衛生上、エイミーも僕もそれはしたくなかった。娘が最近まで通っていた学校で娘の今後について校長らと話し合う間、娘を廊下で座って待たせるような真似はしたくない。それに学校側は面談には両親揃って、そして両親だけで来るようにと指定していた。前にも言ったように、学校との間に波風は立てたくない。

タングを学校に送り届けて帰宅すると、エイミーはダイニングテーブルでボニーとオンラインの算数ゲームをしていた。

「例のおばあさんにまた会ったよ」僕はふたりにキスをしながら、そう言った。「今年のはじめにハンドバッグでタングを叩いた人」

ボニーは僕のキスをいやがってうなったが、そのまま算数の問題を続けた。

「例のおばあさんって？」エイミーが尋ねる。

「ハンドバッグでタングを叩いた人」僕は繰り返した。「この一年、しょっちゅう見かけてただろ？　通学路ですれ違う人をことごとく睨みつけてたおばあさん。帽子をかぶった」

「ああ、彼女ね。あまり感じのいい人ではないわよね」

「うん。まあ、害はないんだろうけどさ。寂しいばあさんなんだろうな」

僕はおばあさんの心臓についてタングが言っていたことをエイミーに伝えた。

「お年寄りと言えば、彼にはもう訊いてみた？」僕は尋ねた。

「まだよ。ボニーの算数を見てたから」

「じゃあ、今行って訊いてくるよ」

その日の午後のボニーの子守について、残された最後の選択肢はこれまで試したことがなく、ある種の賭けだった。

僕は自宅前の私道から通りに出ると、お隣の玄関に回って呼び鈴を鳴らした。すぐには応答がなく、もう一度鳴らそうとしたところでミスター・パークスが出てきた。

「おはよう」と挨拶しながら、我が家の方をちらりとうかがう。

僕たち家族は両隣とは基本的にほとんどつき合いがない。ミスター・パークスとは逆側の隣人とは交流がなく、稀《まれ》に同じタイミングで外出したり帰宅したりした際に笑顔で会釈するくらいだ。一方のミスター・パークスは、僕たち一家のことをロボットと暮らす奇妙な家族だと避けている節があった。以前、タングがどうやって我が家に来たのかがわからずにいた時、答えを教えてくれたことはあったが、その時を除けばいつもかなりうさん臭そうに僕たちを見ていた。

「おはようございます」僕はいたって普通の感じのよい男に見えるように努めた。

「実はお願いがありまして」

僕たち夫婦が学校へ出かけようとする中、ミスター・パークスとボニーは玄関に続く廊下で用心深く見つめ合っていた。ボニーは僕の脚にしがみつき、顔だけのぞかせて不信感をあらわにしている。

「他に方法があればよかったんだけど、こうするしかなかったんだ」

ボニーには前もってそう言い聞かせてあった。娘は唇を尖《とが》らせていた。

「方法ならもうひとつあったよ。パパだってわかってるくせに」

僕はため息をついた。

「フランキーに子守を頼むのは無理だ。それはもう説明しただろう？　でも、フランキーも一緒にいてくれるから」

「私のこと、知らないおじいさんに見てもらうんだ」ボニーはなおも食い下がった。

「悪い人かもしれないのに」

「ミスター・パークスは悪い人じゃないよ、ボニー。そんなこと、本人の前では言わないでくれよ。だいたい、彼は知らないおじいさんなんかじゃない。僕が子どもの頃からのお隣さんだ。僕とブライオニー伯母さんのお父さんとお母さんもミスター・パークスとは知り合いだったんだよ」

「そんなの私には関係ないもん。私はおじいちゃんのこともおばあちゃんのことも知らないんだよ。おじいちゃんたちがお隣さんを知ってたからって関係ないでしょ？」

たしかにそうだ。ボニーには人生の手本となる人が何人もいるが、それでも祖父母はいないのだと、年々思い知らされることが増えてきた。

僕がしがみつくボニーの腕をほどいたら、ボニーは床を踏み鳴らすようにして、フランキーのいる二階の子ども部屋に上がっていった。ミスター・パークスは眉をひそめたが、何も言わなかった。

「さてと。何かあったら僕たちのスマートフォンに連絡をください。ボニーは二階でフラ……二階にもうひとり、ロボットがいるんですけどね。そのロボットと過ごしている限りはおとなしくしていると思います。ご心配なさらずとも、ロボットの姿を見ることはないでしょう。ボニーの姿も。それでも時々声をかけてふたりが――ボニーが――大丈夫か、確かめていただけますか？　食べたり飲んだりはご自由にしていただければ……」と、キッチンの方を示す。

エイミーが、〝ベン、そろそろ行かないと〟という視線をこちらに寄越してから、ミスター・パークスに向き直った。

「子守を引き受けてくださって本当にありがとうございます。助かります。なるべく早く戻ってきますので」

そうして、僕たちは家をあとにした。

八　パンク

面談は……一応無事に終わった。校長らに会い、自分たちの立場を貫いたこと以外に特筆すべきことはない。予想どおり、面談には校長だけでなく、児童やその保護者と学校とをつなぐ児童支援の担当者も同席した。バーンズ校長よりは支援担当者の方が理解を示してくれ、校長ほどあからさまには、僕たちの決断は間違いだという顔もしなかった。いや、僕の見方は少し厳しすぎるのかもしれない。ふたりとも間違いだとはひと言も言っていない。朝からストレス続きだったせいで、僕は彼らの表情や仕草を読み誤っているのかもしれない。エイミーはそう思っている。車に戻ってドアを閉めると（ちょうどタングのお迎えの時間だとふたり同時に気づき、また開けた）、エイミーはこう言った。

「面談、うまくいってよかったわ」

「そうだな」

返事とは裏腹に僕が納得していないことをエイミーは見抜いていた。タングの教室の前に着いたのは、授業の終わりを告げるチャイムが鳴る数分前だった。比較的暖かな日だったが、エイミーはキャメル色のウールコートのポケットに両手を突っ込んだ。そばでは、タングの同級生の母親が連れていたよちよち歩きの幼児が、ベビーカーの周りをぐるぐる回っている。母親と目が合った。上の子が戻ってくるのを気が重そうに待つ彼女に、同情を込めて笑いかけた。彼女の息子の話はタングから聞いていたから、憂鬱になるのも無理はないと思った——相当やんちゃな子らしい。

「そんな浮かない顔しないで、ベン。こっちの要望は通ったのよ。ボニーの学籍登録を解除したうえで、この先も必要に応じて学校と連携していけるんだから」

「連携なんて、する必要あるか？」

「わからない。でも、私なりにいい方に考えようとしているの。この先、何があるかわからないもの。今回のことで学校との関わりが完全に絶たれなくてほっとしたってのが正直な気持ちよ」

毎度のことながらエイミーは正しい。僕はひとつ深呼吸をすると、教室のドアが開いて幼い子どもたちとロボットひとりがわらわらと出てくる中、今日の面談について は子どもじみた考えは捨てて大人になろうと決めた。神経過敏になるあまり、学校との良好な関係という安全網を壊してはならない。

僕がタングを抱きしめたら、学校の細々《こまごま》とした荷物をまとめてどんと渡された。手紙。タングは食べられないけれども、ひとりだけないのもかわいそうだからともらった、誕生日の子がクラスメートに配ったお菓子。その日は家に置いていかずに鞄に入れておきたいとタングが言ってきかなかった眼帯。そういった類いのものだ。それらを腕に抱えながら、僕は気持ちを切り替え、家はどんな様子だろうと想像した。電話もショートメールも、ミスター・パークスに使えそうな通信手段での連絡はいっさいなかった。ただ、彼は昔ながらのコミュニケーションの取り方しかしないから、今時の方法での連絡がなくてもそれ自体に必ずしも意味はない。僕たちがホームパーティで騒がしくしすぎた時でさえ、ミスター・パークスが玄関まで文句を言いにきたことは一度もない。今となってはにぎやかなホームパーティを開いていた日々が遠い昔みたいだ。

いざ帰宅した僕たちを待ち受けていたのは、僕もエイミーも、タングさえも予想だにしなかった光景だった。

玄関の鍵を開け、ただいまと声をかけて中に入ったら、居間から元気な「お帰り!」が返ってきて驚いた。それも誰かひとりの声ではない。ミスター・パークス、ボニー、フランキーの三人が声を揃えてそう答えたのだ。

エイミーと僕は顔を見合わせ、玄関から続く廊下の床にコートや鞄を放り出すと、タングのあとから居間に入った。ちょうどミスター・パークスがコンピューターゲームのレースでゴールを切るところだった。すぐあとにボニーもゴールし、ぴょこぴょこと飛び跳ねている。フランキーが拍手をしたら、両手が離れるたびにゴム手袋から粘っこく湿った音がした。そろそろまた新しいものに交換した方がよさそうだ。

それはともかく、僕たちの予想にも、当初ミスター・パークスに伝えていたことにも反して、僕たちの留守中にボニーとフランキーが一階に下りてくるような何かがあったらしい。そして、ミスター・パークスのゲーム熱にも火がついた。見る限り、ゲームの腕はなかなかのものだ。

ミスター・パークスがこちらを振り向いた。僕たちが見ているとは気づいていなかったようで、思わず二度振り返っていた。

「ゲームが好きなのは若い人だけではないんだよ。昔はよく妻と遊んだものだ。彼女がまだ……いた頃は。うちにあるゲーム機はもうずいぶん長い間電源も入れてない。また遊べて嬉しいよ」

ミスター・パークスはゲームに戻り、ボニーに次のコースを選ばせた。だが、スタートを告げるフラッグが振られる前に、肩越しにもう一度こちらを振り向いた。

「最近はパーティはやらないんだね？」

質問というよりは、その事実に対する静かな抗議に思えた。ミスター・パークスの真意は測りかねたが、僕は弁解したくなった。

「何だかんだと忙しくて……」

そう言いかけた僕をエイミーが遮《さえぎ》った。

「実はちょうどベンのお姉さんに、彼の誕生日パーティをやるって約束したところなんです。そうよね、ベン？」

「誕生日？　でも、ベンの誕生日は夏じゃなかったかな？」

僕は話を遮られてむっとすると同時に、ミスター・パークスが僕の誕生日を知っていたことに驚いた。まあ、今日一番の驚きは彼が高齢ゲーマーだったことだが。

「そうです」と、僕は答えた。「ただ、今年の誕生日は家族で留守にしていたので、ブライオニーがお祝いできなかったと残念がっていて。それで、クリスマス前に集まって……ワイワイと……飲んだりしようってことになったんです。ミスター・パークスもぜひいらしてください」

なぜそんなことを言ったのだろう。それが礼儀だからか、今日受けた親切にそれとなく感謝を示したかったからか。両方かもしれない。あるいは、ぶっきらぼうで何かと言うと非難から入る老人だと思っていたお隣さんが、実はとても気のいい、だが孤独な男やもめで、奥さんがいなくなって寂しいのだとにわかに思えてきたからか。

ボニーもミスター・パークスがパーティに来てくれるのは嬉しいらしい。人を真顔で凝視しているようないつもの表情がぱっと明るくなり、笑みらしきものが浮かんだ。

もっとも僕が見ていることに気づくと、すぐに普段のしかめっ面に戻ってしまったが。

僕がミスター・パークスを誘ったことはエイミーも意外だったようで、一瞬、えっと言うように眉をひそめた。それでも僕に調子を合わせてくれた。

「それはいい考えだわ。ぜひ、いらしてください、ミスター・パークス」

ミスター・パークスはテレビの方に向き直った。

「考えておくよ」


ミスター・パークスを玄関まで見送ると、僕たちは思い思いの場所へと散らばった。僕はボニーのためにお決まりの三時のおやつを作りにいった。ほどなくして、ガシャガシャという足音が近づいてきた。

「フランキーがぐらぐらなんだけど」

キッチンに入ってくるなり、タングはそう告げた。僕はボニーのサンドイッチの幅を目で確認し、ちょうど真ん中と思われる場所で半分に切った。ところどころ中央から一ミリずれているのを、娘が目ざとく見つけませんように。

「どういうことだ、〝ぐらぐら〟って?」

「ぐらぐらは、ぐらぐらだよ。ぐらぐらフランキーになっちゃった」

「大丈夫なのか?」

「うん、たぶん。でも、ぐらぐらなの」

僕はため息をついた。

「わかった。サンドイッチを作り終わったら見にいくよ」

タングはうなずき、向こうへ行きかけて、足を止めた。

「あっ、あと、ずっとウィーンって言ってる。それと壁に寄りかかってる」

フランキーみたいに、残念ながらもともとボニーのサンドイッチほどまっすぐな作りではないロボットがぐらぐらしていても、必ずしも問題とは言えない。ただ、タングの後出しの情報を考え合わせると少し心配になった。普通、ロボットは何かに寄りかかったりはしない。その必要がない。だから、フランキーが壁に寄りかかっているなら、何かあると考えた方がいい。ウィーンという動作音も、それ自体は取り立てて案ずることではないが、タングがあえて指摘したことや、フランキーが壁に寄りかかってぐらぐらしているという事実に、僕は軽い既視感を覚えた。かつてタングの具合が悪くなってしまった時のことを思い出したのだ。

フランキーは、玄関に続く廊下と家事室とをつなぐドアの枠にもたれていた。家事室に入ろうとしていたのか、出ようとしていたのかは不明だが、タングの説明は実に的確だった。フランキーはたしかにぐらぐらで、ウィーンと言っていて、寄りかかっていた。その姿や音は、間《ま》もなく結婚する女性が独身最後に女友達と羽目を外すへン・ナイトがお開きになる頃の、酔っ払った女性そっくりだ。ロボットもヘン・ナイトを楽しむのかは知らないが。フランキーの金属製の顔から、不思議と彼女の戸惑いが伝わってきた。それにかなり決まりが悪そうだ。

「フランキー、大丈夫か？」

「はい、大丈夫です。ありがとうございます。ベンは調子はどうですか？」

僕はフッと短く笑った。

「僕は元気だよ。でも、君は大丈夫そうには見えないな。どうしたんだ？」

「どうもしませんよ」フランキーが明るく答える。「ちょっと……ひと息ついているだけです」

「どこに行こうとしてたの？」

「どこにも」

僕は首を横に振った。

「そんなわけないだろ」

フランキーのそばにひざまずいたら、足首に鋭い痛みが走った。そう言えばこのところマルチビタミン剤を飲んでいなかった。僕はフランキーの体をまっすぐに起こしてやったが、彼女はゴンと音を立てて再びドア枠に寄りかかってしまった。

「フランキー、どこが悪いのかを教えてくれないと助けてあげられないよ」

フランキーは視線を落とし、少しの間黙っていた。そして、もごもごとつぶやいた。

「タ……がこわ……がありません」

「もう一度言ってごらん。今度ははっきりと」

「タイヤが壊れてしまったんです。空気がありません」

「パンクしたのか？」

「はい」

「パンクしただけ？　フランキー、そんなのあっという間に直せるよ」

「あなたの手を煩《わずら》わせずに自分で何とかしたかったんですけど、バランスを崩してしまって……タイヤは回っているのに空回りするばかりで動けないんです」

僕はまた笑った。

「わかるよ、フランキー。誰にでもそんな日はある」

「誰にでも？」フランキーがぱっとこちらを見た。少し困惑している。「誰でもタイヤがぺしゃんこになって、すべてがうまく機能しなくなることがあるんですか？」

「うそうそ、冗談だよ、フランキー。でも、ある意味、空回りしてうまくいかない気分になることはある。ともかく、タイヤに空気を入れちゃおう」

僕はフランキーを抱え上げて車庫に連れていくと、カウンターの上に横たえ、自転車用の修理キットを取ってきた。

エイミーが車を出そうとやって来たのは、僕がフランキーの心棒を観察しながら、タイヤを外してから穴を塞ぐべきか思案していた時だった。

「ふーん」と言いながら、スイッチを押して車庫の扉を開ける。「そう言えば何年か前にも、車庫に来てみたらあなたがロボットのお尻をのぞき込んでいたことがあったわねぇ」

僕は一瞬、パニックに陥った。エイミーが、僕がタングの汚れを電動歯ブラシで落としている現場を目撃したあの日と同じ反応をしたらどうしよう。あのあと、ほどなくしてエイミーは家を出てしまったのだ。だが、今日のエイミーは僕にウィンクを寄越した。よかった、大丈夫そうだ。

「フランキーのタイヤがパンクしたんだ」と説明して、僕は作業に戻った。

「また？　先週直したばかりなのに」

「〝また〟？　パンクしたなんて聞いてないぞ」

エイミーが肩をすくめる。

「フランキーからは言わないでって頼まれてたし、たいしたことじゃないと思ったから」

「フランキー」僕はフランキーをまっすぐに見つめた。

エイミーが僕の頭にキスをして、車に乗り込んだ。

「どうしてだ？　どうして困った時に僕に相談してくれないんだ？」

「迷惑をかけたくな……」

僕はフランキーの言葉を遮った。

「いいから……次からは教えてくれ、な？　君に問題が起きても知らないままでは、面倒を見たくても見られない」

「は……い」

心許ない返事だ。

「約束だよ？」

フランキーは少しためらってから、「はい」と答えた。

タイヤのパンクの一件を、僕はその日一日引きずった。理由に思いいたるのにしばらくかかった。フランキーに修理すべき箇所があることが問題なのではなかった。僕が引っかかっていたのは、エイミーがすでにパンクに対応しながら、それを僕に話さなかった、話す必要性を感じなかったという事実だ。

僕もエイミーも、家庭での男女の役割分担についてのこれといった固定観念はない。少なくとも僕はそう思っている。その時やるべきことを、それぞれがやってきた。ふたりがよりを戻し、僕が何もしないダメな男を卒業してからは。今では僕も好きな仕事でしっかり稼いでいるし、それはエイミーも同じだ。互いに働きながら、娘を育て、家のことをし、ロボ……。そこではたと、ロボットの世話はこれまでは基本的に僕の仕事だったのだと気づいた。別に、ロボットは機械で、僕は男で、男の方が機械に強いなどと言うつもりはない。ただ……単純にロボットの世話はつねに僕がしてきた。フランキーについてきた置き手紙にあったように――僕の好きなこと、得意なことだった。たぶん、タングがエイミーにとっても大事な存在になる前から、僕にとってタングは面倒を見るべき友達であり、家族だったからだろう。その流れでジャスミンのことも何となく僕が主になって面倒を見た。

エイミーが僕と同じようにロボットたちの面倒を見られるなら、この家に僕にしかできない役割などあるのだろうか。なかったとしても構わないのだろうか。ふいに自信がなくなった。

それでもひとつ、僕にできることはある。フランキーの元の持ち主を探し出すことだ。それなら経験がある。手がかりを頼りに世界を旅してまわりもした。マッドサイエンティストのいる南太平洋の島には二度と閉じ込められたくないが、持ち主の謎を解く自信ならある。そもそも謎を解きたがっているのは僕だけのようだ。

謎解きの第一歩として、僕は例によってインターネットに当たることにした。

九　探しもの

製造番号もなく、フランキーに類似したロボットも知らないとなると、当然のことながら調査は難航した。過去に製造番号が記されていたのだとしても（ないはずはない）、それが刻印されていたパーツはとうに交換されてしまったのだろう。フランキーは製造番号のありかを知らず、僕も見つけられなかった。だぼだぼジーンズのニックも、以前フランキーの目を見にきたついでに探してくれたが、やはり見つけられなかった。ちなみにフランキーの片目は相変わらず眼帯で覆われたままだ。ニックにも眼球の落下問題は解決できなかった。かなり念入りに調べてくれたが、最後にはお手上げだという顔をした。

「だめだ、原因がさっぱりわからない。こんなケースは初めてだよ。戻ってよく調べないと。ここからは、どこまでお金をかけたいかにもよるんだけど」

それを聞いたフランキーが僕を見て、本心からか、はたまた僕に遠慮してか、こう言った。

「大丈夫です、ベン、このままでも視覚には何の問題もありませんから。いつか直す方法がわかるまで、取れた目はどこかにしまっておいてはどうでしょう?」

「本当にそれでいいのか?」

あの時、僕はそう尋ねた。問題から解放されてほっとしたというのが正直な気持ちだが、直してやれない罪悪感もわずかながら感じていた。それでも、僕はフランキーの厚意に甘えることにした。資金には限りがあるし、フランキーが他にも不具合を抱えていないか、その時点では皆目見当もつかなかったからだ。反応がなくなるという問題があることはすでにわかっていた。僕が気づいただけでも数回は起きていたし、家族も何度か目撃していた。スクリーンセーバーモードが起動するかのようで、しばらくすると我に返ったみたいに動き出す。フランキーがデスクトップパソコンだったなら、更新プログラムでもインストールして自動的に再起動しているのかなという程度に考えるだろうが、実際のところは誰にもわからない。それもまた金をかけて直すべき問題なのかもしれない。置き手紙の文面から推察するに、元の持ち主も似たような不安を抱えていたのではないか。

そういうわけで、実際の支障はなさそうな目についてはひとまず文字どおり棚上げすることにした——現在、フランキーの取れた目は僕の書斎の本棚に置かれている。そこから僕をじっと睨んで、直せなかった事実を突きつけてくる。

ちなみにタングが胸につけたガムテープを気に入ったように、フランキーも眼帯がすっかりお気に召したようで、タングの時と同様、外す気はさらさらなさそうだった。実のところ、結構似合ってもいた。文明の崩壊後の世界を写実的に描いたアクションもののポストアポカリプス映画から抜け出てきたみたいだ。ゴム手袋をつけて。

それはさておき、僕はメーカー各社のウェブサイトをひととおり調べると、より家庭に密着したサイトを当たることにした。電子掲示板だ。具体的には遺失物関連の情報を扱う掲示板だ。仕事柄、その手の掲示板はよく見る。と言うのも、迷子のペットを見かけた人や、ペットがいなくなって慌てた飼い主は、まずは動物病院に連絡してくる場合が多いのだ。今でこそ、数ある掲示板を確認する地道な作業や、迷子のペットの詳細情報の登録、飼い主への今後の対応策の丁寧な説明などはシェリーに任せているが、以前は僕もよくやっていた（ちなみにシェリーというのは僕のアシスタントで、大学在学中の一年間のインターンシップでうちの動物病院に来ている。五年後には間違いなく僕より稼げる獣医師になっているだろう）。

僕はよく利用するいくつかのサイトから、地元地域限定の複数の掲示板にアクセスし、遺失物や迷子のペットのリストを調べた。ペット、スマートフォン、財布などの情報に交じって、たまにいかがわしい広告も出てくる。有害なコンテンツを除外するフィルターをすり抜けてしまったのだろう。

探してます：内斜視のシャム猫。ゲーリーと呼ぶと反応します。写真はこちら……
見つけました：黒と白と赤毛の小型犬。赤い首輪つき、タグは読めず……
セクシーなブロンド美女があなたからのお電話をお待ちしています……

エイミーが話をしにやって来たのは、よりによって最後の一文みたいな広告が、見るからにいかがわしい写真つきで無駄にいくつも連なっている箇所をスクロールしている時だった。

「そういう相手も、ロボットの女の子とはまた違って新鮮かもね」と言いながら、机に向かう僕の前にコーヒーのマグカップを置く。

「いや、それ全然笑えないよ。僕はいつまでジャスミンとの一件をちくちく言われるんだろうね？」

「一生かもね」

僕はうんざりと天井を仰ぎつつ、コーヒーの礼を言い、画面をさらにスクロールして実際に調べていた内容をエイミーにも見せた。

「めぼしい情報はあった？」

僕は鼻にしわを寄せながらマグカップを手に取った。

「全然。お薦めのロボット専門の技術者を紹介してほしいという書き込みはいくつかあったけど、フランキーと関係のありそうなものはゼロだ」

エイミーは渋い顔でこちらを見ると、僕の肩越しに画面をのぞき込んだ。

「まあ、そうね。何も出てこないでしょうね」

「えっ、どうして？」

「だってフランキーは迷子でも落としものでもないじゃない。私たちがすでに見つけているし。あなた自身がフランキーを見つけましたって書き込みでもしていない限り、関連のある情報なんて出てこないんじゃない？」

僕はエイミーを、次いで画面を見つめた。そして、手のひらで額を打った。

僕はばかか。

「ねえ、ベン、持ち主探しはしばらく保留にしたら？　フランキーもうちでの暮らしになじんできてるし、タングとボニーもフランキーがいてくれて嬉しそう。もう少し一緒に過ごさせてあげたら？」

「でも、君だって……フランキーは未登録だって……」

「わかってる。私はただ、当面は今のまま過ごしてもいいんじゃないかと思うだけ。ほんの数週間、それだけよ」

僕は眼鏡を外して顔をこすった。そして、座ったままエイミーの腰に腕を回した。

「君の言うとおりかもな」

「あら、私はいつだって正しいわよ。それに大至急やるべきことが他にある」

「何？」

「デイブと話をしてほしいの」

「はっ？　何で？」

「ブライオニーがね、デイブは家を出ていくつもりみたいだって言うのよ」

　エイミーに回した腕をほどいてマグカップを口に運んだところだった僕は、口に含んだコーヒーをキーボードの上に吐き出してしまった。

「ええっ！　どうして？」と尋ねながら、ティッシュを引き出し、机を拭いた。

「理由は知らない。だから、あなたに話をしてほしいのよ」

「いや、訊きたかったのはデイブが出ていく理由じゃなくて、ブライオニーがそう考える理由なんだけど」

「ブライオニーの話では、デイブが乗務スケジュールを詳しく教えたがらないことがたまにあるらしいの。家族旅行の予定を入れるのも渋るみたい」

「デイブは旅客機のパイロットだよ。旅行って言ったたって飛行機に乗るんじゃ、気分転換にならないだろう」

　エイミーはふっと笑ったが、眉間《みけん》にはしわが寄ったままだ。僕は続けた。

「それに乗務スケジュールを言いたがらないからって、まさか浮気を疑ってるわけじゃないんだろ?」

「可能性がないとは言えない。ブライオニーもそう思ってる。だから話をしてみてほしいのよ」

「考え過ぎだよ。誰かと浮気できるほど、デイブは面白い男じゃない。どっかのホテルで客室乗務員にベッドに縛られてるデイブなんて想像できるか?」

エイミーの眉間のしわはやはり消えない。

「やだ。変な想像させないでよ」

「ほら、あり得ないだろ?」と眼鏡のつるをエイミーに向け、そんな年寄りじみた仕草をしている自分にがっくりきた。毎週のように、自分が中年への道を突き進んでいる現実を容赦なく突きつけられ、そのたびに必死に抗おうとしている。僕は眼鏡のつるをたたんで机に置いた。そして、ふと思いついて回転椅子にだらしなくもたれ、両足を眼鏡の隣に載せた。歳がなんだ。見てみろ。僕はいまだにこんなガキっぽいこともするんだぞ。

エイミーが机の端の、僕が載せた両足の横に腰かけ、ふうっとため息をついた。

「お願いだから、話をするだけしてみてくれない? 義理の兄なんだもの、ふたりで会ったっておかしくはないでしょ?」

「何を根拠に君より僕の方がデイブの本心を引き出せるなんて思うんだ？　デイブとの親密さで言えば君も僕も変わらないじゃないか。僕になら話をするとは思えないよ」

「デイブとベンは男同士でしょ。男ならではの聞き出し方とか、ないの？」

「それ、性差別だよ」

真顔で見つめられると、プレッシャーに屈しそうになる。

「お願いよ」エイミーは食い下がった。「ビールを飲みにでも誘ってみて」

「ビール？　デイブはワイン派だと思うけど」

「ほら、あなたが自分で思うより、デイブのことよくわかってるじゃない」

「しょうがないな」

僕は眼鏡をかけ直すと、エイミーの尻の下敷きになっていたタングの宿題用ノートを抜き取り、中身を読み進めることにした。

「ありがとう」エイミーは僕の頬にキスをした。「なるべく早めにお願いね」

結局、デイブと会えたのは三週間後だった。気が進まずにぐずぐずしていたわけではない。子どもがいて仕事もあると、時間を作るのは難しい。デイブは五日から十三日までは長距離便に乗務するから無理だと言い、僕も、「気にしないで、こっちも十二日から十五日までは診療時間の延長があったり、エイミーが出廷で帰宅が遅くなりそうだったりで厳しいから」と返し……という具合でなかなか決まらなかったのだ。

デイブとは、かつてはいわゆるパブだったが今やバーと呼んだ方がよさそうな店で会った。僕が着いたらデイブはすでに店にいて、大きなワイングラスの内側を伝い落ちる滴の筋を眺めていた。ピノ・グリージョのボトルが、デイブの前に置かれたワインクーラーに逆さにして入れられている。遅刻したわけではなかったが、僕を待つ間にひとりでボトルを空けたらしい。そんなことを思いつつ席に近づいたら、デイブがこちらをちらっと見てから、顎《あご》をしゃくってボトルを示した。

「心配しなくても、ひとりで飲んだわけじゃないよ」そう言って、グラスをテーブルに置いた。「ある人と会って……夕食を食べてたんだ。乗務のあとで」

「家には帰ってないのか？」僕は隣の椅子の背にコートを掛けたが、席には着かなかった。財布を出し、デイブのグラスを示した。彼は片方の手のひらをこちらに向けた。

「いや、まだ」

それが僕の質問に対する答えなのか、次の一杯を買ってこようかという申し出への返事なのかは定かではなかった。まあ、どちらでもいいか。

僕はうなずいたが、デイブに何があったのかは見当もつかなかった。見た目どおりの状況でないことを祈った。バーカウンターに行き、いったんはビールをレモネードで割ったシャンディーを頼んだが、気が変わり、コクのあるビールをなみなみ一パイント（訳注：約五百七十ミリリットル）もらうことにした。ややこしい話になるのなら、その前に混ぜものなしのビールを入れておきたい。

テーブルに戻ると、デイブはまたワイングラスを揺らしていた。

「これはブライオニーの差し金なのかな？」

「エイミーだよ」

ふと一緒に飲みたくなってさ、などと友達みたいな振りをするのはやめた。「君がブライオニーと別れるつもりなんじゃないかと心配してる」

デイブは驚いた顔をするでもなく、ワイングラスを手にしたまま鼻で笑った。

「妥当な心配だね」

思いも寄らない反応だった。遠慮がちに反論してくるものとばかり思っていた。身の潔白を訴え、悪いのは自分じゃないと他の何かのせいにするか、ブライオニーもエイミーも勘ぐり過ぎだと言うか。デイブにこんな一面が——妻に相談せずひとりで行動する一面が——あるとは想像もしていなかった。僕が知る限り、デイブは長年ブライオニーの顔色をうかがいながら暮らしてきた。そんな彼がここにきてついに妻に抵抗を見せたことは、ある意味すごい。ただ、自主性を発揮するならもう少し違ったやり方でやってほしかった。それは本人にも伝えた。

「あのさ、中年期特有の焦りや不安で悩んでいるなら、もう少しうまく発散できないかな。バイクを買うとか、タトゥーでも彫るとか、ギターのレッスンを受けてみるとか。浮気なんかしなくても方法はあるだろう？」

ありふれた選択肢をひとつ挙げるごとに、僕はむかっ腹が立ってきた。

「浮気なんかしてない」

一瞬、沈黙が流れた。僕は「ごめん」と謝った。「てっきりそうなのかと。だって……そのワイン……君もある人と夕食を食べたって言ってたし……」

「アナベルだよ！」

「アナベル？　何で？　家で会えそうなものなのに」

「家には帰りたくなかったし、それはアナベルも同じだ。ブライオニーは僕がまだシフトに入っていると思ってる。最近は長距離便ばかり入れてるよ。家の中はあまりに空気が張り詰めててね。今は家に帰ってもほっとできない。彼女のせいで誰もほっとできない」

「そう言うけど、君の家でもあるんだし、ブライオニーは君の妻だよ。ブライオニーのせいで息が詰まりそうになることがあるのは、僕もわかる。でも、妻が悩んでいるのに相談にも乗らず、外でこっそり娘と会うってのもどうなんだ？　ブライオニーが知ったらどんな気持ちになるか。ブライオニーは必ず気づくし、デイブだってそれはわかってるはずだ。きっと夫と娘の両方に裏切られたと感じるよ」

ディブは短く冷ややかに笑った。

「だとしたら、彼女はそれもまた僕の汚点として記憶に刻むんだろうね。これまでの、僕が彼女の期待に応えられなかった数々の出来事とともに」

話の展開に不安になった。

「あのさ、ブライオニーにも悪いところはあるよ。でも、姉を今も愛しているなら、この状況で独りになんかしないで支えてやってくれないか？」

「今も愛しているのかいないのか。それが問題だな」

十　普通のこと

エイミーにどう伝えるか、僕は決めかねていた。何も話したくない自分と、ありのままを伝えて、エイミーが今後起こり得ることへの心構えができるようにすべきだと思う自分がいた。

結局は、デイブの浮気疑惑は晴れたが家庭内はぴりぴりしているようだと伝え、エイミーも納得したようだった。僕自身はこの問題はまとめて頭の中の引き出しにしまい込み、必要に迫られない限りは放っておくことにした。ブライオニーとデイブにはふたりなりの夫婦の形がある。僕がデイブに会ったことは余計な干渉で、これ以上深入りするつもりはなかった。

幸い、我が家は落ち着いた日々を過ごしていた。僕の情報探しに今のところ成果はなかったが、家族が皆それなりに幸せそうに過ごしていたこともあり、僕はエイミーの助言どおり、フランキーの元の持ち主探しはしばらく休むことにした。そしてその分、ボニーの家庭での学習にこれまでより目を向けるようになった。

イアンの両親と相談し、週に数回は向こうの家でボニーに外国語を教えてもらうようにしていた。僕もエイミーも夏の間に日本語の表現をいくつか覚えはしたものの、外国語は苦手だった。その点、イアンの両親であるマンディとアンドリューはオーダーメイドの旅に特化した旅行代理店を営んでおり、英語以外の言語でのやり取りにも対応している。その強みを生かして顧客の希望を掘り起こし、それに添った提案をすることで他社との差別化を図っている。ふたりは自宅で仕事をしていたので、〝授業〟はしばしば仕事中のふたりにボニーとイアンがひたすらついて回るという形式で行われた。学習方法としては一見受動的で、下手をしたら児童労働を疑われそうだが、ボニーもイアンもそれは楽しげで、ボニーにいたってはたまにフランス語やドイツ語やスペイン語の名詞を口にするようになった。そもそも子どもたちはまだ五歳だ。どんな形であれ学んでいれば問題はないだろうというのが、親四人の見解だった。いや、そう願っていたと言うべきかもしれない。

受動的な学びを提供していたのは僕やエイミーも同じだった。ボニーとイアンを許される範囲で僕の動物病院や裁判所の傍聴席に連れていった。幸い、ふたりともふざけたりそわそわしたりすることもなく、見ているものややっていることに興味が持てる限りは黙って座っていてくれるので助かった。その点ではふたりは学校でも模範的な生徒になれたはずなのだが、残念ながらそうはならなかった。今は親が見せたり触れさせたりしたものを、親が気づこうが気づくまいが、子どもらしくどんどん吸収している。たとえば、ある時僕とエイミーは、ボニーがとあることに没頭している姿を目撃した。動物用の医療器具の洗浄だ。全然気づかなかったのだが、どうも僕がやっているところを見ていたらしい。はじめのうちは娘の様子をかわいいと思って眺めていた僕たちだが、次第に眉をひそめるようになった。

ある日の夕方、部屋の片づけをしていたらエイミーに手招きされた。彼女はボニーの部屋のドア枠にもたれ、僕が行くと、静かにと言うように指を唇に当ててから、部屋の中を指差した。ボニーは僕たちに背を向けていたが、何をしているかは一目瞭然だった。ボニーはヘッドフォンをつけていた。その方が集中しやすいらしく、好んでよくつけている。そうして、ひとり鼻歌を歌っていた。

僕たちは部屋の入り口から、ボニーが獣医ごっこセットの箱から決まった手順で器具を取り出し、几帳面に並べ、赤ちゃん用のお尻拭きでひとつひとつきれいにしてから同じ順番で箱に戻す様子を眺めた。今週は一日おきにこれを繰り返している。僕たちが気づかなかっただけで、きっともっと以前からだ。

「ああいうことをするって、普通なのかな?」

声を潜めて尋ねたら、エイミーは肩をすくめた。

「ボニーにとっては普通なのよね……」

それからまたしばらく娘の様子を見つめてから、エイミーが続けた。

「まあ、悪いことではないわよね。よい衛生状態を保つということを子どものうちに学んでいるわけだし」

「でも、頻度が高すぎる。ここまでやる必要があるか?」

「そう言うあなたは、自分の医療器具をどれくらいの頻度で洗浄するの?」

「診療が終わるごとに……」

「ほらね、そうでしょう。ボニーはあなたがしていることをそのまま真似ているだけなのよ」

「洗浄はほとんどシェリーがやってるけどな、厳密には」

「誰がやってるかは関係ない。ボニーは単に獣医師の仕事の手順に従っているだけよ。それに、あなた言ってたじゃない。ボニーは時々シェリーのあとをくっついて回ってるって」

それは事実だった。僕がボニーを職場に連れていくのはもはや珍しいことではない。その日行う特定の医療処置などについて教えるのが目的だが、いつしかボニーは動物病院に着くとそのまま助手のシェリーの元へ行き、午前中いっぱい、彼女と過ごすようになった。シェリーの仕事を観察し、術後の動物の経過を一緒になって見たりした。ボニーは聴診器を使うのが好きだった。たぶんタングみたいになりたいのだ——心臓の音が聞けるように。

「実際の医療機器の洗浄には四段階の手順があるけどな」僕はエイミーとの話に意識を戻した。「赤ちゃん用のお尻拭きは使わない」

「ベンったら、やあね。ボニーは滅菌器を持ってないのよ、お尻拭きで拭くくらいしかやりようがないじゃない」

答えようとしたら、ボニーが突然話に入ってきた。

「これをパパの動物病院に持っていってきれいにしたら、高圧蒸気滅菌器の熱でプラスチックがだめになっちゃう。だからお尻拭きを使ってるの。昔はこれで私のお尻を拭いてたんだから、かなりきれいになるはずでしょ」

ひそひそ話も娘には筒抜けだった。僕たちは後ずさりをして部屋の入り口から離れた。この五分間を消し去り、娘に話の一部始終を聞かれていたこともなかったことにできたらいいのに。僕はこっそり振り返ったが、ボニーが僕たちを追いかけてくることはなく、やっていることをやめる気配もなかった。僕たちに話しかけてきた時も作業の手は止めなかった。

さて、このあとどうしたものか。互いに相手が何か思いつくことを期待して、僕たちは顔を見合わせた。ふと、妙案が浮かんだ。

僕はひらめいたとばかりに人差し指をひょいと立てると、車庫に向かった。エイミーもついてきた。

「何をしてるの？」

「チャリティーショップに持っていき損ねたままの、赤ちゃん用品を入れた箱って、どこにしまったっけ？」

「クリスマスグッズの箱の下だと思うけど、どうして？」

すぐには答えなかった。目的の箱はエイミーの言葉どおりの場所にあった。探していたものは、箱の底でプラスチックの哺乳瓶や歯固めリングに埋もれていた。どれも使われなくなって白っぽくなっていた。食べずに放置されて白く粉の吹いたイースターのチョコレートみたいだ。

僕は哺乳瓶用の電動滅菌器を引っ張り出した。上に載っていたものが盛大に床に散らばったが、自分のひらめきにすっかり気をよくしていた僕は、片づけより先にしたいことがあった。

エイミーは滅菌器に目をやると、僕に視線を移し、にっこり笑ってうなずいた。

「渡してきてあげて」と、滅菌器から垂れ下がるプラグを僕の肩にかける。「ここは私が片づけておくから」

「いや、エイミーもおいでよ。片づけならあとで一緒にやればいい」

ボニーにとってその滅菌器は、僕からの最高の贈り物となった。それが何で、どんなことができるのかを説明した時のボニーのあの嬉しそうな顔は、どれほどお金を積んでも買えないものだ。それをエイミーにもその場で見てもらえて本当によかった。

滅菌器そのものは少し汚れていた。しまい込まれて日の目を見なくなったもの特有の、薄汚れた雰囲気をまとっていた。車庫にしまってある複数の箱の上面には、今もところどころに白い点々が残っている。ある夏、一羽の鳥が車庫に迷い込んでひと晩出られなくなり、ありとあらゆるものの表面にパニックの証《あかし》を落としまくったのだ。大半はその時に片づけたが、見落としていたものが折にふれて出てくる。あの時、エイミーと僕が鳥を外へ逃がそうと追いかけ回すのを、タングとボニーはおおいに面白がりながら眺めていた。こっちはちっとも面白くない。ふたりにしても、後片づけをするのが自分たちだったなら、そうそうおかしがってはいられなかっただろう。

話を戻すと、ボニーは喜びながらも冷静だった。ものをきれいにするための機器が汚れているのはおかしいと感じたらしい。それでも箱にしまってあったおかげで糞の被害は免れていた。助かった。鳥の糞などついていようものなら、ボニーは滅菌器に触れたがらなかったかもしれない。そういうことに関してボニーは大げさに反応するところがある。動物病院の手術台で切開されて内臓が丸見えになった動物を見ても平気で、椅子に座ってその光景を絵に描き、メモを取ったりもするのにだ。ちなみに絵は年齢のわりにかなり上手だが、字もうまいかと言うと微妙なところだ。まだ五歳だし、学校に通っていた間もアルファベットの書き取りはそれほど得意ではなかった。それでも、動物への興味と、大半の大人が目をそむけるであろう光景を前にしても平然としていられる度胸があることはたしかだ。先日も、近々開催される動物の病理解剖に関する学会に自分も連れていってくれとしつこくねだられて手を焼いたほどだ。僕の動物病院でも病理解剖を行うことを検討しているため、参加を予定しているのだが、僕もエイミーも今度ばかりは絶対にだめだと反対した。

「話を聞いてもボニーにはほとんど理解できないよ」僕はそう言い聞かせた。

「できるよ！　それに、そんなこと、行ってみなきゃわからないでしょ？」

「獣医学の学校に何年も通わなきゃ、わからないの！」と、エイミーも諭《さと》した。「パパだってここまで来るのは大変で、何年もかかったんだから。病理解剖もできる獣医さんになるのが簡単なら、パパだってとっくの昔にそうなってるわ」

言わんとしていることは理解できたが、僕は過去の数々の挫折を改めて突きつけられている気分になった。たしかにここまで来るのにはずいぶんと時間がかかった。それでも一応言わせてもらうなら、四十歳にして自分の動物病院を持てている。同期の仲間と比べてもけっして遅すぎるわけではなく、むしろ一部の人よりは先を行っているくらいだ。

エイミーもすぐに失言に気づき、ボニーが向こうを向くのを待って、「ごめんね」と唇だけ動かして謝ってきた。僕はひどいなぁと言うように目をぐるりとさせ、かぶりを振った。エイミーはほほ笑んだ。

話が脱線してしまったが、ボニーはハムスターの剖検《ぼうけん》と聞いてもまったくひるまないが、清潔であるべきものが清潔ではないことには異様なまでに抵抗感を示す。だから、僕からの風変わりなプレゼントをたいそう喜びはしたものの、それを僕が徹底的にきれいにするまでは触ることを拒んだ。おまけに、僕がきちんと清掃しているか、自分の目で確かめるとまで言い張った。僕は課せられた仕事に真剣に取り組んだ。その徹底した仕事ぶりに満足したのか、三十分ほどするとボニーはこう言った。

「何かあったら呼んで。私は自分の部屋でタブレットを見てるから」

そうして滅菌器の清掃作業を僕に丸投げして去っていった。

そんなわけで、ダイニングルームにいたタングとフランキーがガシャガシャ、ウィーンと、それぞれに音を立てながらキッチンに入ってきた時、僕は流しで滅菌器を洗っていた。

「何してるの？」と、タングが尋ねた。

「哺乳瓶用の滅菌器をきれいにしてるんだよ。見ればわかるだろう？」

タングは僕の目をじっと見つめると、大真面目に言った。「また赤ちゃんが生まれるの？」

「ははは、違うよ、タング。安心しな」

「よかった。赤ちゃんがまた増えたらやだもん。もうこの家にはいっぱい人がいるから」

「その意見には同感だ」

タングは僕から離れてまた歩き出したが、フランキーはその場に留まり、首を伸ばすようにしてシンクをのぞき込もうとした。

「それ、ひょっとして私にお手伝いできるのではありませんか、ベン？」

「大丈夫だよ、フランキー。もうほとんど終わりだから。でも、訊いてくれてありがとうな」

フランキーがうつむく。

「本当に大丈夫ですか？」

その口調に、手伝いを申し出たのは僕のためではないのかもしれないと感じた。むしろ、手伝わせることで僕が彼女を助けることになるのではないか。

フランキーがついてきていないことに気づいてタングが戻ってきた。

「フランキー、来ないの？」

ふたりが何をするところだったかは知らないが（たぶん、おもちゃのポニーででも遊ぶつもりだろう)、フランキーはタングと一緒に行くより、ここに残りたそうだ。

「あのさ、タング、フランキーに僕の手伝いを頼みたいんだけど、いいかな?」

フランキーが僕を見上げた。よほど嬉しいのか、瞼《まぶた》が見えなくなるほどに目を見開いている。

「何で?」

タングからは当然予期すべき質問が飛んできたが、何も考えていなかった僕は、とっさに適当なわけをひねり出すはめになった。

「ほら、フランキーはゴム手袋をしてるから……」我ながら説得力を欠く理由だが、それしか言いようがない。〝フランキーはタングと遊ぶよりこれをきれいにしたいみたいだから〟とは言いたくなかった。そんな身も蓋もない言い方をされてはタングが傷つくし、僕もフランキーの動機に百パーセントの確証があるわけではない。

「僕も手伝いたくなった」

タングならそう言い出しかねないのはわかっていたことなのに、僕はやはりうろたえた。だが、タングの弱みを引き合いに出せたのは幸いだった。つき合いの長さがものを言った。

「でも、水を使わなきゃならないんだよ、タング……正確にはお湯だけど」

「えっ。そっか。わかった。じゃあ、何かあったら呼んで。僕は居間でゲームしてるから」

むむむ。ボニーのさっきのえらそうな言い回しは、タングが使うのを聞いて覚えたのだろうか。それともタングがボニーを真似したのか。どちらもあり得る。

フランキーの手伝いの申し出はやや遅きに失したものの、彼女についてもう少しよく知る、つかの間《ま》の貴重な機会となった。フランキーが手伝いたがった理由が果たして僕の想像どおりか、探ってみよう。

「それにしても」と、フランキーに布巾と滅菌器のパーツを渡しながら、僕は切り出した。「これをきれいにするより、タングと何かしたり、ボニーと遊んだりする方が楽しいんじゃないか?」

フランキーはプラスチック製のパーツを何度か円を描くようにして拭くと、僕を見上げた。

「なぜそう思うのですか?」

「これがつまらない家事だからだよ。いや、もちろんこれも大切なことだけど、もっと有意義な時間の使い方があるとは思わないかい?」

「ベンはボニーのためにこの器械をきれいにするのが楽しくはないのですか?」

何とも答えにくい質問だ。作業自体はちっとも楽しくない。コードが濡れないように、そしてプラグが足の上に落下しないように注意しつつ、プラスチックや金属の表面の小さな傷に入り込んだ汚れを拭き取る作業が楽しいわけがない。その一方で、ぴかぴかになった滅菌器を前にしたボニーの顔を想像するとわくわくした。娘が滅菌器を使う姿を早く見たいし、滅菌の重要性を説明するのも楽しみだ。

「うーん……楽しいというのとはちょっと違うかな、フランキー。それよりは……何だろう……やりがいがあるって言うのかな。そのふたつは違うんだ」

「やりがいのあることをすることと、楽しいと思えることをすることとは違うのですか？」

「同じ場合もあるとは思うよ。要はその人が何を楽しいと思うかだ。そして、何をしている時にやりがいを感じるか」

「はい」と、フランキーは言った。

それから数秒間、僕は彼女が先を続けるのを待った。だが、フランキーは黙ったまま、プラスチック製のパーツの裏側を拭き始めた。話は終わったらしい。

教えられたのは僕の方だった。

フランキーがある種の家事用ロボットだったのは間違いない気がしてきた。まあ、それは今の話を聞かずとも、フランキーのゴム手袋を見れば明白だ。しかし、今の会話の一番の収穫はそこではない。フランキーに楽しみとやりがいの違いを説明しようとする中で、僕は思いがけずその共通点に気づかされた。

十一　食事の時間と餌やりの時間

新しい学年度が落ち葉を踏みしめる秋からきらきらとしたクリスマスに向かう冬へと移り変わる中、タングもボニーも、その方法や速度こそ違えど多くを学び、吸収していた。ボニーは単細胞生物のことなら何でも知っていた。ただ、ボニーとタングの書いた文字を並べると、どちらがどちらの筆跡か見分けがつかなかった。手がマジックハンド型で指もなく、鉛筆に特別なゴム製グリップをはめなければ字が書けないタングと同等なのだから、ボニーの書き取りには難があるということだ。

僕とエイミーはボニーが人より苦手そうなことに合わせて学習内容を見直したが、ホームエデュケーションを始めてわずか数カ月にして、日々気がくじけそうになっていた。世の中、時間や場所にとらわれない柔軟な働き方が増えており、僕たちも仕事柄、一定の自由度は享受していたが、あくまで共働きの大変さが多少は軽減されるだけで、ひと息つく暇などほとんどなかった。

フランキーの登録をすますためにも彼女がどこから来たのかを知りたかったし、知る必要もあったが、それについては焦らないとすでにエイミーに約束していた。何より毎日何かしらが起きる状況では、日常生活を維持するだけでエイミーも僕も手一杯だった。おまけにボニーの……言うなれば奇妙な言動が次第に増えていることも心理的な負担をいくぶん大きくしていた。ボニーが普通ではないと言うつもりはない。ただ、次に何をするかをボニーが把握できていない状況が僕たち親にとって非常事態であるという事実は、普通ではなかった。僕もエイミーも、ボニーを教育しているというよりボニーについて学んでいると感じる場面が多かった。

とりわけ厄介だったのは夕食の時間だ。それはどの子どもにも当てはまることかもしれないし、子どもにしてみたら人生において自由になることなど皆無に等しいのだろうから、主張できる部分はとことん主張しようと思う気持ちもわかる。だが、我が子にバランスのよい食事を取らせたいと思っている時にそれをやられると、きつい。おまけにボニーの場合、何が問題なのか必ずしも判然としないのだ。

たとえばエイミーが仕事上がりに珍しく遊びに出かけた夜に、手早くできる薄切りステーキにつけ合わせのフライドポテトと煮たエンドウ豆も用意して、よし、完璧と自信満々でボニーに出したことがある。ところが、ボニーは僕やロボットたちが見つめる中、慎重に野菜だけを選んで平らげ、肉は皿の上で突っつくばかりでむっつりしていた。

「ちゃんと食べなさい、ボニー」十回目にそう注意する頃には僕もだいぶいら立ちが募っていた。

「食べられないよ！」ボニーがそう答えるのは二度目だった。

「どうして？　何がいやなんだ？」

「歯が変な感じになるんだもん」

「歯が？　歯がぐらぐらしてるのか？」

僕はぎょっとした。ボニーの乳歯はまだ一本しか抜けていないが、その一度だけでトラウマになるには十分だった。あの時ボニーは真っ青な顔で階段のてっぺんに立ち、ひたすら泣き叫んで、僕たちが乳歯に結んだ紐を引くのを許さなかった。当時はまだフランキーはいなかったが、タングまでもがボニーに向かって静かにしてと甲高《かんだか》く叫び出したものだから、収拾がつかなくなった。すべてが終わってようやく静けさが戻り、疲れきったボニーとタングがそれぞれのベッドで気絶するように眠る頃には、僕もエイミーも火災警報器の隣に二時間座っていたような気分になっていた。

話をステーキに戻そう。ボニーは呆れた様子で僕を見た。

「違うよ。ステーキを食べると歯が変な感じになるの。おかしいのはステーキ。私の歯じゃない」

「よくわからないな」僕はひとまず安堵した。「変な感じになるって、どういうことだ？」

ボニーが座ったままもぞもぞし始めた。

「ボニー、ちゃんと座って。いいから食べなさい。毒を盛ってあるわけじゃないんだから」

「そんなの知ってるよ！　毒なんかあるわけない。だって毒だったら、パパは私を傷つけようとしたってことになる。パパは私を傷つけたいの？」

ボニーの言葉が胸を刺した。僕がボニーを傷つけるかもしれないと、ボニーに一瞬でも思われたと考えただけで気分が悪くなってきた。タングが気づいて、悪気なく話に割り込んできた。

「心臓、どうしちゃったの？　速くなってるよ」

僕が、いいから今は黙っててくれという目で睨むと、タングも察して黙った。フランキーも僕の動揺に気づいたが、同じロボットでも彼女の方が対応の仕方はさりげなかった。

「ボニー」と、フランキーが声をかける。「あなたのお父さんは絶対にあなたを傷つけたりはしません。それはボニーもわかっているはずです。お父さんはただ、あなたにバランスよく食べてほしいだけです」

僕はありがとうと言うようにフランキーに笑いかけた。ボニーもフランキーの言葉に多少は安心したようだったが、ステーキへの拒否反応は変わらなかった。

「これは食べられない!」

「だから、どうしてだよ?」理解ある優しい声など出せなかった。

「歯が変な感じになるから!」

そう言い捨てると、ボニーは席を立って階段を駆け上がった。廊下をドタドタと走る足音が頭上で響く。間《ま》もなくドアを叩きつけるように閉める音がして、家中の壁がビリビリと震えた。

「ボニー、しょっちゅうああなるね」タングが言った。

「ああ。わざわざ教えてくれなくてもいいことを、どうも」

「どういたしまして」

どういたしましてじゃないよと、げんなりとタングを見ると、僕は食事に戻った。二階に行ってボニーとこれ以上言い争っても意味はない。それで物事が解決したためしなどほとんどないし、今回だって同じだろう。僕が食べるステーキが冷めて終わるのがおちだ。

「ベン?」背後から小さな声で呼びかけられた。

「何だ、フランキー?」

そんなつもりではなかったのに、つい口調がきつくなった。ボニーが母の夜間の外出に抗議したくて、わざと僕を困らせたのか、単に虫の居所が悪くて反抗したのか、その両方なのか、それはわからない。いくらフランキーが間に入って僕の思いを代弁してくれても、ボニーの不可解な言動に対するモヤモヤやいら立ちは残ったままだ。

「ひょっとしたら、ボニーは口の中で感じる肉の舌触りが不快だと伝えたかったのかもしれません。肉を食べた時にそのように感じる人もいるようです。人によっては脱脂綿を口に入れているように感じるのだと思います」

人間をよく理解していなければ、そのようなたとえは出てこない。フランキーがなぜそこまで人間のことを知っているのかは謎だが、そんなことはどうでもよかった。不意にすべてが腑に落ちた。

「だったら……どうしてボニーはそう言わなかったんだろう?」

フランキーは長い間まっすぐに僕を見つめていた。改めて考えると、僕が自ら答えを導き出せるか、待っていたに違いない。導き出さなければならなかったのだとも思う。だが、答えはわからず、結局フランキーに教えられた。

「状況を的確に伝える言葉を、ボニーは知らなかったのかもしれません。あるいは適切な語順で表現することができなかったのかもしれません。そういったことを子どもがいつの時点で学ぶのか、私はよく知らないので間違っているかもしれませんが、論理的に考えるとそういうことだと思います」

問題の本質に気づかせてくれたフランキーに感謝する一方で、彼女がそこまで考えていたのに、思いがいたらなかった自分に腹が立った。僕はどちらの感情も受けとめ、フランキーにうなずきかけると肩を軽く叩いた。そして、立ち上がってボニーの元に向かった。

「あっち行って！」

子ども部屋のドアをノックしたら、そう叫ばれた。僕は構わずドアを薄く開け、顔だけのぞかせると、その隙間からするりと中に入ってボニーのベッドの傍らにしゃがんだ。ボニーは手足を投げ出すようにしてベッドに突っ伏していた。

「ステーキを食べると気分が悪くなっちゃうのかい？」

ボニーはこちらに顔を向けたが、目を合わせようとはしなかった。

「そう」

「どの肉を食べてもそうなるのかな、それともステーキだけ？」

「ハムみたいな平べったいお肉は好き。でも、三次元のお肉は嫌い」

ボニーが〝三次元〟という言葉を知っていることに驚いた。いや、しかし、今大事なのはそこではない。

「食べるとどんな気分になるんだ？」

「言ったでしょ、歯が変な感じになるの！」

「わかった、わかったよ」これ以上興奮させたくなくて僕は必死だった。「変な感じになるのは歯だけ？　それとも口の中全部？」

「最初は歯だけど、あっちもこっちも変な感じになって、味も変になって、そうなったらもう飲み込めないの」

かわいそうに。子どもは時に嘘をつく。たまたま反抗的な気分だったからとか、疲れていたからとか、さまざまな理由から嘘をつくものだが、今のボニーは違う。娘の言う〝変な感じ〟が何を意味するのか、正確なところはわからないが、厳密に理解する必要はない気がした。それよりも、ボニーが自分の気持ちをうまく表現できるように親の僕たちが教えてやれていないことの方が気がかりだった。それに、もうひとつ確かめたいこともあった。

「じゃあ、肉を食べたくないのは、それが動物のものだからというわけでもないんだね？」

「うーん、どうかな。わかんない。ちゃんと考えてみないとわかんない」

「それもそうだよな」僕はうなずいた。「わかった、ボニーが考えてる間は無理に肉を食べさせたりはしないよ」

ボニーが体を起こして僕を抱きしめ、肩に顔を埋めた。僕も抱きしめ返した。突き放されるかと思ったが、ボニーは僕の肩に顔をうずめたまま言った。

「ママは?」

「ママ?」〝ママがどうした?〟という意味で、訊き返した。

「ママは私に食べさせる?」

僕はいいやと首を横に振った。

「ママにはパパから話しておく。きっとわかってくれるよ」

「ありがとう、パパ」


一階に戻ったら、僕とボニーの話し合いの結果を勝手に先読みしていたフランキーが、ボニーのステーキを猫にやっていた。

「フランキー、何をしてるんだ?」

フランキーが目をぱちくりさせて僕を見た。

「ボニーはステーキを食べたがりませんでしたが、猫のポムポムがほしがるのはわかっていました。だから、無駄にならないようにあげたのです」

タングを見たら、僕は関係ないよとばかりに肩をすくめた。

「でも、僕がボニーを説得する可能性もあった。ボニーだって食べる気になって一階に下りてきていたかもしれない。そうならないとはフランキーにも言いきれなかったはずだ」

「妥当な判断でした」フランキーは言った。

「猫にとってはな。食べものを無駄にしないという意味でも、たしかにそうだ。でも……」

「そうではありません」フランキーが僕の言葉を遮《さえぎ》った。「私が言っているのは、ボニーに無理にステーキを食べさせないというあなたの判断のことです」

「どうしてそう思うんだ？」

「ボニーは苦痛を感じていました。あなたは優しい人です。あなたがあれ以上、ボニーを苦しませるとは思えませんでした」

その時点で、僕の中でくすぶっていた、フランキーに意識や心はあるのかという疑念はきれいさっぱり消えた。フランキー自身は、親としての僕の意思決定を論理的に推測したつもりだろうが、常識や実利にもとづいて考えるだけでは不十分で、人の気持ちを理解し共感できなければ僕の判断は読めなかったはずなのだ。本人はそのことに気づいていないけれど。

フランキーについて知るにつれ、彼女が何かをする時、なぜそれをするのか、本人も必ずしも理解しているわけではないことが見えてきた。むろん、人間にもそういうことはある。だが、フランキーの場合は純粋に理解していないみたいだ。それどころか自分がやった事実さえ覚えておらず、人から指摘されて初めて気づくこともある。

実際、そういうことが数週間後にあった。やはりポムポムに関わる出来事だった。暖かな土曜の午後で、エイミーはブライオニーとランニングに出かけていた。ランニングを始めたのはわりと最近だ。個人的には何が楽しいのかさっぱり理解できないが、そもそも僕は姉みたいにたくましくもなければ、妻のようによりよい自分になろうという意欲もない。必要に迫られない限りは。まあ、こういうことは人それぞれだ。

「タング、おまえ、また猫に餌をやり過ぎたんじゃないか？」

僕は一階から大声で尋ねた。ボニーに呼ばれてキッチンに来てみたら、猫の餌用のボウルにドライフードがあふれんばかりに入れられていたのだ。いや、文字どおりあふれていた。積み上がったドライフードが、その頂点から美しい傾斜を描いてなだれ落ちるさまはさながらピラミッドのようで、ボウルはほとんど餌に隠れていた。

タングはすぐには返事をしなかったが、階段の踊り場の床板がきしみ、ウィーンという音が聞こえてきた。いったい何事かと下まで確かめにこようとしている。僕はボニーを振り返った。

「これ、ボニーがやったわけではないんだよな？」

ボニーが冷ややかな目で睨む。

「ばかにしないでよね、パパ」

十五歳みたいな五歳児だ。ボニーは僕が判断を誤ると、いや、それがエイミーであれ誰であれ、すぐに容赦なく指摘する。娘の歯に衣着せぬ物言いにはもう慣れっこだが、五歳らしからぬ口のきき方をされるとやはりびっくりしてしまう。

世の中には、成熟した賢い魂が幼い体に閉じ込められているような子どももいる。ボニーもそうだ。子どもの肉体という制約にいら立ち、うまく自分を表現できずにいる。ボニーの目を見ればわかる。娘が何かを説明している時に理解できないと、自分がひどく愚かに思えてくる。ステーキの一件がよい例だ。もっとも、あの場でボニーの真意を見抜くのはとうてい無理だった。

ボニーが顔にかかった金髪の巻き毛をぞんざいに払い、髪が当たってちくちくしていた場所をこすった。

「ばかにしたわけじゃないよ、ボニー。一応確かめただけだ」

「これだけの量を一度にあげたら肥満になるリスクがあるし、そこから糖尿病や心臓の病気になるかもしれない。他の臓器にも問題が出てくるかもしれないし……」

「そうだな。説明してもらわなくても、パパも習ったことは覚えてるけどな」

ボニーがまた僕を見て、困惑気味に眉をひそめた。

「別にパパが忘れてるとは思ってないよ」

「わかってるよ。今のはただの……まあ、いいや」

僕はその場にかがんでドライフードを袋に戻そうとした。だが、餌に触れるより先にボニーに大声で止められた。

「だめ！」

「えっ？」

「証拠がなくなっちゃうよ」

「たかが餌用のボウルじゃないか、ボニー。犯罪現場じゃないんだからさ。ドライフードをボウルからあふれさせたのはタングかと尋ねれば、タングだって何の話かわかるはずだよ」

ボニーが大きく息を吸った。その息をふうっと吐き出し、うなずく。それでも僕はドライフードをそのままにしておいた。ボニーの言うことにも一理ある。実際の様子を見せてこちらの質問の意図を理解してもらわなければ、こんなことになった理由を突きとめるのは難しい。

「どうしたの？」と尋ねながら、タングがガシャガシャとキッチンに入ってきて、僕たちの背後に立った。「さっき、何て言ってたの？」

「パパが、タングがポムポムに餌をやり過ぎてるって。こんなにあげたらだめなんだよ、ポムポムの体によくないから」

僕は咎《とが》めるようにボニーを見た。炎に包まれたジャガイモでも放るみたいに、さっさと僕に責任を押しつけるなんてあんまりではないか。

「そうは言ってないだろ、ボニー。まあ、でも訊きたいのは似たようなことだ。タングがこんなふうに餌を山盛りにしたのか？」

タングは僕とボニーの間から身を乗り出してボウルを見ると、肩をすくめた。

「僕じゃないよ。僕はポムポムの餌やりはしないもん」

きびすを返してキッチンを出ていこうとして、タングがふと入り口で足を止めた。そして、こちらを振り返って「たぶんフランキーだよ」と言い残すと、居間へと消えていった。

僕はボニーと顔を見合わせた。ボニーが顔をしかめる。

「フランキー？　何でフランキーがこんなことするの？」

僕は肩をすくめた。

「さあな。でも、タングの言うとおりだ。エイミーのわけがないし、ボニーでも僕でもなく、タングでもないなら、残るはフランキーしかいない。ポムポムが自分で餌を山盛りにするとも思えないしな」

「うん」と、ボニーが大真面目に答える。「無理だよ。ポムポムには自由に使える親指がないもん」

フランキーは家事室で洗濯機を一心に見つめていた。昨シーズンに着たきり、なぜか洗濯されずに放置されていた冬物のセーターの山が、今年の冬に備えて洗濯機の中で回っている。それを眺めているらしい。

「フランキー、大丈夫か？」

急に声をかけられてびっくりしたのか、フランキーは慌てて洗濯機から離れた。まるで悪いことをしていたところを見つかったみたいだ。

「ああ、ベン。それにボニーも。いたんですね。私……私はただ……」ぐるぐると回る洗濯物に視線を戻す。「私は何をしていたんでしょう？」

「猫も時々やるよ」ボニーがフランキーにも丸聞こえのひそひそ声で言った。「洗濯機をじっと見るの。動画で見たことがある」

僕はボニーの言葉は聞き流した。

「洗濯機を見ていたいなら、そうしていいんだよ、フランキー。申し開きなんてしなくていい」

フランキーは目をしばたたいて僕を見ると、かすかにうなだれた。自ら車輪の空気でも抜いたみたいだ。

「私がしていたのはそういうことではない気がします、ベン。洗濯機を見ていたわけではありません。私は……おそらく……的確な言葉が見つかりません。何かに止まってほしい時にすること。いいえ、止まってほしいわけではなくて、でも、何かが起きるとわかっている時に……」

「待っていた？」ボニーが尋ねた。

「それです！」

しゅんとなっていたフランキーの背筋が再び伸びた。ボニーにわかってもらえて表情がぱっと明るくなる。

「洗濯が終わるのを待っていたんだと思います。理由はわかりませんが」

「まあ、君はゴム手袋をしてるしな」と、僕は言った。「君は——以前の君は——洗濯ロボットか何かだったのかな？　家事ロボットとか」

フランキーは僕たちから洗濯機へと視線を戻した。考えている。しばらくして、フランキーは答えた。

「洗濯ロボットというのはぴんときません。ボニーに待っていたんじゃないかと言われた時は、なるほどと思いました。待つとはどういうことか理解できましたし、たしかに私は洗濯が終わるのを待っていたのだと気づきました。でも、洗濯ロボットだったというのは……しっくりきません。ベンがなぜそう言ったかはわかります。そのように考えるのが自然です。でも、違う気がします」

僕はフランキーの肩をぽんと叩いた。

「まあ、いいさ、フランキー。いずれボトム《真相》を突きとめられるよ」

フランキーが視線を下に向けた。

「ボトム《お尻》……？」

ボニーがにやにやする。

「お尻だって」

一瞬、沈黙が流れた。僕はフランキーを探しにきたそもそもの理由を思い出した。

「フランキー、君、猫の餌やりをした？」

「猫の餌やり？　何のことか、よくわかりません」

「ほら、ドライフードを猫の餌用のボウルに入れること。餌やり」

フランキーは黙って僕を見つめている。彼女の考えが読めなかった。自分は何かまずいことをしてしまったらしいと、慌てて言い訳を考えているのか、それとも僕の言っている意味が本当に理解できないのか。これがタングなら、十中八九、嘘をついてその場を言い逃れようとしている。だが、フランキーがどうかは僕には読めない。

「おいで」と、僕は言った。「実際に見てもらった方が早い」

フランキーはどこか後ろ髪を引かれる様子で洗濯機のそばを離れると、僕についてキッチンへと移動した。ボニーが、フランキーが逃げ出すのを警戒するように最後尾を歩く。僕は別に裁きの場にロボットを連行するような真似がしたかったわけではないのだが、傍目《はため》にはそうとしか見えなかっただろう。

僕は餌があふれ出たボウルのそばにしゃがむと、フランキーの目を見た。

「これを」と、ドライフードをひとつ、つまみ上げた。「ここに入れたのはフランキーかい？」僕はボウルを指差した。

「はい」フランキーは答えた。

「どうして？」

「よくわかりません」

「よくわからないっていうのはどういうことだ？」

フランキーの目がせわしなく泳ぎ出し、不安になった時のタングみたいに瞼《まぶた》が斜めに下がった。いら立ったところで答えを引き出せないことはわかっていたが、話をしなかった頃のタングともう一度向き合っているような気分になった。だが、忘れてはならない。フランキーは言葉が話せないのでもわざと話さないのでもない。彼女は時として本当に僕の質問に対する答えがわからないのだ。僕は深呼吸をして顔をごしごしと拭った。

「フランキー、落ち着け、大丈夫だから。君を責めてるわけじゃないんだ、本当に。状況を把握したいだけでさ。ポムポムに一度にこんなに餌をやってはいけないんだ。全部食べてしまったら具合が悪くなる。それに……ほら、これを見てごらん」

フランキーは言われるままにボウルからあふれた餌を見て、僕を見て、ボニーを見て、また僕を見た。

「動物用の茶色い食べものの山ですね。でも、ベンが言いたいのはそういうことではなさそうです。言っている意味がわかりません」

フランキーはうつむいた。ボニーが口を開く。

「フランキー、ポムポムが一日に食べてもいい餌の量はだいたい五十グラムで、それを朝と夜に分けてあげてるの」

フランキーは瞼が引っ込むほどに目を見開いた。

「大変。今ボウルにあるのは五十グラムどころではありません」

「うん、そうだね」と、僕は言った。

フランキーがゴム手袋をはめた手で餌をすくい、袋に戻し始めた。僕は彼女を止めた。

「そんなことしなくていいんだよ、フランキー。本当に。正しい餌の量なんて君には知りようがなかったんだから」

餌をすくいかけていたフランキーの手が宙で止まる。ボウル状にした手からドライフードがいくつかこぼれ落ちた。

「ごめんなさい。なぜ餌をあげていたのか、自分でもわかりません。頼まれてもいないのに。どうして餌をあげようなんて思ったんでしょう?」

「いいんだよ」と、ボニーが言った。「フランキーがやりたいなら、猫の餌やりをしてもいいよ」

「私にやってほしいですか？」

「やってもらわないと困るわけじゃない」僕は答えた。「でも、餌やりをすることでフランキーが誰かの役に立てている実感を持てるなら……」

その提案にフランキーがにわかに元気づいた。

「はい、人の役に立ちたいです。これからは一日に二回、ポムポムのボウルにきっちり二十五グラムの餌を入れます。ポムポムも人間と同じで夜間はある程度寝ますし、日中も寝ている時間があるので、それをもとに計算すると、餌やりに最適な時間は午前八時と午後四時になります。よろしければ、はいとお答えください」

最後のひと言だけはフランキーのいつもの静かな声ではなく、ほとんど命令のように聞こえた。

「午前七時と午後四時にしてもらってもいいかな？」僕は言った。「そうすれば、朝、ポムポムに起こされずにすむかもしれない」

猫の世話をしようとするフランキーを見かけたのは、その一度きりではなかった。キャットフード事件から一週間後の日曜の午後、庭で晩秋の暖かな日差しを満喫していたら、居間の方からウィーンという音とともに何かを引っかく音が聞こえてきた。テラスの椅子から立ち上がりたくなくて（ついでにビールも手放したくなくて）、僕は顔だけ後ろに振り向け、何が起きているのか確かめようとした。

ソファの背の向こうで、フランキーの頭のてっぺんだけが小刻みに揺れながら左から右へ、そしてまた左へと動いていた。ソファの端に来るたびに動きを止め、数秒待っている。引っかく音がするのはその時だった。

「フランキーってば、いったい何をしてるの？」まどろんでいたエイミーが、つばの広い日よけの帽子の下から尋ねた。

「さあ」

様子を見にいくのはやはり僕かと、ため息が出た。偵察を頼もうにもボニーは子ども部屋で昼寝中だし、タングは庭の奥の木陰で何やらひとり遊びをしている。自分で確かめにいった方が早い。ビール瓶を振り、どうせなら様子を見にいくついでにビールをもう一本、冷蔵庫から取ってくることにして、僕は家の中に入った。

「フランキー」と、声をかけた。「何をやってるんだ？」

フランキーがソファの背後を後ろ向きにすーっと移動して、左側からひょいと出てきた。

「猫のポムポムと遊んでいるんです」

「そっか」

「ポムポムが投げたおもちゃのネズミを、私が取ってきてポムポムに渡すんです」

おかしなフランキー。彼女は時々言葉がこんがらかる。

「それを言うなら、フランキーがポムポムにネズミを投げてやってるんじゃないのか？」

そう尋ねつつ、僕はキッチンに向かった。犬とは違い、猫は基本的に投げてもらったおもちゃを取ってくる遊びはしないが、ポムポムは気分が乗るとやることもある。

フランキーが僕をじっと見つめた。

「いえ、ポムポムが私に投げてくれてるんです」

僕は眉をひそめ、フランキーが立っている場所に行ってみた。彼女の傍らにはたしかにポムポムがいて、瞳孔を開き、尻尾をぴくぴくさせていた。その前にはネズミのぬいぐるみが落ちている。ポムポムは僕に向かって高い声で短くニャーと鳴くと、前足でネズミをぱっとパンチしてフランキーの少し先に着地させた。フランキーがすっと前進してネズミを拾い、ポムポムに返す。

「ほら、投げてくれているでしょう？」

君は怠惰な猫にからかわれているんだよとか、あくまでペットは猫の方なんだよと、教えてあげることもちらりと考えた。だが、飼い主とペットの関係においてペットが必ずしも従属的な存在だとは思わないし、仮に飼い主家族とペットとの間に序列があるのだとしても、フランキーみたいなロボットがそのどこに入るのか、僕にはわからない。頭がこんがらかってきて、もはやフランキーに説明できそうもなかったので、結局僕はこう言った。

「まあ、遊び方は人それぞれだもんな。フランキーが楽しいようにやったらいいよ」

「とっても楽しいです！」

フランキーはそう答えると、再び位置につき、ネズミが投げられる瞬間を待った。

十二 氷

何だかんだと忙しく、ようやく僕の遅い誕生日会の計画を始めた頃にはすでにクリスマスも間近になっていた。だから、いよいよ開催となった時、ブライオニーにだけは彼女を喜ばせるためにそれが誕生日会だと案内したが、他の人には単なるクリスマスの集まりと伝えた。

ただ、パーティを開く前にまずはボニーに話をして納得してもらう必要があった。「この家の大人はパパとママだから、パパたちが決めたとおりにしなさい」のひと言ですますこともできただろうが、僕は、うちはひとりひとりの意見を尊重する民主主義の家庭だと思っている。それに四十歳にもなって情けない話だが、僕はいまだに心のどこかで、責任を持ってすべてを取り仕切ってくれる〝まともな〟大人が現れるのを期待して待っている。そんな僕がこちらの考えを子どもたちに押しつけるのは間違っていると、日頃から感じていた。

タングは例のごとくパーティと聞くなり興奮し、僕とエイミーが、始まるのは夕方以降だし、ゲームをしたり風船を飾ったりするようなパーティではなく、ほぼおしゃべりを楽しむだけの大人のつまらないパーティになるよと指摘するまで、両手を叩き、その場をぐるぐる歩きながら歓声を上げていた。フランキーは、そういう大人のパーティはすてきだと思うと言いつつ、ボニーには話したのかと尋ねることも忘れなかった。その時点ではまだ伝えていなかった。

話をしたら、ボニーは目を鋭く細めていやそうな顔をした。

「パーティは嫌い」

「それは知ってるけど、開くのは夜だから、ボニーはほとんど自分の部屋で寝ていると思うよ」

「それでも音は聞こえるもん。家にいろんな人もいる」

「ボニーが知ってる人ばかりだよ。イアンのパパとママも来る」

「イアンも来るの?」

夫婦で顔を見合わせた。イアンを呼ぶ予定はなかったが、言われてみればいろいろな意味で来てもらった方がよさそうだ。

「訊いてみるよ」と、僕は言った。「ボニーがイアンに来てほしいなら」

「来てほしい」ボニーはそう答えると、難しい顔をして続けた。「でも、寝る時間があんまり遅くならないように、イアンをここで寝かせてあげないといけない。寝るのが遅くなるの、イアンは好きじゃないから。あと、ちゃんとしたマットレスもいるよ。空気で膨らませたベッドは好きじゃないから。気持ちが悪くなって、皮膚が変な感じになるんだって。前に言ってた」

民主主義が聞いて笑う。むしろボニー主義だ。

そう思いつつもイアンのことも招待し、ちゃんとしたマットレスで寝られるよう、物置がわりの部屋に置いていた、ベッド下に収容できる背の低いベッドのマットレスをずるずると引っ張り、ボニーの部屋に運び入れた。

「あの空き部屋で寝てもらえばいいじゃない」

エイミーの提案に、ボニーはとんでもないと顔をしかめた。

「イアンは夜が怖いの。うちには自分のものも全然ないし。だから、私が一緒にいて安心させてあげないとだめなの」

「イアンを呼ぶのはあまり得策ではないのかも」僕はぼそりとつぶやいた。

下手をすれば裏目に出かねない招待はそれだけではなかった。姪のアナベルは意外にもアンドロイドの〝彼〟と続いており、そのことでブライオニーとデイブは相変わらずぶつかってばかりいた。ブライオニーの話ではアナベルは家を出てフロリアンと暮らしたがっているらしく、母娘《おやこ》が仲直りをする機会はあまり残されていないようだった。僕たちとしても一度フロリアンに会っておきたかった。そこに単純な好奇心も含まれていたことは否めない。

そういうわけで、僕たちはブライオニー一家とフロリアンも招待した。

「彼女、私たちにぶち切れるわね」エイミーが言った。ブライオニーのことだ。

タングは、〝風船は絶対にいるよ、だってどんなパーティでも、パーティはパーティだもん〟と言い張った。反対はしなかった。僕は風船をひとつ膨らまし、端を結びながら言った。

「だろうね」

「きっと怒るわ。アナベルと話をさせるために私をはめたのねって」

「実際そうだしな。大人ならあれこれ言いたいのをぐっとこらえて、娘が自分の人生を生きるのを見守ることも大事なのに、それができず、もはや娘に口もきいてもらえなくなってるんだ。そこまでこじれたら誰かが介入しないとどうにもならないのはブライオニーだってわかってるよ」

エイミーが驚いたように眉を上げた。

「珍しいわね、ベンがブライオニーのことでそこまで強気な態度を取るなんて。彼女に何を言われるか、怖くないの？」

「めちゃくちゃ怖いよ。でも、ブライオニーが娘を失うことの方が怖いし、先入観や偏見にとらわれたまま、こうすべきだと人に意見するブライオニーを見て、それでいいのだと、ボニーを含め、ブライオニーの周りの人たちが思ってしまうのはよくない」

「私みたいなことを言ってる」

僕は膨らませた風船を彼女に渡し、次の風船を取り出しながら、ほほ笑んだ。

「一緒にいるうちに君に考え方を鍛えられたんだな」

エイミーは僕にキスをしたが、そのあとの彼女のひと言はここでは伏せておこう。

パーティの当日、マンディとアンドリュー夫妻は午後にはイアンを連れて我が家にやって来た。イアンの兄のティムは友達の家に泊まりに行かせたと言う。僕とエイミーはボニーの指示に従って使っていないベッドのマットレスを事前に娘の部屋に運び入れていた。ちなみに、マットレスを床にドスンと下ろしたら向きが違うと言われ、正しく置き直させられた。何がどう違うのかは謎だが、こういうことは黙って従った方が楽だ。

人類にまつわる法則はあまたあるが、そのひとつに、誰かが何かを発見した瞬間から誰もが容易にそれに気づけるようになる、というものがある。僕は気に入っている。必ずしもそうとは限らないかもしれないが、気に入っている。人によってはそれを単なる〝偶然〟と呼ぶだろう。〝天の采配〟と呼ぶ人もいるだろう。そもそもそんなことは考えもしない人もいるだろう。

今までの僕なら考えなかった。僕は哲学者ではない。ただ、イアンやその家族と過ごすようになって考えが変わった。

マンディとアンドリューも僕たちと同様に、息子を学校に通わせるのはやめ、異なる方法で教育する道を選んだ。むしろ先に決断したのは彼らで、僕たちはそれで初めて学校以外の選択肢があることを知った。その時点ではイアンとボニーが似た特性を持ち、似た困難に直面しているとは知らず、仲のよい友達という認識しかなかった。しかし、類は友を呼ぶ。マンディとアンドリューのレッスンにボニーを送り届けた際に、外国語を学ぶボニーの傍らで、時には親同士、四人でお茶を飲んだりもするのだが、そうやってボニーやイアンを眺めて過ごす時間が増えるにつれ、親の僕たちにも今まで気づかなかった子どもたちそれぞれの特徴が少しずつ見えてきて、ふたりの類似点も次第にあきらかになった。

たとえば、イアンとボニーは基本的には体の接触を避けて過ごしているが、時折ふと抱き合うことがある。頻度は高くないが、その様子からは接触を避けることも抱き合うことも意識的にやっているのだと見てとれた。まるでそれぞれがそれぞれを守る小さなバリアの中にいて、ごく稀《まれ》に、似たバリアを持つ存在からの安らぎを求めているみたいだ。

話を戻そう。

僕たちはイアンを二階のボニーの子ども部屋に連れていき、彼がすっかり落ち着いてボニーともどもやりたいことに集中し、大人がついていなくても大丈夫であることを見届けてから、一階に戻った。パーティの準備が整っているか、最後の確認をしたら、すぐに足りないものが発覚した。氷だ。うっかりしていた。すぐに対応してしまおう。

「ちゃちゃっと買ってくるよ」

すると、マンディがアンドリューも行かせるわと言った。一緒に行くまでもなかったが、マンディが夫も行かせたいのは、その間にエイミーとふたりで話がしたいからだろうと思い、彼にも来てもらうことにした。

マンディとアンドリューことアンディは、見た目も愛称も似たもの夫婦だった。マンディの本名の〝アマンダ〟は古風でフェミニンな印象の名前だが、本人がアマンダとは絶対に呼ばせないので、アンドリューにとって、妻と一緒の場では自分はアンディではなくアンドリューであることがとても大事だった。言うまでもなく、マンディとアンディでは響きが似すぎていてややこしいからだ。だが、ひとりの時にはアンディと呼ばれても構わないようだった。もっとも、ふたりが別々に過ごしているところはほとんど見たことがない。仕事も私生活もともにしながら互いに殺意を抱かずにいられるふたりを、僕は尊敬する。エイミーと僕もいい夫婦だと個人的には思っているが、それでも彼女と仕事をしたいとは思わない。エイミーに訊けば、きっと同じように答えるだろう。「無理、無理」という拒絶の言葉を頭につけて。

見た目も愛称もよく似たふたりながら、マンディとアンドリューの性格はそれなりに違っていた。マンディは陽気で人と打ちとけるのも早いが、アンドリューは自分のことはかたくななまでに話さない。それこそ素性を明かすことの許されない潜入捜査官ばりである。勝手な想像だが、顧客と直接やり取りをするのはほぼマンディで、アンドリューはそれを支援する事務管理業務を引き受け、妻に頼まれるままにリサーチに精を出しているのではないか。その辺りは彼の気持ちがわかる気がする。

アンドリューの外見はと言うと、顔つきは真面目で上背は平均的、髪色はひと言で表すなら金髪だが、実際にはいくつかの色が混ざっていた。マンディの外見もだいたいそんな感じだ。ふたりとも仕事でもプライベートでもシャツとスラックスを好んで着ていた。まあ、僕が見たことがないだけで、ふたりが——と言うよりマンディが——顧客と会う時には、ちゃんとした仕事着を着ているのかもしれない。ふたりの長男のティムは両親のどちらにも似ていない。アンドリューが父親なのは確かだが、夫妻とティムとを見比べると何か事情がありそうだと勘ぐりたくなる。一方、次男のイアンは父親そっくりで、そうなると必然的に母とも似ていたが、気質は完全に父親似だった。内向的で、とにかくそっとしておいてほしいタイプだ。僕がイアンに初めて会ったのは彼が三歳の時だが、その年齢にしてもずいぶん変わった子だというのが第一印象だった。だが、その後イアンの両親と知り合い、なるほど父親似なのだなと得心《とくしん》がいった。そのうちに、世間はボニーのことも同じように見ているのだと気づいた。ボニーとイアンが仲よくなるのは当然の成り行きだった。

それはさておき、氷を買うコンビニエンスストアへは歩いても行けたが、さっさとすますために車にした。助手席に座ったアンドリューは、知らぬ間《ま》にフェスティバル会場の仮設トイレの汚物処理係にされていたみたいな顔をしていた。マンディがエイミーと何を話したいにせよ、一対一での会話という、夫にとっては拷問みたいな人づき合いを強いるのだから、それだけの価値のある話であってくれよと祈った。そんなことを考えていたら、アンドリューが「マンディは僕にベンともっと親しくなってほしいらしい」と言うので、僕は驚いた。

「そっか」と返し、「それはいい」と続けた。すぐに後悔した。

アンドリューはうなずいた。「うん」

もう少し何か言うだろうと待っていたが、アンドリューはそれきり黙ってしまった。横目で様子をうかがったら、彼は与えられた任務を必要最小限ながらも果たせて、見るからにほっとしていた。彼が満足ならそれで構わなかったし、残りの道中沈黙が続いても僕はちっとも気にならなかった。店の前で車をとめたら、アンドリューが尋ねてきた。

「何か追加で飲みものを買ってこようか？」

「飲みたいものがあるなら。まあ、うちに十分あるとは思うけどね」

「何か買ってくるよ……」

声が尻すぼまりに小さくなる。アンドリューが気の毒になり、僕は助け船を出した。

「あ、でも、できたら車で待っててもらえたら助かるな。ここ、ほんとは駐車禁止のはずだから」

実際には駐車可能なエリア内ぎりぎりにとめていたので違反ではなかったが、アンドリューは渡りに船とばかりに僕の話に乗り、了解と親指を立てると、彼なりに感じよくほほ笑んだ。

店内ではキューブ状の氷はすんなり見つかったが、その途中でしかめっ面さんとばったり出くわしてしまった。考えてみればあり得ない話ではない。学校の送り迎えの際に見かけることからも、彼女がこの地域の住民であることはわかっていた。それでも学校前の通り以外で会うとは想像していなかったし、人との鉢合わせはつねに気まずさを伴う。それが嫌われている、もしくは自分ではそうだと感じている相手で、そこにいると知っていたなら顔を合わさないうちに避けていたような場合はなおさらだ。

先に気づいたのは僕だった。縦型冷凍庫から氷の袋を取り出していたら、向かいの棚の前でしかめっ面さんがライスプディングの缶詰に手を伸ばしていた。苦手な人と気詰まりなやり取りをするのがいやで目をそらしたが、レジカウンターへ逃げるより先に彼女がこちらに気づき、あっという顔で二度僕を見ると近づいてきた。

しかめっ面さんは、冷凍庫のドアを押さえて氷の袋を取り出そうとしている僕を睨み、低くしわがれた声で言った。

「今日はロボットは一緒じゃないのね？」

咎《とが》めるような口調だが、責められる理由がわからない。非難したわけではないのかもしれない。説明を求められているわけではなかったので、僕は「はい」とだけつぶやき、早くあっちへ行ってくれと願った。だが、しかめっ面さんはその場を動かず、僕を睨み続けている。僕はいったい何を言う、もしくはするべきなのだろう。答えを探して辺りをきょろきょろと見回した。やがて、しかめっ面さんが呆れたように目をぐるりと回して冷凍庫を指差した。

「そこのものが取りたいの。どいてくれない？」

「あっ。すみません」

僕は氷の袋を手に冷凍庫の前を離れた。あんな言い方をしなくてもと少しむっとしたが、これ以上関わりたくはなかった。さっさと家に帰ろうと、セルフレジで会計をすまして店を出た。帰宅後はそれどころではなく、しかめっ面さんと会ったことはしばらくすっかり忘れていた。

「彼に直接会った人っているの？」

エイミーが鼻にしわを寄せるようにして、家の前にとまった車に乗っているふたりに目をこらした。

「まあ、ブライオニーは会ってるよな」

そう答えたら、エイミーが呆れた顔をした。

「あれは〝会った〟とは言わないんじゃない？」

「それ以外はわからない」僕は窓に背を向けた。「盗み見なんてやめよう。カーテンの陰からちらちら見ているのがバレたら変に思われる」

エイミーは外を見るのをやめ、僕たちはキッチンに行って飲みものが揃っているかを改めて確かめた。フロリアンが——他のロボットたちもだが——ほしがるかもしれないと、ディーゼル油も用意してあった。ディーゼル油だとわかるようにラベルをつけておこうかと思案していたら、玄関の呼び鈴が鳴った。

「僕が出るよ」

偏見など微塵もない、感じのよい笑顔になっていることを祈りつつ、玄関のドアを開けた。まずはアナベルを見て抱擁でも交わすつもりだったのに、彼女の……ボーイフレンド……連れ……何と呼べばいいのかわからないが、とにかく彼に視線をやらずにはいられなかった。

僕は余計なことを口走らないよう、雑念を振り払うように頭をぶるぶるっと振ると、不自然に大きな声で「いらっしゃい！」とふたりを迎えた。そして、勢いよくアナベルを抱きしめた。ばかみたいに力が入ってしまった。姪が連れてきた、嘘みたいにハンサムなアンドロイドを横目でちらちら見そうになるのを必死に我慢した。

背後から足音が近づいてきた。

「いらっしゃい！」

エイミーだ。

「来てくれて嬉しいわ、アナベル、それから……って何このイケメン……フロリアン」

僕と違ってまずはアナベルに目を向けたところまではよかったが、エイミーもまた、姪の連れに対する心の準備はできていなかった。何しろこれまで彼の写真を見る機会さえなかったのだ。フロリアンはソーシャルメディアを利用していない。アナベル曰く、ロボットである彼は自分のアカウントを作れず、やるなら人間が運用するアカウントを介する必要があるらしい。フロリアンはそれを望まなかった。気持ちはわかる。タングもそう遠くない未来に同じ問題に直面するはずで、その時にタングと交わす会話を想像すると今から気が重かった。

僕が姪との抱擁を解いたら、彼女のフランス人元講師にして現恋人が僕の妻の手を取ってキスをし、完璧な歯をのぞかせてにっこり笑いかけているところだった。

「お招きいただき、ありがとうございます」

たとえるなら、日曜の朝にぴったりな穏やかでリラックス感あふれるチルアウトミュージックみたいな声だった。アナベルが顔を輝かせた。エイミーにいたっては頬をぽっと赤らめている。僕は一瞬姪たちとの会話を忘れ、エイミーが最後に僕の前で頬を染めたのはいつだろうと考えた。そもそも僕にはこんな顔を見せたことなどないかもしれない。エイミーも僕も魚みたいに口をぱくぱくさせたが、うまく言葉が出なかった。もっとも、エイミーの頭の中にむくむくと湧き上がっている不適切な質問の数々は、僕のそれとは違っている気がした。

僕はもう一度頭を振ると、フロリアンの背中を軽く叩き、「どうぞ」と言って皆をキッチンへ促した。自分の口調がひどくかっこ悪いおじさんみたいで、実際にそうなのだと思ったら、恥ずかしいやら自尊心が傷つくやらでがっくりきた。

フロリアンの後ろを歩く間、だめだと思いつつも彼の背中を凝視せずにはいられなかった。認めよう。僕は継ぎ目を探していた。フロリアンが確かにアンドロイドで、すべてはアナベルが仕組んだ壮大な冗談などではないという証《あかし》を探していた。ただ、

ＡＩ界における正しい礼儀作法がわからないとは言え、こうもあからさまに見てはきっと失礼にあたるだろう。僕はキッチンに入ると飲みものの用意にかかり、本人に見咎められないうちにフロリアンから視線を引きはがした。

一方、エイミーはそんなことなどお構いなしに堂々とフロリアンを観察していた。結局僕は、フロリアンが人間ではないことを明確に示す唯一の特徴は、その異様なまでに完璧な容姿だという結論にいたった。いや、わかっている。美とは主観的なものだ。それでも文化の違いを超越した純粋な魅力を放つ人は存在するもので、フロリアンも間違いなくその部類として作られていた。作られていたという表現は露骨すぎて好きではないが。それにしても彼らはいったいどうやって、そしてなぜ、こんな完璧なアンドロイドを作ったのか。そもそも彼らとは誰なのか。そして、これが一番気になることだが、気立ては文句なしにすばらしいが、あふれ出る美しさや優雅さをたたえているわけではない姪が、どのようにしてフロリアンの心を射止めたのか。

フロリアンはアナベルのどこに惹かれているのだろう。僕は姪を見つめた。僕の目に映るアナベルはブライオニーよりやや背が高く、やや華奢で、デイブ側の家系から来ているとび色の髪をした娘だった。おしゃれではある。レギンスにスカートを重ね、きらきらとしたトップスは上品ながらもカジュアルで、ホームパーティにぴったりだった。フロリアンのきれいめのデニムパンツと細身のジャケットという装いともよく釣り合っていた。アンドロイドはどういうところで服を買うのだろう。ふと、そんなことを思った。たぶん人間と同じだろう。では、自分のためのものを買う金はどうやって工面しているのか。大学では給料をもらっていたのだろうか。今は働いているのだろうか。

知りたいことは山ほどあったが、人間同士ならこんな個人的な質問は失礼だ。相手がアンドロイドでもそれは同じだろう。だいたい、姪の恋愛について事細かに想像し続けるのも気が引ける。そんなことをしている自分がいやになり、すべての疑問を頭の隅に追いやると、エイミーがかわりに訊いてくれることを願った。彼女なら如才なく訊けるだろうし、僕よりうまく答えを引き出せるはずだ。

僕はスパークリングワインのプロセッコのボトルの栓を開け、グラスに注いでアナベルに渡した。別のグラスにも注ぎ、考えなしにフロリアンに差し出しかけて、ふとためらった。このまま渡すか、平謝りして他の何かを勧めるか。僕のロボットであり、子どもであり、友達でもあるタングは、愉快にやりたい時にはディーゼル油を飲みたがるが、それも何だかぱっとしない。

「そのグラスは奥様に」と、フロリアンがエイミーの方を示した。

何というさりげなさ。

山ほどある疑問の上に、新たな疑問が積み上がる。大学の語学講師ロボットをなぜこうも……チャーミングで垢抜けたキャラクターに作り上げたのか。

「それじゃあ」と、僕は両の手のひらを打ち合わせた。「フロリアンは何にする？」

「水をいただけますか？　運転するので」

「普通のがいいかな？　それとも炭酸？」反射的にそう尋ねた。

「炭酸のをいただけますか？　ありがとう」

疑問がまたひとつ積みかさなる。

フロリアンが答えた瞬間、アナベルと話していたエイミーと目が合った（〝話していた〟と言うか、ふたりでひそひそとささやきながら、ほぼずっとフロリアンを見ていた）。僕はエイミーにだけ伝わるように、〝本人が飲むって言うからさ〟という顔をした。

フロリアンに水を渡した時、玄関の呼び鈴が鳴った。助かった。このまま一対一で話し続けていたら、つい彼を観察し、性懲《しょうこ》りもなく継ぎ目を探してしまいそうだ。僕は「失礼」と断り、玄関に向かった。

玄関先に立っていたのは隣人のミスター・パークスだった。思いがけず初めてのベビーシッターをお願いすることになったあの日以来、ミスター・パークスが僕たち家族に向ける眼差しは以前よりは好意的になり、近頃では前庭にいる僕たちを見かけると笑いかけてさえくれる。ミスター・パークスを招待したのは、それがボニーのたっての願いだったからだ。すぐに寝る時間が来て、ボニーは子ども部屋に下がることになるが、本人にはその前に少しだけミスター・パークスと過ごしてもいいよと伝えてあった。僕はまずはキッチンへどうぞと、ミスター・パークスに身振りで示しつつ、ボニーを呼んだ。ボニーはふたりのロボットと顔色の悪いイアンを引きつれて（と言っても、残りの三人はボニーより遅れて）一階に下りてきた。さすがのボニーもイアンを説得して下に連れてくるのには苦労したようで、かわいそうに、イアンは他のどこにでも行くから一階だけは勘弁してという顔をしていた。

タングの瞼《まぶた》が斜めになった。何かを強く警戒している顔だ。それが証拠に、頭をぎこちなく動かして辺りを見回し、探るように視線を走らせている。一階に下りてきたのはミスター・パークスを迎えるためなのに、興味がないのか、彼には目もくれなかった。ボニーはミスター・パークスの脛《すね》に腕を回して抱きついたが、相手が抱きしめ返そうとしたらすっと離れた。遅くまで起きていられないイアンは、ボニーの予言どおり今にも眠りに落ちそうになりながら、階段の柱にしがみついていた。

ボニーがミスター・パークスの手を取ってキッチンに案内し、フランキーと気が進まない様子のイアンもあとに続いた。僕はタングとともに廊下に残った。

「どうした、タング？」

タングはじっと僕を見た。

「誰か、心臓の音のしない人の声がする」

「他のロボットってことか？」

「そう。僕でもフランキーでもない、他のロボット」

「それはたぶんアナベルのボーイフレンドのフロリアンだよ」

「フロリアン」

それは質問ではなく、タングは不信感もあらわに声のした方へちらりと横目を向けた。そういうことか。何が問題なのか、やっとわかった。

「タング、あのな、そうやっていつまでもアンドロイドを目の敵《かたき》にして生きていくわけにはいかないぞ。今やアンドロイドはごろごろいて、その全員を避けるのは無理だ。それにフロリアンはいいやつそうだったよ。アンドロイドへの態度もそこまで行くと、その……偏見なんじゃないかな」

「偏見のこと、学校で習った。相手のことを知らないのに、勝手にこうだと決めつけることだって、先生が言ってた」

「うん。そうだな。ざっくり言うとそういうことだ」

「でも、アンドロイドのことなら知ってるもん。僕に意地悪した」

「もちろん、それはわかってるよ。だけどもうずいぶん前のことだ。最近はこれと言っていやな目に遭ってるわけじゃないだろう？」

タングはうなずいた。

「そもそも、アンドロイドと関わることなんてあったか？」

タングがかぶりを振る。

「あ、でも学校の廊下をうろうろしてるのがいるよ。丸いブラシがついていて、〝ブーンブーンブーン〟ってなるやつ」

タングは手を床に向け、そのまま腕でくるくると円を描いた。

「タング、それはアンドロイドじゃない。でっかい靴みたいなロボットだろ」

「でも好きじゃない。時々ブーンってぶつかってくるし」

「それは相手がアンドロイドかどうかってこととは関係ないじゃないか。嫌いな相手を何でもかんでもアンドロイドと呼ぶのは間違ってる。とにかく、そろそろアンドロイドへの偏見を捨てる努力をしてみたらどうだ？　な？」

タングは僕を睨んだ。

「アンドロイドが人間のふりをするのが嫌い。嘘ついてるみたいだもん。僕は嘘はだめって言われてるのに、アンドロイドはいいなんてずるいよ」

「だけど、どんな見た目に作られるかはアンドロイドには選べないんだよ。タングにも選べなかったのと同じで。責めるなら製造者を責めないと。アンドロイドを人っぽく見せたがる人間をさ」

「そうだよ、悪いのは人間って思ってるよ」タングがじとっとした目で僕を見据える。「僕にどうしろって言うんだ？　誰かがタングに意地悪しているのを見たり聞いたりした時には、僕も家族のみんなもタングを守るために戦ってるじゃないか」

「知ってるよ。でも、それは僕の話でしょ。他の仲間は？」

「他の仲間って？」

「他のロボット。ロボット全員。他の人たちと暮らしてるロボットたち」

「他の人のもの……ロボットのことに口出しや手出しはできないよ」

「何で？」

「誰だってそういうことをされたらいやな気分になるからだ。タングだって知ってるじゃないか。思い出してごらん。僕がいらぬお節介を焼こうとするたびにどんな結果になってきたか。たとえばボニーがクラスで飼っていたナナフシのお世話をすることになった時の、イボタノキ探しがいい例だ。僕が余計な首を突っ込むと必ず問題が起きる。それに、他のロボットには何もしてやってないみたいな言い方はちょっと納得できないな。ジャスミンのためにできることは精一杯やったし、フランキーにだって、やれることは最大限やってるだろう？」

「そうだけど」

タングがもどかしそうにドンと床を踏み鳴らした。タングが言わんとしていることを、僕はくみ取れていないらしい。

「わからないな。僕のしていることの何が間違ってるんだ？」

「別に何にも間違ってないよ。でも、他のロボットたちのためにやらなきゃいけないことをやってない」

「じゃあ、たとえばどんなことができてないのか、教えてくれ」

「僕はインターネットに写真をアップさせてもらえない」

タングもそう遠くない未来に、ソーシャルメディアを人間と同じようには利用できない問題に直面するだろう。先ほどたしかにそう考えたが、そう遠くない未来がこんなにもすぐにやって来るとは思わなかった。ただ、今はまだその話をする時期ではなく、僕は対応を数年後に先送りすることにした。

「それはタングがこど……いや……まだ小学生だからだよ。他の児童がだめなものをタングにだけ許すわけにはいかない。それじゃあ不公平だろう」

「そういうことを言ってるんじゃないもん」タングはまだいら立っている。「卒業しても僕は写真をアップできない。僕が子どもだからじゃなくて、ロボットだから。それにベンとエイミーが電子《エレクトロン》の話をしてるのも聞いたよ。それだって僕はできない」

「えっ？」

「箱に紙を入れるやつ」

「選挙《エレクション》のことか？」

「そう言ったよ」

「いや、タングが言ったのは……まあ、それはいいや。選挙に参加できない理由も、ソーシャルメディアを使えないのと同じだよ」

嘘だった。タングは正しい。人間と同じ権利がないがためにタングにできないことはたくさんある。ボニーは大人になれば選挙権を与えられ、結婚も、子どもを持つことも、運転免許を取ることもできる。僕たちが人として当たり前のようにしていることをすべて享受できる。だが、現状ではタングにはどれもできない。少なくとも公的には認められない。車を運転するロボットなら存在する。だが、彼らは人間の所有物として登録されているのであり、自分たちのために運転することも自分の車を持つこともない。世のロボットはいまだに本当の意味では自分のものを所有していないのだ。ロボットが何をして、何を〝所有〟するにせよ、それはそのロボットの所有者として届出された人間の寛大さや情けがあってのことだ。

法的にはロボットは今も永遠の子どものような扱いで、弁護士としてこの分野に果敢に取り組んでいるエイミーも孤軍奮闘が続いている。多くの制度がそうであるように、法律の世界も進路変更に時間のかかる昔のガレオン船みたいなものだ。

今はまだタングが学校に通っているから、彼を子どものように扱い、将来の心配をせずに過ごすのもたやすい。だが、前にエイミーとも話したが、いずれはタングも大人になり、独り立ちを考えるようになるかもしれない。けれども、現状のままではタングは部屋を借りることさえできず、ことあるごとに法律というハードルにぶつかることになる。

それにフランキーについてはどうだ？　彼女の望みに耳を傾け、自分たちは何て寛大なんだと、いいことをした気分になったところで、結局すべては人間にのみ許された特権だという前提に立って物事を見ているだけで、意識や心を持つ人工知能が直面する問題の表面を撫《な》でているにすぎない。そもそも特権がもたらす人間同士の格差さえ解決できずにいるのに、タングや彼と同種の存在の権利をどうやって勝ち取ればいいのだろう。

そんな気の滅入るような考えが頭の中をぐるぐると巡っている間も、タングは僕を見つめ、目をぱちぱちさせながら、タングの気持ちに応えられるようにもっと頑張るという力強いひと言を待っていた。だが、これは一朝一夕に解決できる問題ではない。ローマは一日にして成らず、だ。とは言え、ローマが築かれたのもまた事実だ。僕はその場にしゃがみ、片手をタングの肩に置いた。

「タングの言いたいことはわかった気がする。現状を変える力が僕たちにどれだけあるかはわからない。これまでずっと同じ考えのもとに生きてきた人たちの考え方を変えるには、長い時間がかかる。人は変化を恐れるから。でも、頑張ってみる。この世界をタングにとってよりよい場所にできるように頑張る。約束するよ」

タングはじっとこちらを見つめると、うなずいた。そのまま数秒間、僕たちは黙って見つめ合った。人がわかり合えた瞬間を活人画《かつじんが》にしたら、きっとこんな感じだろう。そう思ったのもつかの間《ま》、タングが不満げに目をぐるりとさせ、かぶりを振った。

「不公平だよ。誰も僕たちの話をちゃんと聞いてくれない」

そして、そのまま足を踏み鳴らすようにして居間に入っていった。ひとり廊下に残された僕は迷った。タングを呼び戻して、パーティの間ずっとそんな気難しい態度を取るつもりなら二階に行ってなさいと注意すべきか、積極的に皆のそばに行かせて、自分で自分の気持ちに整理をつけさせるべきか。まったく、ちっともわかり合えてないじゃないか。

結局、僕は僕らしく、そのどちらでもないことをした。背後で再び玄関の呼び鈴が鳴ったのをいいことにその応対に出て、問題には目をつぶり、何とかなるさと楽観を決め込んだのだ。それでも、タングが信じようと信じまいと努力はするつもりだ。いつの日か、僕たち人間がタングの声にちゃんと耳を傾けていることを証明しよう。いつの日か、僕たちの手でタングの権利を勝ち取ろう。

閑話休題。

次に我が家にやって来たのは僕の助手のシェリーと、かつての僕の雇用主のクライド先生と妻のカレンだった。シェリーは夫妻の車に乗せてきてもらったらしい。僕は昔から、パーティなどの開始時の同僚との接し方がよくわからない。特に部下であるシェリーへの接し方は難しい。仕事ではないのだから変に責任を感じなくてもよいのだろうが、シェリーがフロリアンにひと目惚れでもしてしまったら、あるいはその逆のことが起きたらという心配が頭をよぎった。そうなればアナベルはシェリーに殴りかかりかねず、目も当てられないことになる。おまけにパーティには甥のジョージーも顔を出す可能性があった。シェリーは美人で、歳も甥よりいくつか上なだけだ。男性ホルモンの分泌が盛んな若者のストライクゾーンに入ってくるのは間違いない。まあ、ジョージーにも久しく会っていないから、果たして今の描写が当てはまるかはわからないが。僕の勝手な憶測だ。

自分の想像にため息が出たが、ちょうどカレンに挨拶の抱擁をされた時だったから、傍目《はため》にはその勢いで息が漏れたように見えただろう。カレンはそのままチュッと音を立てて僕の両頬にキスをした。僕は以前からカレンの受けがよかったが、クライド先生の動物病院を継いでからは、夫を引退させてくれたと、ますます気に入られている。

クライド先生とは固い握手を交わした。先生はにっこり笑って、〝これはあとで〟とスコッチウィスキーのボトルを差し出した。人が手土産の酒を差し出しながら言う

〝あとで〟の真意が、僕はいつもわからない。〝酒が足りなくなるようならこれを出してくれ〟という意味なのか、〝つまらないゲストに見つかって飲み干されないように隠しておきな〟という意味なのか。どちらも失礼な気がするが、クライド先生に限ってそんな意図はないはずだ。

三人のこともまずはキッチンに案内した。がらんとしていた。飲みものを手にしたゲストはエイミーに促されてすでに居間に移動していた。マンディとアンドリューはフランス窓のそばに立ち、すてきな庭だと外を眺めていた。思い返せば、この数カ月はいろいろあってろくに庭に目を向けてこなかった。庭を眺めたところで目に入るのは雨に濡れたリスやカササギばかりだ。あとはポムポムがガスの抜けかけた飛行船みたいに芝の上をひょこひょこと上下動しながら歩いているくらいだ。

三人に飲みものを渡して居間に移動したら、タングが部屋の隅から鋭く細めた目でフロリアンを睨みつけていた。フロリアン自身はアナベルやエイミーとおしゃべりに興じている。一瞬嫉妬した自分を、それも仕方がないとなだめつつ、エイミーもジャスミンのことで似たような気持ちを抱いていたのだろうかと考えた。あの時、エイミーが何か言っていてくれたら。いや、言ってはいたのだが、もっとわかりやすく伝えてほしかった。それはさておき、アナベル自身も言っていたように、ロボットに恋愛感情を抱くことはその他の感情を持つこととはまるで違う。それだから、人がロボットに恋をするという概念に家族全員が軽く殴られたような衝撃を受けていた。そういう状況に直面するのは僕たちが初めてでないことは知っている。インターネット上の掲示板でそんな話を読んだことはあるし、ロボットを性的な対象として見る向きもないわけではないことは、数年前にこの目で見て知っている。ただ、気まぐれなときめきだけでは恋愛関係は成り立たない。互いを理解し合うことが不可欠で、相手を今以上に幸せにしたいと願う強い思いや相手の欠点を受け入れる気持ちが求められる。そのどれかひとつでもフロリアンの中から生まれ得るのか。彼を見ていても僕にはわからなかった。意識や心を持つロボットを人と同等に扱うべきだと声高に主張するのは簡単だが、娘とアンドロイドとの恋が果たして成り立つものなのか、ブライオニーが理解に苦しむ気持ちもわからないではなかった。父親のデイブは口出しする気はないらしい。一応彼を擁護するなら、アナベルが妊娠したりフロリアンから変な病気を移されたりする心配がない点では、他の男とつき合うより安全と考えることもできる。とは言え、この状況はもう少し重く見てもいい気はする。ブライオニーは重く見過ぎだけれど。

そんなことを考えていたら、女性陣からどうにか離れたフロリアンがタングに近づくのが目に入った。僕はグラスの中身を一気に飲み干すと、グラスをサイドボードの上に置き、フロリアンを止めに向かった……せめて仲裁に入らなければ。だが、途中で足を止めた。フロリアンがタングの前にかがんでにっこりほほ笑み、何か話しかけたからだ。その言葉までは聞こえなかったが、フロリアンは手を差し出してタングに握手を求めた。僕は片手をソファの背に載せ、もう一方の手を腰に当てて、見ていないふりをしながらふたりの様子を見守った。タングはしばらくは同じロボットのフロリアンを睨み続けていたが、そのうちに表情がゆっくりと和らぎ始めた。僕にしかわからない変化かもしれない。やがてタングもそろそろと手を差し出すと、フロリアンと握手を交わした。

十三　崇拝

「さっき、あいつに何を言ったの？」

あとになり、タングがポニーのためにポニーになりきっているミスター・パークスの後ろをガシャガシャと追いかけている間に、僕はフロリアンに尋ねた。

フロリアンはほとんどわからないくらいのお辞儀をすると、言った。

「アナベルから、タングはこれまで仲間であるはずのアンドロイドを含め、世間から誤解されたり不当に扱われたりしてきたのだと聞きました。ですから、アンドロイドを代表して申し訳なかったと謝罪し、友達になってほしいとお願いしたんです」

「タングはそれを受け入れたの？」訊くまでもない。受け入れたに違いなかった。

「はい。タングに心から信頼してもらえるようになるには、私がタングに敬意を払っていることを今後も態度で示していく必要があるでしょうし、その努力は惜しまないつもりです。タングには、ありのままの自分を受け入れてもらうために戦わなければならない気持ちは私にもよくわかるとも伝えました」

「うん。その大変さに僕もようやく気づき始めたところだよ」

「あなたみたいに気づいてくれる人が他にもいますように。私も力になれたら嬉しいです」

「これからも一緒にいるつもりなのかい？　アナベルとってことだけど」

「はい。彼女はすばらしい人間です。彼女を愛しています」

フロリアンが思いの外率直に気持ちを口にしたので、僕も大胆になった。

「さんざん訊かれてうんざりしてるだろうけど、どうやって……」そう言いかけて、僕は本当に訊きたかったことをのみ込み、質問を変えた。「アナベルとはどうやって知り合ったの？」

フロリアンはまっすぐに僕の目を見た。

「彼女のご両親からお聞きになりませんでしたか？　私はアナベルの通っている大学に勤めているんです。あなたが本当にお訊きになりたかったのは別のことですよね？」

フロリアンがにっといたずらっぽく笑う。僕は思わず赤くなった。おいおい。フロリアンを前にすると誰もが頬を染めずにはいられないのか？　僕は深呼吸した。

「うん。ごめん。君の言うとおりだよ。でも、信じてほしい。僕は君の味方だし、こういう……こういうことがどんなふうに起きるかも知ってる。ただ……ただ……」

言葉をどう選んでも、相手を貶《おとし》める差別的な発言にしか聞こえないだろう。僕は口をつぐんだ。フロリアンがぽんと一回、僕の上腕を叩いた。決まり悪そうにしている中流階級の白人英国人との適切な触れ合い方を完璧に心得ている。

「そんなに気を遣わないでください、ベン。あなたが訊きたいことは想像がつきますし、喜んでお答えします。この国では教職に就く人が少なく、大学も例外ではありません。私の製造元が目指しているのは、多様なＡＩの提供によって人員不足を解消することです。私みたいなアンドロイドは数としてはまだ多くはありません。ほとんどの機関にとってコストが高すぎるからです。ですが、将来的には価格ももっと安価になり、普及していくでしょう」

　自分のことを値段のついた製品として話すフロリアンに僕は落ち着かなかったが、本人は、内心は不愉快に思っているのだとしても顔や態度にはいっさい出さなかった。

「つまり、君の製造元はロボットの派遣業みたいなことをしてるのか？」

　不躾《ぶしつけ》な物言いになっていないか、立ち止まって考えるより先に言葉がするりと出てしまったが、フロリアンはほほ笑んだ。

「そのとおりです」

「で、アナベルの大学はその高額な費用を出せたってわけか。まあ、驚きはしないな」

　子どもたちの希望がどうあれ、ブライオニーとデイブが、彼らが考えるところの貧しい二流大学に我が子を行かせるわけがない。おそらくは〝正しい選択をするよう〟説得し、経済的な心配はしなくていいから親も納得できる大学の中から進学先を選びなさいと諭《さと》したのではないか。少し厳しい見方かもしれないが、そうだったとしても不思議ではない。

「おっしゃるとおりです」

フロリアンの声に僕は現実に引き戻された。

「もっとも、あの大学は教員不足に悩んでいたわけではないと思いますが。おそらく、えーっと……その……何という言葉だったかな。パイオニアか。パイオニアになるという考えが気に入ったんでしょう」

フロリアンがふと口をつぐみ、視線を床に落とした。「私がアナベルと恋愛関係になったことで、この先私と同類の者たちがあの大学で働く道は閉ざされてしまうかもしれません」

「教員として勤めていたアンドロイドは君だけだったのかい？」

フロリアンは首を左右に振った。そこに一瞬、かすかに痙攣したような小刻みな動きが交じった気がした。人間の仕草で言うと二度見をした時の動きに近いが、フロリアンがそれをすると不具合が生じたように見える。

「人数は多くありませんが、私ひとりではありません。大学も製造元も、語学という分野なら……試しやすいと考えたのでしょう……私みたいな存在を。私は特注モデルなのです。ベースとなるモデルはありますが……それを表す的確な言葉がわかりません。人が娯楽の場に出かける時に同行する人です。たとえば劇場などに」

エスコートか？　そう思ったが、フロリアンはその言葉を知らないようだったので、余計なひと言はかろうじてのみ込み、僕からは教えなかった。アナベルも同じ話を聞いているのだとしたら、僕と同じ気持ちだったに違いない。フロリアンの容姿や洗練された物腰も、これで腑に落ちた。適当な返事が思い浮かばず、僕はうなずいた。フロリアンは話を続けた。

「製造元はそのベースモデルに語学ソフトと教員ソフトを追加で搭載し、僕を講師として大学に派遣しました」

「意識や心も搭載して？」

「その方がすんなりいくんです。アンドロイドの形態を取った方がうまくいくのと理屈は同じだと聞きました。メーカーとしては、私たちを最大限、人間に似せて作りたい。その方が人間に好意的に受け入れてもらいやすいのだそうです。そういうロボットにならお金さえ出す……お金とはつまり……固定給のことです。それもまた彼らの実験の一部なのだと思います」

〝実験〟というひと言を、フロリアンはゆっくりと、あきらかな嫌悪感とともに口にした。

「もとが人をもてなすためのアンドロイドなので、会計ソフトははじめからインストールされていました。誰かと出かけるのが仕事なのにドリンクの一杯も買えないのでは話にならないので、お金の管理能力は最初から搭載されていたのです」

「それはとても便利だろうね」

「そうですね、私の人生が私自身のものであったなら」

「あったならって……そうなんじゃないのか？　だって、君はアナベルと……」

「いえ」と、フロリアンはうつむいた。「大学側は僕たちの関係をまだ知りません」

「でも、ブライオニーは完全に……」

「そうですね。アナベルの考えなのです。お母さんには私がすでに大学を辞めていると思っておいてもらった方がいいと。最初に……その、私とお母さんとが顔を合わせたあと、アナベルはお母さんが大学に連絡して私を解雇させるのではないかと心配していました」

僕は顔をしかめた。

「ブライオニーもそこまではしなかったと思うよ」

アナベルの懸念は理解できるが、ブライオニーがそこまで意地が悪いとは思いたくない。だが、姉ならやりかねないのかもしれない。少なくともアナベルはそう思っている。

「ブライオニーに本当のことを話すか、辞めたという話を事実にするか、どっちかにした方がいい」

僕の言葉にフロリアンはうなずいた。

「そうですよね。そもそも嘘などつきたくはありませんでした。でも、そうするのが一番というのがアナベルの考えだったので」フロリアンはそう繰り返した。「それに大学を辞めてしまったら、私はどこへ行けばいいのでしょう？　何をすればいいのでしょう？」

たしかにそうだ。答えなど持ち合わせていなかった僕は、黙ってうなずくと、もう少し楽しい話題に切り替えようとした。アナベルの方に頭を向ける。

「まあ、何はともあれ、ふたりは仲よくやっているみたいだね」

フロリアンがほほ笑む。

「ええ、そうですね」だが、そこでふとフロリアンの表情が険しくなった。「アナベルは本当に優しくしてくれます。ですが、皆が皆そういうわけではありません。私がアンドロイドだと知るなり、私から教わることを拒否する学生もいるのです。中には私を落書き用の壁みたいに扱う人もいます。ものを投げつけられることもあります」

「それに対して大学側は何もしないのか？」

「その他の器物損壊と同じ対応でした。私としては、自分の置かれた状況を考えると変に注目を集めたくありません」

その気持ちは理解できたから、僕はそれ以上の追及はせず、かわりにこう尋ねた。

「大学ではどこに住んでいるんだい？　自分の部屋があるの？」

「仕事部屋はあります。椅子も。まあ……そんなものですよね」

フロリアンはかぶりを振った。その仕草にまぎれて例の不具合のような動きをした気がした。

「やがて出会ったアナベルは、それまで会った人間とはまったく違いました。私も人間であるかのように接してくれました。いや、違うな」フロリアンは何もない空間を見つめた。「人間であるかのようにではなく――意識と心を持つロボットとして、そのまま向き合ってくれました。かと言って、僕を人間より劣る存在として見ることもありませんでした」

アナベルの話になったとたんにフロリアンの表情が明るくなった。姪が誇らしかった。僕は胸がいっぱいで、目頭《めがしら》まで熱くなり、何も言えなかった。フロリアンも頬を赤らめた。

「あなたの家族のことは知っています。よく知っています。アナベルがいろいろと話してくれました。タングのことも、あなたがタングを救ったことも、もうひとりのロボットのジャスミンに自由になるチャンスを与えたことも。フランキーにもです。あなたという手本なしには、いかにアナベルのような人であっても、僕みたいな存在を見かけたところでそれきり見向きもしなかったでしょう」

いや、見ずにはいられなかったはずだよと思ったが、フロリアンの言わんとすることはわかった。

「私も私と同類の者たちも、あなたには本当に感謝しています」

そう続けると、フロリアンはタングにしたのと同じように僕に握手を求めた。握った手が温かくて驚いた。だが、さらに質問を重ねるのはやめておいた。フロリアンが語った、アナベルと出会う前の境遇を思うと気の毒だった。今はこれ以上、つらい過去を思い出させたくはない。

「さてと、失礼してアナベルのところに行ってきますね」フロリアンが言った。

僕は笑顔でうなずいたが、やはり言葉は出てこなかった。他のことはさておき、ひとつの思いが心に大きくのしかかってきた。ブライオニーは絶対に、アナベルに影響を与えた僕を責める。

午後八時半頃、誰にも気づかれずにこっそり二階に戻っていたイアンに続いて、ボニーとフランキーも寝にいったあと（タングは一階に残り、ディーゼル油を飲みながらパーティをのんびり楽しんでいた)、最後のゲストが到着した。僕は玄関の呼び鈴に気づかなかったが、エイミーが聞いていた。僕のそばに静かにやって来て、「家の前に車をとめたみたいよ」とささやくと、大きく息を吸った。

「君が出る？　それとも僕が行こうか？」

エイミーは肩をすくめた。

「どっちが出てもたいして違わないと思う。どっちみちブライオニーは怒るわ」

「僕が出よう。君はアナベルにブライオニーが来たことを知らせて」

エイミーがうなずく。行こうとした彼女を、僕は呼びとめた。「待って。いきなり言い訳から始めないよう、アナベルに言い含めておいて……」

「わかった」

「それと、フロリアンに手にキスはするなと伝えておいて。ブライオニーには逆効果だろうから」

「ねえ」エイミーがいら立ったようにささやいた。「そんなに心配なら私が玄関に出るから、あなたがふたりに話しにいく？」

「いや。ごめん。玄関には僕が出る」

エイミーはやれやれという顔をすると、部屋の隅で何やら熱心に話し込んでいるアナベルとフロリアンの元へ向かった。フロリアンがたどってきた道を知った今も、彼が人間ではないとは僕には何だか信じられなかった。

僕は大きく深呼吸すると、姉のために玄関を開けた。この先の展開を思うと胃が少しむかついた。自宅に逃亡者を匿《かくま》っていて、今まさに警察に踏み込まれようとしている気分だ。日頃から自分を厳しく律しているブライオニーがパーティの場で騒ぎを起こすとは考えにくい。それでもデイブと言い争ったり僕の前で泣いたりと、近頃の姉は今までとは様子が違うから、実際のところどうなるかは想像がつかない。事前にエイミーといろんな場面を想定して対処方法を考えておけばよかったが、今さら後悔しても遅い。どんな修羅場が待っていようとも対処するしかない。

「ブライオニーに……ジョージー!」

僕は声を張り上げ、満面に笑みを浮かべて姉を抱き寄せた。「デイブは?」というひと言が喉まで出かかったが、訊かない方がいいと直感的に思った。乗務中なら姉はそのように答えるだけだろうし、他の理由で来なかったのなら、今はその話をする時ではない。

「ベン叔父さん、こんばんは」

挨拶を終えたジョージーに、ブライオニーが自分で抱えていたプレゼントの袋を渡す。ジョージーは僕たちの脇をすり抜け、まっすぐキッチンに向かった。

ブライオニーは僕を抱きしめ返すと、一歩下がって元気のない笑みを浮かべた。

「あの子はどこ？」

抑えた声だったが、冷たいわけではなかった。誰のことかと尋ねるのは無意味だ。僕はため息をついた。

「来てるって、どうしてわかったんだ？」

「車」ブライオニーが肩越しに親指で通りを示した。

僕は姉の向こうに回り、玄関を閉めた。

「アナベルは居間にいるよ……エイミーと」

とっさに姪をかばってやれない自分を呪ったが、四十になってもなお、ブライオニーを前にして気持ちを強く保つのは僕には難しいことだった。アナベルの言うとおりだ――僕たち家族はブライオニーを前にするとつい萎縮してしまう。

「あとはフロリアンと」

かろうじてそうつけ足したら、ブライオニーがこちらをちらりと見て、フンと小さく鼻を鳴らした。

「ブライオニー、優しく接してやってくれ。頼むから」

ブライオニーは僕を睨みつけただけで、そのひと言に対しては何も言わず、まずはキッチンへという僕の仕草も無視してまっすぐ居間に向かった。

これが映画なら、部屋が静まり返り、あらゆる動きが止まり、次の瞬間、すべてが一気に展開する場面だ。だが、現実はたいてい違う。現にブライオニーが居間に入っていったことに気づいたのはエイミーだけだ。エイミーはアナベルの手をぎゅっと握ると、彼女とフロリアンのそばを離れてこちらにやって来た。そして、ブライオニーの両頬に挨拶のキスをすると、彼女の両手を取り、やはり強く握りしめてからアナベルたちの元へ連れていった。僕はつかの間、予備タイヤみたいな気分になった。皆の輪に加わるべきか、飲みものを用意しにいくべきか、それともこのままここにいるか、迷った。エイミーならひとりでもこの状況に問題なく対応できるだろうし、正直なところ、家族同士の揉《も》めごとにこれ以上首を突っ込むのは気が重い。だが、揉めているのは僕の家族であり、皆が今いるのは僕の家だ。やはり知らぬ顔はできない。

予備タイヤとは基本的には必要とされずにひたすら待機しているものだが、ひとたび必要とされたなら、間違いなくそこにあって、すぐにその役割を果たせる状態でなければならない。

だから僕も皆のところへ行き、必要とされるまで黙って待つことにした。

皆の輪に加わったのは、ちょうどアナベルが口を開いた時だった。

「ごめんなさい、ママ。私のせいでつらい思いをさせちゃったよね。フロリアンのこと、紹介させて。今度はきちんと」

母親に伝えるべき言葉をエイミーに助言してもらったのか、アナベル自身が考えたのか、それはわからない。今のが本心なのか、歯を食いしばって絞り出した謝罪なのかもわからない。それでもアナベルが謝ったという事実に、僕は再び胸が熱くなった。アナベルはいつの間《ま》にか良識のある、しっかりとした大人の女性になっていた。ブライオニーにも分別があるなら、それが見えるはずだ。

頑張れ、ブライオニー。冷静になるんだ。

姉がアナベルの言葉を咀嚼していたのはほんの一、二秒なのだろうが、息を殺して成り行きを見守っていた僕には永遠のように思えた。ブライオニーは廊下にいた時からのしかめっ面のままだ。この調子だと、今夜のパーティはこれ以上ないほどの緊張とストレスに満ちたものになりそうだ。そんな不安が心をよぎった時、ブライオニーの肩が落ち、彼女はかぶりを振った。再び泣き出す。そして、一歩前に進み出て娘を両腕で抱きしめると、私の方こそごめんねと謝った。

ブライオニーが僕への遅い誕生日プレゼント兼早めのクリスマスプレゼントに選んだのは、ボニー・タイラーのニューアルバムだった。どういうわけか、限定版のアナログレコードだ。僕が〝あとで〟かけるよと言ったら不服そうだった。つまるところ〝あとで〟とは、〝いつになるかわからないけれど、そのうち、そういう気分の時に〟を暗に意味する言葉なのだなと、この時になって理解した。場の空気を壊したくなくて、再生中のプレイリストを停止し、もらったアルバムをかけることにした。ところが、レコードプレイヤーとオーディオシステムの接続の仕方がわからない。悪戦苦闘していたら、いろんな人が手伝いを買って出てくれた。こんな面倒くさいことになるプレゼントを持ってくるとは、いかにもブライオニーらしい。最近の姉はすっかり人が変わったようになっていたが、これぞ僕の知るブライオニーだ。

どうにかこうにかアルバムを再生すると、僕たちは歌手に敬意を表してしばしその歌声に耳を傾けた。しばらくして、僕は途切れた会話を再開しようと口を開いた。

「昔と比べると声が衰えたなあ。残念」

「びっくり」と、エイミーが言った。「あなたからそんな言葉を聞くなんて」

「どういうこと?」

「だって……ボニー・タイラーよ」

「だから?」

「大好きなんじゃなかったの?」

「そりゃまあ……好きっちゃ好きだけど。そんなこと、改めて考えたこともない」

「今だって彼女のベストアルバム、車に置いてあるじゃない」

「最後に聴いたCDがたまたまそれだっただけだよ。CDそのものはもう何カ月も聴いてない」

「東京でカラオケした時も彼女の曲を歌ってたわよ」

「でも……それは……」

「……それに、娘にボニーという名前をつけた」

僕ははたと口をつぐんだ。

「そうだよ」と、ボニーが言った。〝おやすみなさい〟を言いにフランキーと一階に下りてきたのだ。ちなみにこれで五度目だ。ふたりは居間の入り口を入ったところに立ち、厳粛なフクロウみたいな顔で僕を見ていた。

「そうだよ」タングまでもが皆に同調している。

「何だよ、タングは僕の味方かと思ってたのに」

タングは体を持ち上げるようにすると、また下げ、肩をすくめる仕草をした。その場にいた全員がこっちを見た。僕の裁定を待っている。僕はしばし考えた。

「ほんとだ。たしかに大好きだ」

衝撃だった。著名人を崇拝するなどという感覚とは無縁だと、ずっと思ってきたのに、冷静に振り返ってみれば大人になってからの全人生、僕はひとりの歌手に夢中になっていた。いや、たぶん大人になる前からだ。それなのに自分ではちっとも気づいていなかった。

「うわ、恥ずかしい」顔がじわじわと赤くなるのがわかった。

かわいい」

「全然恥ずかしくないわよ」エイミーの口調はあきらかに面白がっていた。「むしろ、

「なおさら恥ずかしいよ」

僕はぼやき、椅子にどさりと座った。エイミーが〝勝訴した弁護士〟よろしくほほ笑んだ。ジョージーがフロリアンを独り占めする間、アナベルと話していたブライオニーが、居間の入り口にいたボニーに向こうを向かせ、二階に戻って寝てらっしゃいと優しく促した。その後ろをフランキーがスーッと、タングはガシャガシャとついていく。だが、少しするとフランキーだけが戻ってきて、無言で数秒たたずんだのち、こう言った。

「ボニー・タイラーって何ですか？」

十四　感覚過敏

ボニーはクリスマスがあまり好きではなかった。

「明かりがいや」ボニーはそう言った。「音も。クラッカーを鳴らすのも。あと、プレゼントを開ける時に、ラッピングペーパーが時々キュッって鳴るのもいや」

娘の感覚が僕にはさっぱり理解できなかったが、他のさまざまなことがそうであるように、自分自身がわかろうとするよりも、ボニーはそういったものが苦手なのだと、そのままに受け入れる方が簡単だ。

クリスマスの翌日のボクシングデーの昼食がよい例だった。献立はクリスマスディナーの残りもので作ったスープと、タングが学校の宿題として作ったパンだった。ちなみにそのパン作り、うっかり手伝いを申し出てしまったのだが、僕もタングもパン作りが得意なわけではないから出来上がった丸パンはやや硬めで、ボニーは手をつけようとしなかった。

「いいから黙って食べなさい」

エイミーがぴしっと注意すると、ボニーは母親を睨みつけた。食べなければ昼食後のテレビはなしだとか、食後のデザートもなしだなどと、お決まりの脅《おど》し文句も使ってみたが、もはやボニーの耳には入っていないようだった。赤くなっていく娘の顔に、僕は無意識のうちに息を殺し、感情の爆発に備えた。

「私はロボットじゃない！」

ボニーが叫び、パンを皿の上に投げ捨てた。皿がガシャンと大きな音を立て、跳ね返ったパンがテーブルの上を転がった。食卓が静まり返った。ボニーの発言の衝撃に、皆が言葉を失った。よその家庭でなら妥当な言い分だったかもしれないが、我が家では……。はじめに声を取り戻したのはタングで、ボニーに心を引き裂かれたかのように悲痛な声で泣き出した。実際、引き裂かれたようなものだった。

「ボニー！　今のひと言はあんまりよ。自分でもわかるでしょう。謝りなさい」エイミーが厳しく叱った。

ボニーはほとんど聞き取れないほどの声でごめんなさいと謝ったが、声が小さくなったのは、謝りたくなかったからというより、本人にとっても今の失言は受け入れがたかったからなのではないか。ボニーはタングを意図的に傷つけるような真似は絶対にしない。そのことはそこにいる全員がわかっていた。タングが席を立ち、部屋を出ていった。残された僕たちは沈黙の中、聞いていないふりを装いながら、タングがゆっくりと階段を上り、廊下をわたり、自室のドアを音を立てて閉めるのを聞いていた。ボニーが怒った時とはだいぶ違う。ボニーなら席を立ってからドアを乱暴に閉めるまでに三秒しかかからないだろう。

フランキーがボニーのそばにそろそろと近づき、袖を優しく引っ張った。

「私たちも二階に行って、ちょっとふたりで話しましょう」

ボニーは素直に従った。ボニーが感情を爆発させている時でさえ、フランキーはどうやってかボニーの心の動きを把握している。僕は改めてその感覚を強くした。本人の言うようにボニーはロボットではないが、目の前のロボットはたしかにボニーを理解していた。

「ふたりには通じるものがあるみたいだ」

例の餌用のボウルにドライフードが山ほど入っていた事件のあとで、僕はエイミーにそう話していた。「ふたりってのはボニーとフランキーのことだけど」

「通じるものって？」

「よくはわからないけどさ。フランキーは不思議とボニーの気持ちや考えが理解できるみたいだ。お互いのことがわかるんだと思う。ボニーもフランキーが何を必要としているかわかっているみたいだし」

エイミーは少しの間考えていた。そして、うなずいた。

「たしかにステーキの件では、あなた、フランキーに助けられてたわね。それに、フランキーにポムポムの餌やりを任せてあげようと提案したのはボニーだった。あなたの言うとおりなのかも。それっていいことよね？」

「そりゃ、いいことだよ、たぶん。ひとつ心配なのは、ボニーとフランキーの友情に、タングが疎外感を覚えないかってことだけど」

「だったら、そうならないように私たちがしっかり目配りしないとね」


あの時夫婦でそう誓ったのに、ちっともうまくはいかなかった。学校が休みの間、三人の様子を注意深く見守ってはいたものの、緊張感は日に日に高まるばかりだった。とりわけボニーのストレスは大きかった。ホームエデュケーションを始めたボニーは、タングが学校に行っている間、それなりに静かで穏やかな環境で学ぶことに慣れたところだった。それが十二月の後半になってクリスマス休暇が始まり、タングが毎日、朝から晩まで家にいる生活になると、ボニーは次第にストレスを募らせていった。

そんなボニーの気持ちを上手に鎮めてくれたのがフランキーで、ふたりはかなりの時間をボニーの部屋で一緒に過ごすようになった。ただし、何をしているのかについてはボニーは話そうとしなかった。

「秘密にしたいなら、そうさせてあげましょう」と、エイミーは言った。「自分だけの世界を持つのもボニーには大事なことなんだと思うわ」

それは僕も同感だったが、問題は、ボニーとタングが互いをいら立たせている状況でボニーがフランキーと過ごす時間が増えれば、その分ふたりがタングと過ごす時間は減ってしまうことだった。

クリスマスが過ぎ、新しい年が明ける頃には、ボニーと一緒に過ごしたいタングは退屈していらつき、静けさを求めるボニーはストレスのせいでいらついていた。

「ボニーには静かな時間が必要なんだよ。内向きな性格だからね」

僕とエイミーはそうタングに言い聞かせた。ちょうど、ダイニングテーブルで今年一年の家計について考えていたところで、ふたりとも今はタングとボニーの問題に向き合う気分ではなかった。だが、人生は往々にして〝適切な時〟を待ってくれない。

タングが〝内向き〟の意味を理解できずにじっとこちらを見ているので、僕はかみ砕いて説明した。

「ボニーはひとりで過ごす時間がないと疲れちゃうんだ」

必ずしも正確で完璧な説明ではなかったが、タングが納得してくれることを祈った。最近は父の哲学書が役立つ場面がどんどん増えている。

「でも、ボニーはひとりじゃないもん！」タングは泣きながら訴えた。「フランキーと一緒だもん！　いっつもいっつもフランキーと一緒で、僕とは一緒にいてくれない！　ずるいよ！」

たまには黙って静かにすれば、ボニーたちもタングと遊ぼうという気になるんじゃないか。そうはっきり言ってしまってはタングがかわいそうな気がしたが、ちらりとエイミーを見たら、彼女は歯を食いしばりながら表計算ソフトのスプレッドシートに新たな行を足していた。僕と同じことを考えていて、それを口に出さないようにこらえているのだ。

「とにかく……ボニーのことはそっとしておいてやってくれ、な？　タング」

できるだけ穏やかにそう諭《さと》した。タングは足をダンッと踏み鳴らすと、目を細くして僕を睨んだ。

「だったら僕は外に行って馬を見てくる」そう言うと、ひと呼吸置いて、つけ足した。

「雨の中で」

そんな脅しで人の同情を誘おうったって、その手には乗らない。タングは濡れることが嫌いだし、長時間雨に打たれてはタングの体にもよくないが、溶けるわけではない。本人にもそう言い、雨用のポンチョを持って出るように伝えた。

五分後、当てつけのように念入りに支度をすると、タングは庭に出て柳の木の下に座った。庭の奥には、タングが地面に座らずとも快適に馬を眺められるようにと、彼のために置いたベンチがある。だが、今日はあえてそこには座らず、僕が初めてタングと出会った木の下に座ることを選んだ。それではベンチで視界が遮《さえぎ》られるだろうに、僕たちを困らせるためだけにへそ曲がりな態度を貫くつもりらしい。

庭に背を向けて座っているエイミーをそっと突いたら、彼女は肩越しにタングを振り返った。呆れたように天井を仰ぎ、かぶりを振る。

「あんなことしたって気なんて収まらないわよね？」

問題はボニーがフランキーと過ごす時間の長さだけではなかった。ボニーのフランキーとの関わり方そのものが問題だった。いや、僕たち全員のだ。フランキーの胴体にはディスプレイがついており、それがどのように機能するのかは家族の誰も知らなかったが、タッチスクリーンであることは確かだった。指で軽く触れると画面が青くなり、数行のコードが表示される。僕もエイミーもコードの知識などなかったし、タングやジャスミンとの関わりの中でコードの知識が必要となる場面もなかった。どうやら重要なコードらしいが、あいにく世話になっている出張エンジニアでさえコードの表示された画面から先には進めなかった（このディスプレイ問題も、フランキーの目と同じく彼を悩ませた）。ただ、そのままでもフランキーの日常生活に支障はなさそうだったので、目の問題と同様にひとまず保留にすることにした。ちなみに目については眼帯をつけることで問題を〝解消〟しただけの状態が続いている。おかげでフランキーは文明崩壊後の世界を描くポストアポカリプスものの登場人物みたいになっているが、解決の目処は立っていない。

それはさておき、ボニーは用途のわからないフランキーのディスプレイによく指先でぽんっと触れていた。愛情表現のつもりらしい。ボニーがそうやって触れると画面に三つの顔が表示された。嬉しそうな顔と、悲しそうな顔と、その中間の無表情な顔。そのひとつを選ぶのがボニーには楽しいようで、一方タングにとってはそんなボニーとフランキーの触れ合いが何より面白くないのだった。

ボニーはもともとはあまりボディタッチをしない子どもだ。僕たちはそれを伯母のブライオニーに似たサイみたいな性格ゆえと思ってきた。何しろボニーは体つきを含め、ブライオニーに似たところがある。僕たちがボニーには家族の誰とも異なる個性があるのだと意識するようになったのは、イアンと出会ってからだ。いや、そうではない。〝ブライオニーも子どもの頃はこうだった〟という見方をするかわりに、〝これはボニーやイアンにとっては普通なのだ〟という目でボニーを捉えるようになった。

だからと言ってブライオニーとの類似点がなくなったわけではなく、また母親とも似た部分はあった。たとえば、ボニーの容姿でエイミーと似ているのは髪の色だけだが、母親はエイミー以外に考えられないというほど彼女にそっくりな面をいくつも持っている。誰かや何かにがっかりした時に見せる、刺すような失望の眼差しなどはエイミー譲りだ。エイミーにあの目で見られるたびに僕は震え上がり、法廷でエイミーと戦わなければならない相手への同情を禁じ得ない。ボニーもそれと同じ目をすることがある。

他にもエイミーのこうと決めたら譲らない頑固さ、問題や困難への対応力、そして不当な行為は正さずにはいられない強い正義感も受け継いでいる。学校に入って間《ま》もなくタングがいじめられた際にも、ボニーはタングのために躊躇なくいじめをやめさせた。やり方はまずかったが、解決のためにすぐに動いた。エイミーが法曹の道に進んだのもそういった正義感からだが、エイミーは自分の子ども時代の話は滅多にしないので、当時からその傾向が強かったのかどうかはわからない。

話が逸れた。ボニーは指先のタップでフランキーの中核的な機能が立ち上がることを発見した。それはタングにはけっして真似できない方法だった。

エイミーの予想どおり、三十分後に家の中に戻ってきたタングは庭に出ていった時と変わらず不機嫌なままだった。そのうえタイミングの悪いことに、タングと、ちょうどおやつを取りに一階に下りてきたボニーとフランキーとが、僕とエイミーを挟んで鉢合わせしてしまった。おまけにボニーは、タングの姿に気づくと同時にフランキーのディスプレイにタッチするという過ちを犯した。タングが感情を爆発させるには十分だった。

「ずるい！」

タングはわめき、足をドンと踏み鳴らした。霧雨で濡れていたポンチョの水滴が四方八方に飛び散った。

「僕は何にもタッチできない！　みんなはフランキーのディスプレイで遊べるのに、僕だけタッチできないから遊べない！　不公平だ！」

慰めてやろうにもそれは事実で、かける言葉がなかった。僕とタングのふたりでアメリカへ行くのに初めて飛行機に乗った時もそうだった。タングは映画が終わるたびに僕を起こし、もう一度再生してとせがんだ。機内エンターテインメントシステムはタッチスクリーン式で、タングが触れても反応しなかったからだ。

それでもそれから数年は、タッチできない事実をタングが思い煩うことはなかった。ものを摑んだり持ったりすることは上手にできていたし、その力加減も完璧で、ロボット工学的な観点で言えばそれだけでもすばらしい偉業だった。ただ、タングのマジックハンドの手には人間が持つ指先の温かさも、静電気を吸い取る素子もない（フランキーにはあるようだった）。そうなると、多様な技術の恩恵を受けるうえでタッチがますます欠かせなくなっている今、タングにできることや享受できるものには今後もつねに制約がつきまとう。

考えてみれば、人間が持つさまざまな感覚の中でも触覚ほど当たり前に使われているものはないかもしれない。だからこそ、触れてはいけないものを教えることにもかなりの労力を割く。いやがっている人に触ってはいけないというのがその最たる例だし、子連れで店に入った親が真っ先にすることは、店のものにはいっさい触れるなと我が子に注意することだ。それこそ四六時中〝触っちゃだめ〟と言っている。一方で、たとえば赤ちゃんにとっては五感を刺激してあげることが重要で、僕とエイミーもボニーをそういうベビーサークルに、週に一回一時間ほど、代わりばんこに連れていっていた時期がある。その後に通った保育園でも感覚を刺激する遊びが取り入れられていて、柔らかいスパゲッティの入ったボウルに手を突っ込んでみてごらんだとか、大きく広げた紙の上を絵の具を塗った足で歩き回ってごらんと促されたりした。ボニーはそういった遊びが大嫌いだった。

ボニーは〝汚れる遊び〟がとにかく苦手で、光や色や音を使う活動が始まるたびに泣き、子どもたちの興奮を鎮めるための〝くつろぎ〟タイムに突入するか、ボニーをクラスから完全に引き揚げるかしない限り、なだめることはできなかった。もっとも、そういう子どもはボニーだけではなかった。今挙げたような活動は子どもたちの間でも好き嫌いがはっきり分かれていたように思う。イアンもボニーに似ていた。彼はシャボン玉がだめだった。子どもは皆シャボン玉遊びが大好きというのが世間の常識らしいが、ボニーにとっては苦手ではないものの、くだらない遊びだった。一方のイアンはシャボン玉が体に触れそうになっただけでもパニックを起こした。まあ、子どもにはそれぞれ何かしら苦手なものがあるということだ。ボニーもきっと、その苦手を克服する日が来る。母の話では僕は赤ちゃんの頃、人のくしゃみが大の苦手だったそうだ。突然、爆発的な音がすることに耐えられなかったらしい。今となっては人がくしゃみをしようが何とも思わない。

ボニーがまだ赤ちゃんだった頃に保育園の友達のパーティに呼ばれたことがある。いや、友達ではないか。クラスメートと呼ぶべきだろう。僕たちが周りから変な家族だと思われ、ボニーが誕生日会などの集まりに呼ばれなくなる前の話だ。理不尽だなと、正直思う。僕たちのことをちゃんと知ってくれた人たちからは好かれていると思うのだが、それでもこの郊外の田舎町では僕たち家族は浮いてしまう。ブライオニーはしっかり溶け込んでいる。それなのに、それなりに大きな家を持ち、夫婦それぞれに中産階級の上位に属する専門職に就いていても、僕たちは変わり者一家という目で見られてしまう。マンディとアンドリュー夫妻には僕たちの気持ちがわかるだろう。

それはともかく、その時のパーティにはイアンも呼ばれていた。そして、パーティを主催した親は子どもたちを楽しませようと工作遊びを準備していた。汚れる類いの工作だ。それだけで、当時の僕たちが親としていかにひよっこだったかがわかる。ボニーの年齢の子どもの親が大勢の子どもを招き、あえてぐちゃぐちゃに汚れるような遊びをさせるなど、今となっては狂気の沙汰としか思えない。

だが、あの時はそういう遊びが準備され、マンディとアンドリューは、息子はシャボン玉がだめなのだと思い知ることになった。シャボン玉マシーンの二メートル以内に近づくたびに、イアンは悲鳴を上げた。マンディとアンドリューにできることは、シャボン玉マシーンには極力近づかず、イアンの大騒ぎに気づかないふりを決め込む大人たちが発する白々しい空気を無視することくらいだった。そのうちに、ひとりの子が絵の具と糊をまとめてピュッとボニーに飛ばしたものだから大変だ。ボニーが叫ぶからイアンもつられて叫び、それにつられてボニーがまた叫んだ。両家揃ってその場から引き揚げるしかなかった。

そんなふたりとは違い、タングは何かに触れた際の触感を持たない。それでも「タング、それに触るな」と注意することは当然──数えきれないほど──あるが、その真意は「拾うな」や「突っつくな」であり、さらに厳密に言うなら「それを壊すな」という意味だ。ちなみにタングにも熱さや冷たさの感覚はあり、痛みを感じる受容器も持っている。そのことは僕もエイミーもさんざん思い知らされてきたが、何かに触れた感覚のデータはタングのCPUにはまったく届かないようだった。猫の毛の感触も芝の感触も、タングは知らない……。今日のタングの気難しさにはうんざりだが、タングは僕たちと同じようにはフランキーと触れ合えないのだと気づいて胸が痛んだ。

「みんながさっきのボニーみたいにフランキーと触れ合うわけじゃないわ、タング」エイミーが言った。「私もベンもフランキーのタッチスクリーンの使い方なんて知らない。それに、タングだって彼女と話はできる。ちゃんと声に反応するように作られているんだもの。タングも知ってのとおりね。ごめんね、フランキー、あなたのこと、あなた抜きで勝手にああだこうだ言ったりして。でも、今のは正しいわよね？」

フランキーはうなずいたが、その動きは非常に小さく、視線がタングとボニーの間を行ったり来たりしていた。僕たちと同じで、ぶつかるふたりを前にどうしていいかわからないのだろう。

「まあ、それとタッチするのとは同じじゃないけどな」タングが自分でそう言う前に、僕はぼそっとつぶやいた。

幸い、タングの学校生活が再開すると家庭内の状況は改善した。それぞれが自分のすべきことをやり、しばらくはそれなりに平穏な日々が続いた。それでも僕は心配だった。家族がタング抜きで過ごす時間が増えていることにタング自身が気づけば、タングはますます孤立感を深めるのではないか。そのせいで登校を拒むようになってほしくもない。

そんな僕の心配をよそに、タングはさしあたって元気に学校生活を満喫していた。

前年に引き続き誕生日会への招待状も山ほどもらっていた。

ところが、とある誕生日会の日に僕は判断ミスを犯した。その日は土曜日で、エイミーを仕事に集中させてやりたかった僕は、午後からボニーを外に連れ出すことにした。エイミーはカトウから、昨年参加したプロジェクトの後続案件の準備資料に目を通してほしいと頼まれていた。当然、静かな環境で仕事がしたいだろうし、平日は通常の業務があるから、カトウからの依頼は週末に片づけたいはずだ。

フランキーは夜間の充電を忘れて電池の残量が一パーセントにまで落ちていたので(本人談だ。僕たちには知りようがない)、家事室のコンセントから充電しつつ、洗濯機が回るのを眺めていた。誕生日会は午後からだったので、僕はタングを会場へ送りがてら、ボニーも連れ出した。誕生日会が終わるまでの数時間、ボニーと公園かどこかで過ごす腹づもりで、実際にみっちり数時間そうすることになった。

だが、まずはタングを会場に送り届けるべく、屋内遊び場の近くに車をとめた。ボニーは車から降りたがらず、遊び場でも、入り口の扉と室内への扉に挟まれたロビースペースにあるヒーターの下から動かなかった。こういうスペースにありがちな、扉と扉の間の空間を暖めるだけで、建物内への暖房効果はまったくないヒーターだ。あそこにヒーターを設置する意味などあるのだろうか。ヒーターの下はファンの音がうるさかったが、暖かくはあった。ボニーには冬用の重装備をさせていたものの、その日は寒く、僕はボニーがヒーターの下から動かないのはそのせいだと思っていた。

改めて考えれば、あの時から前兆はあった。そして、その前兆はタングを迎えにいくためにボニーを再度車に乗せようとした時にも現れた。ボニーはかたくなに乗車を拒み、地団駄を踏み、チャイルドシートに座らせてベルトを締めるのにもさんざんなだめたりすかしたりしなければならなかった。誕生日会の会場に向かう間、ボニーは声を立てずに泣き続けた。娘の涙に胸が痛みつつも、それまでの娘の態度にいら立っていた僕は優しく接してやることができなかった。屋内遊び場の駐車場に車をとめると、ボニーが言った。

「パパ、車で待っててもいい？」

「だめだ」僕はボニーのシートベルトを外そうと体をひねった。「いいから……おいで」

車で待たせてやればよかったのだ。出だしから暗雲の立ち込めていたボニーとの外出は、ここから一気に手に負えなくなっていった。ボニーはチャイルドシートに座ったまま上体を前に倒すと、膝《ひざ》を額に引き寄せて抱え込み、かたくなに離すまいとした。シートベルトもかかったままだ。

「いったい何が気に入らないんだ？」

つい口調がきつくなった。僕は車を降り、運転席のドアをいささか乱暴に閉めると、後部座席のボニーが座っている側のドアを開けた。身振りで降りるように促した。

「あの中に入りたくない」

「そうだろうけど、タングを迎えにいかないと」

「どうしてここで待ってちゃだめなの？」

「ボニーをひとり車に残していくわけにはいかないからだ」

「どうして？」

「どうしてもだ。そういうことは……してはいけないと決まってるんだ」

「どうして？」

ここで法律や注意義務、誘拐の恐れについて娘と議論したくはない。とりわけ僕自身が娘に問われて考えるうちに、ちょっと待たせるくらいはいいんじゃないかと思い始めてしまった今はだめだ。とにかく置いていくわけにはいかないのだ。それに、すでに娘には一緒に来なさいと言ってある。ここでころりと意見を変えたら、子どもは親の心の揺れを敏感に感じ取り——下手をすればそこを突いてくる。

「さっきは入ったじゃないか」と、僕は言った。「今とさっきで何が違うんだ？」

「さっきよりうんと疲れてるの」

僕はボニーの傍らにひざまずき、交渉の次の段階に進んだ。優しくなだめる作戦だ。

「ボニー、ほら、パパにちゃんと話してごらん」

膝を抱える娘の腕をほどこうとしたが、だめだった。

「さわんないで！」

ボニーの嚙みつくようなひと言は、口に押し当たる膝のせいでくぐもっていた。人に触れられた時のボニーの反応をあらかじめ予測するのは難しい。気分によってはしきりに抱きついてくることもあるが、たいていは注意を引こうと肘《ひじ》でそっと突いただけでも飛び上がるほど驚く。

ひとつだけたしかなのは、屋内遊び場の駐車場みたいに多くの親子が集まっている場所で、我が子に「触らないで！」とは絶対に叫ばれたくないということだ。なだめる作戦は一瞬にして失敗に終わった。僕は理詰めで諭す作戦に切り替えた。はじめからそうすればよかった。

「どうして中に入りたくないんだ？　遊び場にいるのなんて、せいぜい五分くらいだよ」

「五分しかいないんだったら、どうして車で待ってちゃだめなの？」

くそっ。

「タングが、どうしてボニーは一緒じゃないのかと心配するだろう——ボニーも迎えにくると思ってるんだから」

沈黙。僕は賭けに出た。

「本当はボニーも誕生日会に行きたかったのか？　だから悲しいのか？　だとしたら、ボニーの気持ちもわかる。のけ者にされたら誰だっていやな気持ちになるし……」

ボニーが顔を上げて僕を見た。まるで僕がハムスターを生きたまま茹ででもしたかのような顔だ。

「誕生日会には行きたくなかった」ボニーの声は淡々としていた。

娘の言葉を僕は信じた。

「だったら何がいやなんだい？」

ボニーが長くゆっくりと息を吸った。その顔も声も、五歳児というより定年間近の疲れた教師みたいだった。

「あそこはうるさい」

「遊び場の中が？　まあ、たしかに。小さな子どもがいっぱいいるもんな。でも、長くいるわけじゃないんだから気にすることはないだろう？」

「頭が変になる」

またた。変という言葉。ボニーを悩ます何かがあり、だが、それが何で、どう悩ませているのかを明確に説明できない時に使う、万能の言葉。

「タングを迎えにいく短い時間で頭痛になったりはしないと思うよ、ボニー。こんなふうに言い合っている間にも行って帰ってこられるのに」

て言ったの」

「頭痛じゃないよ」ボニーは力を込めてきっぱりと否定した。「私は頭が変になるっ

ため息が出た。ステーキの時とまったく同じだ。フランキーを連れてこられなかったのが悔やまれた。彼女がいればボニーと一緒に車で待っていてもらうか、せめて少しはボニーを落ち着かせてもらえたのに。

「ボニーの言っている意味がわからないよ」

半ば独り言のようにつぶやいた。タングを迎えにいくことの何かがボニーをひどく不安がらせているのは間違いないが、ちょっとうるさいくらいのことが理由とも思えない。対応策も尽きかけていた。それでもあとひとつだけ、提案してみた。

「一緒に来てくれたら、明日、動物病院に連れていってあげるよ」

ボニーは動物病院が大好きで、ホームエデュケーションの中でもそこで過ごす時間を何より気に入っていた。だが、シェリーが休暇中のうえに僕も忙しくてボニーを見ている余裕がなく、この一週間余りは連れていってやれずにいた。子どもの人生における一週間は十億年に等しい。

ボニーが僕の目をじっと見つめた。動物病院に連れていくと言ってくれるパパは大好きだけれど、それを交換条件にいやなことをさせようとするパパは大嫌いだと思っているのだろう。当然だ。僕自身、こんなやり方をする自分が少しいやになる。それ

でも親として取れる選択肢が限られている時には、それで何とか丸く収めるしかない。「ほら」と、僕は促した。「迎えにいく間、ずっと手をつないでいてもいいから」そんなことをボニーが望むとは思っていなかったし、実際、彼女は手をつなごうとしなかったが、娘を思う気持ちだけでも伝わってくれたらと願った。

車のドアをロックして、ボニーとふたり、エアー遊具のある屋内遊び場への両開きの扉に向かった。地獄への入り口だ。敷居をまたいだ瞬間、かわいそうに、ボニーの顔が引きつった。レジにいた十代の女の子に子どもを迎えにきたと告げたら、彼女は無言でボタンを押してフラッパーゲートを開けた。僕はそのまま奥へと進みかけ、ボニーがついてきていないことに気づいた。振り返ると、ボニーは絡みつく漂流物みたいにゲート機にしがみついていた。そのせいでゲート機のフラップが閉まらなくなっている。十代のレジ係は向こうを向いて次の客の対応をしていた。フラップに行く手を阻まれてもボニーが声を上げないものだから、気づいていないらしい。

僕はゲートに戻ってボニーをどうにかフラップの内側に来させたが、ボニーはゲート機の本体にしがみついたまま離れず、その場で足を交互に踏み換え始めた。ボニーが赤ちゃんの頃から見てきたタングの癖だ。タングがそれをするのはたいていは嬉しくて興奮した時だが、今のボニーは違った。他に理由がありそうだった。

「ボニー、トイレに行きたいのか？」

もっと早くに言ってくれればいいのにと、僕は少しいらついた。だが、ボニーは首を横に振った。

「ほんとに?」

ボニーは顔をしかめてうなずくと、ゲート機にいっそう強くしがみついた。

「ほら、行くぞ」僕は促した。「タングを探さないと」

ボニーがかぶりを振る。僕がボニーの何かがあきらかにおかしいと気づいたのは、たぶんこの時だったと思う。

十五　パニック

屋内遊び場での一件は、できることならエイミーには話したくなかった。知ればエイミーは心を痛め、悩むだろう。ボニーにしても、あの時の状況をエイミーに事細かに報告されるのは屈辱だろう。そう思うと気が進まなかった。あの時、誕生日会に来ていた全員がいっせいにこちらを振り返り、ひとり、またひとりと、同じ表情を浮かべていった。「親ならその子をどうにかしてちょうだい、あなたたちのせいで誕生日会が台無しよ」という顔だ。

そんな彼らと、僕とボニーとのちょうど中間に、タングが目を瞠《みは》り、無言で立っていた。僕は珍しくタングの心が読めなかった。おとなしく車に向かう間、タングは何を思っていたのだろう。家に帰るまでの間も、果たして悲しかったのか、頭に来ていたのか、それともその両方だったのか、僕にはわからなかった。すべては僕のせいだと思っているだろうか。これがきっかけでタングが友達から仲間外れにされたらどうしよう。子どもたち自身がそうしなくても、親が、あそこの家庭は〝ややこしい〟から、もうタングと仲よくするのはやめなさいと言い聞かせたりして、タングが学校でつらい思いをすることになったら——。だが、こればかりは時間がたってみないと答えは出ない。

それに僕は怖かった。ようやく落ち着いた家族の関係に大きな亀裂が入ってしまったのではないか。ふさがったはずのタングの心の傷に潜み、その心をひそかに蝕《むしば》み続けていた毒が、今度こそタングとボニーの関係を壊してしまったのではないか。

エイミーが気づかないわけはなかった。三人して黙り込んだまま帰宅し、そのまま別々の部屋へ引っ込んでしまっては、いくら僕が何でもないふりを装ったところで何かがおかしいのはあきらかだ。それでもその日の出来事について話したくはなかった。言葉にしてしまったら、僕の懸念はいよいよ見過ごせない現実になってしまう。僕はこれを対処すべき問題にしたくなかった。治療すべき病的な状態として扱いたくない。タングやフランキーのために機械工を呼ぶのと同じようなことをしたくない。ボニーに必要なのは何かを直すことではなく、理解してもらうことだ。だが、僕もエイミーもそれができずにいる。

幸い、タングが誕生日会の日のボニーの態度をいつまでも引きずることはなかった。ただ、家庭内の状況はよくならず、孤立感を深めるタングは学校には楽しそうに通うものの、帰宅するとどんよりと暗い顔をしていた。そして、冬の中間休みの間はほとんど自分の殻に閉じこもっていた。

「タングはもうこの家にいたくないんじゃないかという気がして怖いよ」僕はエイミーに打ちあけた。「もしそうだったらどうしよう?」

「タングはそんなふうには思わないわ」エイミーが励ますように僕の肩をぎゅっと摑んだ。「今が家族にとって試練の時なだけよ」

皮肉なもので、さまざまな問題を解消する鍵が目の前に現れたのは、家族が最悪な一日のまっただ中にいる時だった。

家族とほとんど関わることなく過ごして数週間、ついにタングが感情を爆発させた。きっかけは些細なことで、普段なら怒るような問題ではなかった。ボニーがタングを肘《ひじ》で軽く押したのだ。その行為自体に深い意味はなく、部屋の入り口でタングの横をすり抜けようとしただけだった。それでもタングはカッとなり、地団駄を踏み、わめいた。こう言っては何だが、叫んでいる内容は支離滅裂だった。その直前まで、僕はエイミーと朝寝坊を決め込み、誰からも何かをしてくれとかこっちに来てくれと言われない至福のひと時を楽しんでいた。そこへ突然、下からただならぬ物音や声が聞こえてきたものだから、僕たちは顔を見合わせ、上掛けをはいで飛び起きた。

一階に下りると、ボニーとタングとフランキーが居間に勢揃いしていた。フランキーはタングとボニーの間に立ち、両腕を広げてふたりを近づけまいとしていたが、僕たちの姿を見るとすっと後ろに下がった。胸を撫《な》でおろしたように見えたのは僕の勝手な想像かもしれないが、目の前の状況を思えばフランキーが僕たちの登場に安堵したとしても不思議はなかった。

「何を騒いでるの⁉」

エイミーの大声に、三人が揃って彼女を見た。

「ボニーが僕を押したんだよ！」タングが叫んだ。

ボニーはその場に立ったまま、雄牛《おうし》みたいに鼻を鳴らし、両の拳《こぶし》を握りしめていた。全身がぶるぶると震えている。

「押してない！」ボニーが食いしばった歯の隙間から絞り出すように言い返した。

「押した、押したよ！」

「わかったから」と、僕は言った。「ふたりとも、とにかく落ち着きなさい」

落ち着けと言われて落ち着く人はいない。目の前のふたりもそうだった。

「わざとじゃないもん！」ボニーがわめいた。「タングが邪魔なところにいたのが悪いんだよ！　タングはいつも邪魔ばっかり！」

「ボニー、いい加減にしなさい！」

エイミーと僕は同時に声を張り上げたが、次の瞬間、それは起きてしまった。

タングが前に出て、「ボニーなんか大っ嫌い！」と甲高《かんだか》く叫びながらボニーをどんと突き飛ばしたのだ。遠くにはね飛ばされるほどではなかったが、ボニーは床に尻餅をついた。一瞬、ボニーも立ち上がってやり返すのではないかと思った。だが、ボニーはそのまま四つん這いになって体を丸めると、両手で頭を抱え、息を吸い上げるようにひっくひっくと泣き出した。そばに行き、エイミーとふたりで慰めようとしたが、「触らないで！」と金切り声を上げられては娘から離れるしかなかった。

ボニーが何か言い始めた。よく聞き取れない言葉を繰り返している。僕もエイミーも途方に暮れた。その時だ。何と言っているのかと娘に尋ねるよりも先にピーッという高い電子音が鳴り、フランキーの胴体の中央にあるパネルが明るくなった。基本的な表情を表す四つの円が表示されている。にっこり笑った顔、不安げな顔、特定の感情に偏らない真顔、そしていかにも悲しそうな顔。

「これは何？」と、エイミーが絵文字を指差した。

フランキーは視線を下げてエイミーが示したものを確かめようとした。彼女もまた、何が起きているのかと驚いている。小さく丸まっていたボニーがわずかに体を緩め、腕を伸ばして表示された円を指先で突いた。不安げな顔の絵文字だ。

「助けが必要です」フランキーが言った。いつもの彼女とは違う声音《こわね》だった。

フランキーがぱっと顔を上げ、その場にいる全員を順番に見つめると、動揺したようにゴム手袋をはめた手で口に当たる場所を押さえた。

「今のは……今のはいったい何でしょう?」

いつもの声でフランキーが言うと、今度は別の声がこう続けた。

「あなたの今の気分はこちらですか? よろしければ〝はい〟とお答えください」

ボニーが頭をぶんぶんと振りながら、いっそう激しく泣いた。フランキーも悪魔が憑依《ひょうい》したかのような現象に混乱し、そわそわと左右に揺れ出した。エイミーがそんなフランキーの手を取り、口元から離させた。

「大丈夫よ、フランキー。何が起きているのか、たぶんわかったから」

「あなたの気分はこちらですか? よろしければ〝はい〟とお答えください」フランキーだがフランキーではない声が再び尋ねた。

「いいえ」エイミーが答えた。

「もう一度選んでください」

エイミーは床の上でボールみたいに丸まっているボニーに目をやると、フランキーのディスプレイに目を戻した。悲しそうな顔を指先でぽんと叩く。

「助けが必要です」フランキーがフランキーではない声のまま言った。「よろしければ〝はい〟とお答えください」

「はい」エイミーは答え、同じタイミングで床から「はい」と叫んだボニーを振り返った。

フランキーはエイミーから三十センチほど離れると、ボニーを中心に、その前後左右から等間隔の場所を四角を描くように回り始めた。フランキーに障害物をよける気はなく、僕とエイミーとタングは衝突を避けて後ろに下がった。我が家のロボット掃除機がテーブルの脚にぶつかった時と似ている。自動で向きを変える機能があるはずなのに、壊れかけの古いロボット掃除機はうまく方向転換できないことがある。居間に行ったら、何が何でも前進しようとフランス窓の前に置かれたドアマットに延々と突っ込み、ぐしゃぐしゃにしている場面に遭遇したことも一度ではない。

「助けて！」フランキーがいつもの声で悲痛に訴えた。

「そう言われてもどうすればいいんだ！」僕も声を張り上げ、エイミーに向き直った。

「わかるか？」

「私を見られても困るわよ。ロボットのエキスパートはあなたでしょ！」何の助けにもならない答えが返ってきた。

「僕にわかるわけがないじゃないか。絵文字を押したのはエイミーだろ？」

「助けて！」フランキーがもう一度叫んだら、タングまで一緒になって「助けて」と叫び始めた。それでもフランキーはボニーの周りを回るのをやめない。

「フランキーはたぶん、ボニーを守っているのよ」エイミーが言った。

「それは見ればわかるよ！　だけどこのまま永遠に、カーペットにくっきりと四角い跡が残るまで回らせるわけにはいかない。いったいどうしたら止められ……」

その時だ。床の方からすべてをつんざく悲鳴が響き、ボニーが両手で耳を塞ぎながら、突如上体を起こして座った。涙でぐしゃぐしゃの、まだらに赤くなった顔で叫ぶ。

「うるさい！　ストップ、フランキー、ストップ！」

皆の声がぴたっとやんだ。次の瞬間、フランキーが回るのをやめて停止した。ボニーの方に顔を向ける。全員が見つめる中、ボニーが立ち上がって顔を拭った。さっきまで泣き叫んでいたのが嘘みたいに、一瞬にして癇癪《かんしゃく》が収まっている。ボニーはげんなりしたように両手を振り上げると、僕たちを睨んだ。

「もう、いやになっちゃう。動物園にいるみたいだよ」


「ああすればフランキーを止められるって、どうして知ってたんだ？」

あとになり皆が落ち着きを取り戻してから、ボニーに尋ねてみた。僕たちはボニーの部屋にいた。寝る時間には少し早かったが、ゆっくり休ませた方がよさそうだったので早めに部屋に連れてきたのだ。娘にこれ以上のストレスは与えたくなかったが、訊かずにはいられなかった。

「誰だってわかることでしょ」ボニーは目をこすりながら欠伸《あくび》をした。

「パパたちにはわからなかった」

「ちゃんと頭で考えないから、わからないんだよ」

その件についてボニーはそれ以上何も教えてくれなかった。

「もう寝る」

そう言うと、本当にころっと眠ってしまった。僕は娘の頭にそっと、触れるか触れないかというキスをすると、立ち上がって部屋を出て、わずかな隙間を残してドアを閉めた。額をさすった。

「誰だってわかることじゃないよ」ひとりつぶやき、他の家族のいる部屋に戻った。

エイミーとタングはソファに座っていた。ローテーブルは脇にどけられ、フランキーがふたりの前に立っていた。タングが今は何も表示されていないフランキーの胸のディスプレイを突っつこうとしては、エイミーにその手を払われている。

「やめなさい、タング、何度言ったらわかるの……」

「なーんーでーーー？」

「理由はいろいろあるけど、そもそもこれはタッチスクリーンだから、タングが突っついても反応しないの」

「でも、見てよ！　タッチしてるよ……」

「それはタッチじゃなくて突っついてるだけ。私はそういうことを言ってるんじゃないし、タングだってわかってるはずよ。自分でも言ってたじゃない。人間の指じゃないと反応しないって」

タングはボフッとソファの背にもたれた。あんなふうに深く沈んでしまっては、もはや自分では起き上がれないだろう。これまで何度も見てきた光景だ。タングは胸のフラップをいじり始めた。フラップが勝手に開いてしまうのを防ぐために貼られていた元々のガムテープは、とうの昔に新しいテープに貼り替えられていたが、いくら説得してもタングはフラップを直させてくれず、いじけるとガムテープをいじる癖もそのままだった。実を言うと僕はその癖が好きだ。見ると何だかほっとする。タングだけが見せる彼の個性だからだ。傷跡や母斑《ぼはん》みたいなものだ。いつかその癖が消えてしまったら、偽物とすり替わってしまったのではないかと不安になるだろう。

僕はソファの背後に回り、タングの体を引き上げてきちんと座らせた。

「エイミーがフランキーに触らせてくれない」タングがすぐさま告げ口をした。

「私は突っつくなと言ったの、タング。理由も説明したでしょ」

「それに」と、僕もつけ加えた。「フランキーだってむやみやたらと突っつかれるのはいやかもしれないよ」

今まさにディスプレイに触れようとしていたエイミーの指が空中で止まった。彼女は僕を見て手を下ろすと、両手のひらを合わせて膝《ひざ》の間に突っ込んだ。そして、視線だけフランキーに戻した。

「僕は別に……」

「ううん、あなたの言うとおり。フランキーに訊きもせずに触ろうとしてた。ごめんね、フランキー」

「全然気にしていませんよ。ディスプレイ部分は触れてもらうためにあるのだと思います」

フランキーは顔を下に向けた。自分の胸元をのぞき込もうとして寄り目になっている。

「今は何と表示されていますか？」

「何も表示されてないわ」エイミーが答えた。「画面自体が暗い。何も動作してなくて、いつもの状態に戻ってる」

「青い画面ということですか？」

「ううん、点灯もしてない。真っ黒よ」

「バッテリーが切れたんじゃない？」と、タングが言った。「ボニーのタブレットみたいにさ」

僕とエイミーは顔を見合わせた。ふたりとも事の発端が何であったかを忘れたわけではなかったが、少なくともタングは久しぶりにいつものタングに戻っていた。今日の喧嘩についていずれタングとボニーの双方と話をするにしても、今はやめておこう。

それが僕たちの一致した気持ちだった。

「それは言えてるかも」僕は言った。「フランキーに充電が必要なのはわかっていることだし、あれだけ動いたらバッテリーがゼロになっても不思議はないよな」

「でも、バッテリーが死んでるならフランキーも動けなくなるはずじゃない？」

エイミーの不用意なひと言に、タングが慌ててソファから下りた。パニックを起こしている。

「死ぬ？　だめ！　死なせないで！　フランキーが死んだらやだ！」

タングの突然の感情の爆発に、フランキーがびっくりしてローテーブルの方へ後ろ向きに倒れてしまった。

「しーっ、タング」僕はなだめた。「ボニーが起きちゃうよ！　パニックを起こすな！　フランキーは死なないから」

フランキーのディスプレイがぱっと点灯して先ほどと同じ絵文字が表示された。僕がフランキーの体を起こしてやると、彼女の車輪が低い音を立てて回り始めた。目を見開いてこちらを見上げたフランキーを、僕はしっかりと摑まえた。

「ストップ、フランキー！　ストップ！」

エイミーの言葉に車輪の回転が止まった。ディスプレイの表示はそのままだ。エイミーが体を乗り出し、緑色の笑顔の絵文字を押す。

「嬉しい」もうひとりのフランキーの声がそう言った。「あなたの今の気分はこちらですか？　よろしければ〝はい〟とお答えください」

「はい」エイミーが答えた。

「よかったです。その調子で頑張ってください」

もうひとりのフランキーの声がそう返し、ディスプレイが暗くなった。

「今のは転倒したせいかもな。パニックに対する反応なのかも」

僕の言葉にフランキーのディスプレイ機能がまたしても起動した。エイミーはもう一度「ストップ」と叫ぶと、笑った。

「あなたの予想、どんぴしゃみたいよ、ベン。まさにそのとおりの反応をしているんだと思う。ただし、フランキーが反応しているのは起きた事柄そのものではなく、言葉よ」

「僕、何を言ったっけ？」

「言ったのは……」エイミーは少し考えると、「P、A、N、I、C」とパニックの綴りを口にした。

危うく繰り返しそうになったその言葉を、僕はすんでのところでのみ込んだ。

「フランキーのこの機能は音声に反応して起動するんだわ。キーワードがあるのよ。さっきの言葉がそのキーワード。そういうことだったのよ。さっきボニーが繰り返してたのもその言葉だった。私たちにはよく聞き取れなかったけど、フランキーにはわかってた。少なくとも彼女の中核となる機能は状況を認識していた。フランキー、たぶんあなたは介助ロボットだった——ううん、介助ロボットなんだわ。そして、そのことをボニーは知ってるんだと思う」

「どうして話してくれなかったんだ?」僕は尋ねた。

ボニーは肩をすくめた。

「だってフランキーが何をするロボットかわかったら、パパたちはフランキーがどこから来たのかも見つけちゃうかもしれない。そうしたらフランキーをそこに返しちゃうかもしれない。それはやだったの。タングだって絶対にいやがる。だからパパたちは知らない方がよかった。フランキーがいなくなっちゃったら、タングは私のせいだと思って私を嫌いになるもん」

「どうしてタングがボニーを嫌いになるんだ? どうしてボニーのせいにする?」

「タングより私の方がフランキーとたくさん一緒にいるから。タングはきっと、フランキーがうちを出ていきたくなったのは、私が意地悪したりしたせいだって言うよ。〝フランキーがもっと僕といたら、出ていきたいなんて思わなかった〟って」

「ちょっと待った。フランキーが出ていきたいと思ってるかどうかはまだわからないよ。フランキーが何者かをパパたちが知ったからって、フランキーが何をしていた、いや、何をするロボットかをボニーが知っている事実も、フランキーがボニーの助けになってくれている事実も変わるわけじゃない。それに、素直に考えたらフランキーはボニーのそばにいたがりそうだと思わないか？」

ボニーは黙っていた。僕の言葉の妥当性を見極めようとして頭の中の歯車がぐるぐる回っているようだ。

「そうだとしてもタングはきっとやきもちを焼くよ。フランキーが私とばっかり話すから」

「まあ、それは、ボニーは家にいてタングは学校に行っている以上仕方のないことだ。学校に残ると決めたのはタング自身で、誰も強制したわけじゃないんだから。この状況にタングが慣れていくしかない」

「それでももしフランキーが出ていっちゃったら、タングは私のせいって言うよ」

これ以上言い聞かせる言葉もなく、僕はため息をついた。ボニーの筋の通った言い分を聞いたら、娘の気持ちや行動を責める気にはなれなかった。

「それでもやっぱりフランキーの元の持ち主は探さないと」しばらくして、僕はそう言った。「それはボニーもわかってるはずだよ。フランキーが時々停止してしまう原因を突きとめなきゃならないし、登録証なんかも必要だ。せめて登録証がない理由だけではっきりさせて、取得し直さないといけない。パパの言うことがわかるかい?」

ボニーはうなずきながらも、反論した。「元の持ち主の人はフランキーがどうして停止しちゃうかなんて知らなかったと思う。知ってたらフランキーのこと捨てなかったかもしれないもん」

たしかに。

「フランキーがこのままうちにいられるように、できる限りのことをする。だから、あんまり心配しないで。ただ、フランキーにはフランキーの望みがあるかもしれないから、それはボニーも受け入れないといけないよ。今はまだフランキーが何を望むかはわからないけど」ひとまずはもう少しタングと遊ぶようにしてみたらどうかな?」

ボニーはもう一度うなずいた。

「フランキーはものすごく私の役に立ってるんだよ、パパ。フランキーのこと、大好きだけど、役に立つとも思う」

「どんなふうに?」

「困ったことがあったらフランキーに話すの。それが役に立つの」

ボニーが何か困ったことを、それも親である僕たちには話していない問題を抱えていると思ったら、胃が締めつけられた。だが、ボニーの秘密主義は今に始まったことではない。いろいろなことを自分の胸に秘めておきたいタイプの子どもなのだ。たいていの場合は。

「困ったことって、どんなこと？」声がうわずらないように気持ちを落ち着かせてから訊いてみた。

「どこかに体をぶつけちゃった時とか」

ああ、そうか。痣《あざ》ができても僕やエイミーに教えにこなくなったのはそういうことだったのか。娘はどういうわけか、痣に関する情報を伝える相手はフランキーの方が適任だと考えたらしい。困った時にはフランキーに相談できると思うことで自信をつけているボニーに、やめろとは言いたくなかった。それに親の僕たちが知っておくべきことがあると判断したなら、フランキーは詳細を話してくれるはずだ。

ただ、結果論ではあるが、他にもフランキーとの間にふたりだけの秘密はないか、この時ボニーに確かめるべきだった。

十六　操作

姉と姪との関係はパーティの前ほど張りつめてはいなかったが、姉と夫のデイブとの関係は冷えきったままのようだった。ブライオニーが電話してきたのは、タングが厚紙で作った馬を〝ぼくの家〟の模型に糊づけするのを僕も手伝っている最中だった。学校の宿題で、家庭にあるトイレットペーパーの芯やペットボトルの蓋などの廃品を再利用して〝ぼくの／わたしの家〟の模型を作るのだ。ボニーは同じダイニングテーブルの向こう端の席で科学の本を読みつつ、タングが自分で自分の手を糊でくっつけそうになってあたふたしているのを見ていた。

「最近、みんな対私みたいな構図で責めたてられている気がしてしようがないわ」

手元にイヤホンがなかったので、僕は仕方なくスマートフォンを頬と肩で挟んだ。

「パパ？」

ブライオニーに答えるより先に、ボニーに呼ばれた。とことこと歩いてきて、僕の肩をとんとんと叩く。

「しーっ、今電話してるからね」

「この言葉、何て読むの？」

僕の注意などまるで聞いていない。質問に答えてしまう方が早かった。

「ちょっと待って」電話の向こうの姉に伝えてから、ボニーが指差している箇所に目をやった。「エンドルフィン」

ボニーは眉をひそめたが、僕は姉との会話に戻り、ボニーは自分の席に帰った。

「考え過ぎだよ、ブライオニー」僕は言った。「みんな心配してるだけだ。ブライオニーは家族の支柱なんだ。自分でもそれはわかるだろ？　だから、ブライオニーと家族の誰かがぎくしゃくすると、それが全員に影響する。みんな、力になりたいだけだよ」

言っている僕自身が半信半疑だったが、まったくの嘘でもない。支柱というより障壁みたいに感じることもあるが、言いたいことは同じだ。家族の誰よりも気持ちが強く、揺るぎない信念を持っているのがブライオニーで、何事に対してもこうすべきだという明確な意見を持っている。僕たちがその意見を聞きたいかどうかはまた別の問題だが。そんな姉が、もう半年以上、別人のようになっているのが僕は心配だった。

「力になりたいだけ？　私に隠れてデイブやアナベルと話してたくせに、それで力になってたつもり？」

「そんなに怒るなよ。みんなで部屋の隅に集まってブライオニーの陰口を叩いてたわけじゃあるまいし。ふたりが内緒で僕に相談したのは、僕がブライオニーの弟で、ふたりとも助けを必要としてたからだ」

「だったら私に相談すればいいじゃない！」

「したじゃないか！」いらいらが募るにつれて声も大きくなっていった。「でも、ブライオニーは聞く耳を持たなかった！　みんながいくら自分の考えを伝えようとしても、ブライオニーは自分の物差しでしか物事を見ない！」

「それは違う！　アナベルとは仲直りしたし、言っておくけど、ちゃんとうまくやってるんだから……それなりには……ほら、例の彼とも……」

「フロリアン？」

「そう、彼」

「へぇ、そうなんだ。名前も口にできないのに？　それはすごい前進だ」

「はいはい、そうやってお得意の皮肉を言ってればいいわよ。あなたの言うとおりかもしれないしね。アナベルとの関係は本当は改善なんてしてなくて、全部私の勝手な妄想かもしれないもんね！」

「そんなこと言ってないじゃないか！」僕は声を張り上げた。

ウィーンと低い音がした。タングが立てる音とは違う。部屋を見回した僕の目に最初に飛び込んできたのは、フランキーの体から白いトイレットロールらしき紙が出てくる光景だった。少し面食らった。頭を左右に振り、姉との会話に集中しようとしたが、気づけばこう言っていた。

「ごめん、ブライオニー、もう切るよ。近いうちにまた時間を作るから」

返事を待たずに通話を切り、指についた工作用の白い接着剤をキッチンペーパーにこすりつけるようにして拭い取ると、僕はフランキーのそばに行ってしゃがんだ。

排出されるトイレットロールの端をつまみ上げようとして、ふと、僕たちは間違っていたのかもしれないと思った。フランキーは介助ロボットではなく、トイレ付きバスルームの清掃ロボットなのかもしれない（それならゴム手袋の説明もつく）。だが、紙の端をつまんだら、それはトイレットロールではなく、レシートが印刷されるような小さなロール紙だった。ただし、レシート用紙よりはだいぶ幅広で、僕が手を広げた時の親指から小指くらいの幅がある。前にかかりつけのクリニックで血圧を測った際に結果が印字された紙によく似ている。

紙の排出が止まり、切断音がして、まっすぐな長方形の紙がフランキーの体の狭い開口部から垂れ下がった。ブライオニーとのやり取りの一部が印字されていた。僕が皮肉を言っているというブライオニーの主張を裏づける数行だった。

フランキーが紙を見て、僕を見て、さらにはタングを、そしてボニーも見ると、再び僕を見た。ボニーが本から顔を上げて声をかけてきた。

「パパ、〝アン・ドルフィン〟って何？」

「ちょっと待ってな、ボニー」僕はそう言うと、フランキーに向き直った。「これは何？」訊くまでもないことだった。「君は会話も印刷するようになったのか？　と言うより、記録してるのか？」

フランキーは途方に暮れたように両手を掲げ、また下ろした。今回も僕たちと同じくらい驚いているようだ。

「私にも説明できません……」

僕がちらりとタングを見上げると、タングは難しい顔で僕を見ていた。黙っているからわからないが、たぶん、〝こっちを見られたって困るよ、僕だって何が何だかさっぱりだもん〟と思っているのだろう。

ボニーがため息をつく。

「それ、前からやってるよ。今のはロール紙の交換が必要だっただけ」

「えっ、何、どういうことだ？」

「フランキーは前から紙に印刷することはできてたの。できるってことを覚えてなかっただけ。だから今までパパには見せられなかった。紙がなくなっちゃったみたい。交換用のロール紙ならあるよ」

「人の会話を記録するのはどうして?」

僕の質問に、フランキーはまたしても肩をすくめた。

「たぶん、誰かと病院に行った時に何があったかをメモするためだよ」ボニーが言った。「お薬は何回飲むとか、そういうこと」

「何のために?」

ボニーが顔をしかめる。

「役に立つから」

僕は手元の紙の記載に目を通した。僕が〝そんなこと言ってない〟と叫んだ、まさに〝そんなこと〟が記録されていた。間違っていたのは僕で、ブライオニーの方が正しかった。だが、それはひとまず脇に置き、僕は言葉を続けた。

「役に立つのはわかるよ。だけど、それ専用のロボットを作ってどうするんだ?」

「パパみたいに頭のいい人がそんなこともわからないの? フランキーが誰かのお世話をするんだったら、いろんなことを覚えておいて、それを教えてあげられないといけない。フランキーは記録専用のロボットじゃないよ。記録はフランキーができることのひとつなだけ。ちゃんと書いておいた方がいい時もあるから」

「記憶に問題がある人のためとか?」

ボニーがうなずく。

「うん、そう」

「ボニーはどうして知ってたんだ？」

「質問の意味がわからない。ほんとに知ってるわけじゃないよ。でも、お年寄りとかがお医者さんに行ったら、先生と話したこと、全部は覚えられないかもしれないし……」

「いや、うん……それはさっき聞いた。パパが訊きたかったのは、フランキーが会話を記録したり印刷したりできることを、ボニーはなぜ知ってたのかってことだ。それに交換用のロール紙ならあるってどういうことだ？」

「ああ、それはね、中を見てみたの」ボニーはフランキーの金属製の胴体を指差した。フランキーもそれに合わせてうなずく。

「フランキーの体を開けて中をいじったのか？　ボニー、それは危ないよ。そんなことはしないでほしかった」

「危なくないよ、自分が何をしてるかくらい、ちゃんとわかってるもん」

「わかってない！　まだ五歳のボニーにわかるはずがないじゃないか。あと、さっきの単語は〝エンドルフィン〟だ。イルカ《ドルフィン》とは関係ない。体内にある、人を幸せな気分にしてくれる化学物質だ。ちなみにパパの脳には今、エンドルフィンが足りないみたいだから、パパの訊いたことにちゃんと答えてくれ」

　ボニーは椅子からするりと降りると、僕とフランキーの間に強引に割って入った。僕が見落としていた、フランキーの肩の辺りにある細長い溝に小さな親指の爪を差し込む。次の瞬間、フランキーの胴体の正面部分がぱかっと開いた。ボニーは脇にどいて場所を空けると、書き物机《ライティングビューロー》の扉を手前に倒すようにして正面部を完全に開けた。

　フランキーの骨格をなすフレームの内側に赤くて丸い小さなボタンが設置されていた。ボニーがそれを押すと、たちまちフランキーの動作が停止し、がくりと前屈みの姿勢になった。

「私はばかじゃないもん」ボニーが言った。「スイッチを切らずに電子機器の中をいじるわけがないでしょ」

「そうか」

　そう答えながらも頭の中は混乱していた。フランキーはタングやジャスミンとは異なる点が多く、電源ボタンの存在も間違いなくそのひとつだった。タングにもジャスミンにも電源ボタンはない。もっとも、ふたりを作ったのは犯罪に傾倒した社会病質者だった。フランキーは違うと信じたい。

「ボニーが電源を切るスイッチを見つけたことはわかった。でもそれだけじゃ、ボニーが自分のしていることを理解したうえでフランキーをいじれた理由や、フランキーにできることを知っていた理由の説明にはならないよ」

「そんなの簡単だよ」

ボニーはフランキーの内部を構成するケーブルや箱の間に手を突っ込み、数秒ごそごそと探ると、印刷用のロール紙をひとつと……冊子を取り出した。ロール紙は中に戻し、僕に冊子を差し出す。

「これを読んだの」

「FRIENDCARE－6000」僕は声に出して読んだ。「フレンドケア？　フランキーのことか？　つまり……フランキーにはマニュアルがあるのか？」

正直に認めよう。マニュアルの存在を知った瞬間は宝の地図を見つけた気分だった。ロボットにマニュアルがついてきたことなど、今まで一度もない。少なくとも我が家の意識や心を持つロボットにはなかったし、当然子どもにもマニュアルはない。まあ、インターネット上には〝有益な〟助言があふれ、家族や友人もアドバイスはくれるが。それでも、フランキーの取り扱いに関する説明が手に入ったのは奇跡に思えた。ついでに、ボニーが思った以上に読解力を身につけていることもわかった。もっとも改めて尋ねたら、マニュアルに書かれている言葉をすべて理解できたわけではないと認めていた――さっきのエンドルフィンに関する質問からも、それは察しがつく。

いざ詳しく調べてみると、マニュアルにはロボットの説明が詳細に網羅されているわけではなかった。車よりはスマートフォンについてくる取扱説明書に近い。必要最低限の説明がご丁寧に十以上の言語で記載されている、あれだ。それでもフランキーの主要機能の一覧と、僕たちの知るフランキーとはだいぶ違う、原型となるロボットの略図は載っていた。フランキーの胴体に埋め込まれたディスプレイのホーム画面のイラストもある。僕たちもこれでやっとフランキーにできることを把握できる。ちなみに〝僕たち〟とは僕とエイミーのことで、ボニーはすでにフランキーの機能を把握している。ただし、その情報を親と共有しようとは考えなかった。理由を尋ねたらボニーは肩をすくめた。

「訊かれなかったから」

僕はげんなりとして目玉をぐるりと回した。そういう答えしか返ってこないことくらい、考えればわかったのに。僕は階段の最下段に腰かけ、電源を切ったままのフランキーを前に、読んでいたマニュアルの続きに戻った。機能一覧にあるいくつかの項目、たとえば階段を上る機能についてはすでに知っていたから、それなりにさくさくと読み進められた。それはまた、先にマニュアルを読んだボニーがそこに書かれている事柄を折にふれて僕たちに〝気づかせて〟きたおかげでもある。ふとそんなことを思ったが、それでは自分が大人としての責任を果たせていない愚鈍な人間みたいで、僕はその思いを頭の隅に追いやった。

マニュアルを何度か読み返したら、いくつか気になる点が出てきた。ひとつ目はマニュアルが破れてぼろぼろなことで、フランキーが想像していたよりあきらかに古いことを意味した。ふたつ目はマニュアルのどこにもフランキーの意識や心の有無に関する記載がないこと。三つ目は余白への書き込みが何カ所か見られること。そして、四つ目は最初のページがなくなっていること。

「よし、フランキーの電源をもう一度入れてくれ」

ボニーにそう頼み、娘がボタンを押すのを見つめた。少し緊張した。娘自身はもう何度も電源を切ったり入れたりしているようだが、このまま電源が入らず、フランキーが完全に壊れてしまったらどうしよう。だが、ウィーンという低音とカチッという音に続き、シミーダンスみたいとしか言いようのない肩を前後に揺さぶるような動きとともに、フランキーが何事もなかったかのように目を覚ました。僕は胸を撫《な》でおろした。

「ただいま戻りました」

フランキーが言った。自分の状況をいたって冷静に把握し、電源のオンオフ機能に動揺するそぶりはない。タングなら大騒ぎするに違いない。僕はフフッと笑った。

「お帰り。ところでフランキー、これの最初のページはどこにいったのかな？　知ってるかい？」

フランキーはかぶりを振った。

「マニュアルがあることさえ知りませんでした。いえ、どこかの時点までは知っていたのでしょうけど、覚えていません」

僕はボニーをぎろりと睨みつつ、半ば独り言のように話を続けた。

「マニュアルには人工知能《AI》についても書かれていない」

「私もそう思った」と、ボニーが言った。「フランキーの持ち主があとからＡＩを持たせたのかも」

「そうだろうな」僕はフランキーを見た。「どうりで頭の中が少しばかりとっちらかって混乱しているわけだ」

「それはさすがに言い過ぎです」

フランキーにそう返され、僕は謝った。

「フランキー、ボニーが君について学んだ事柄については君も知ってたの？」

「フランキーは知らなかった」

ボニーが口を挟んだ。僕は片手を上げて娘を押しとどめた。

フランキーの瞼《まぶた》が頭の奥に引っ込み、彼女は頭を左右に振った。

「どれも実際に自分がそれをするまでは覚えていませんでした。本当です」

ボニーは足元に視線を落とし、片方の足にもう一方の足のつま先をぶつけている。

「いいんだよ、フランキー。君に怒ってるわけじゃない」

本当だった――フランキーに怒っているわけではない。ちっとも怒っていない。フランキーに電源ボタンがあり、ボニーがそれを使っていたとなれば、ボニーがフランキーのあずかり知らぬところで彼女について学んでいたと考えるのが自然だろう。

見過ごせない事実だった。同意を得るということについて、一度ボニーと話をした方がよさそうだ。ただし、その場には僕も立ち会うが、説明役はできればエイミーに任せたい。

今はひとまず眉をひそめて娘を見つめ、勝手に電源を切るのはよくないというようなことをつぶやくに留めた。すると、こんな答えが返ってきた。

「パパが動物の体の中を治すために動物を眠らせるのと一緒だよ」

「一緒ではないよ、ボニー」

「どうして？」

「それは……それは動物には自分がしてほしいことやしてほしくないことを教えることができないからだ」

「猫は教えられるよ。猫は抱っこされたくない時はニャーって鳴いて教えるもん」

「そうだとしても勝手にスイッチを切ることと同じじゃ……」

「それに霊長類も。霊長類の中には言語能力がとても発達してる子もいるよ」

僕は反論しようと口を開きかけて、やめた。五歳にして〝言語能力がとても発達している〟というフレーズを会話の中で正確に使う娘が相手では、議論したところで言い負かされるのがおちだ。

「今問題なのは、フランキーについて知ったことを、どうして本人に伝えなかったのかってことだ。どうしてフランキーにまで内緒にしてたんだ？　教えてくれてたら、もっと早くにフランキーがどういうロボットかがわかって、元の持ち主や、急に停止してしまう理由も突きとめられたかもしれないのに」

ボニーは表情を曇らせ、足をドンと踏み鳴らした。

「私だって突きとめようとしてたもん！　パパたちに教えなかったわけはもう話したでしょ。フランキーが何で壊れてるのか、私が見つけられたら、私が直してあげられて、そうしたらフランキーは私たちと一緒にいたいって思ってくれると思ったんだもん」

僕はため息をついた。堂々巡りだ。僕はフランキーとともに置いてあった置き手紙を取ってきた。

「あまりにいろんなものでできていて、どうにも使いこなせなくなってしまいました」僕は読み上げた。「ボニーでもフランキーでも、これがどういう意味かわかるか？」

ボニーが眉をしかめた。

「部品をいろいろ取り替えたってことじゃない?」

「それはそうだけどさ。パパが訊きたいのは、そのことと、フランキーがしょっちゅう停止しちゃうことがどう関係してるのか、知ってることはあるかってことだ」

ふたりとも無表情だった。

「わかった。ふたりとも、もう行っていいよ。僕はもう少しこのマニュアルを読んで手がかりを探してみる。それとボニー、本人に断りもなくフランキーをあちこちいじるのはやめてくれ。と言うより、もうフランキーのことはいじっちゃだめだ」

ボニーがフランキーの同意もなく好き勝手に電源を切ることへの倫理的な懸念もさることながら、僕たち家族にとって経験のない状況に、僕自身、気持ちが追いついていなかった。タングにもジャスミンにも電源ボタンやリセットボタンはなかった。タングの〝心臓〟をもっと……危なくないものに換えるためにタングの機能を止めなければならなかった時には、処置に当たったカトウはタングを本当の人間のように扱った。こちらの一方的な都合でタングの電源を切ったりリセットしたりすることなど考えもしなかった。そういうボタンがあればいいのにと本気で思ったことは、この数年で数えきれないほどあるけれど。

フランキーの電源をこちらの都合で入れたり切ったりするのは間違っている。彼女がただの機械だったなら、さほど気にならなかっただろう。だが、フランキーはただの機械ではない。意識も心もあるのだ。それなのに元の持ち主は電源のオンオフ機能を残した。僕だったらフランキーをアップグレードして意識や心を与えた時点でそんな機能は外しただろう。フランキーの充電についても気がかりだった。彼女のことだから電池の残量が少なくなってきたらちゃんと気づいて、壁のコンセントにプラグをつなぐだろうが、いきなり停止してしまう問題がある以上、いつか充電を忘れる事態が起きそうで少し怖かった。バッテリーが完全に切れてしまったらフランキーはどうなるのか。それは誰にも想像がつかないし、試しに確かめたくもない。

僕はボニーの夕食を用意するためにオーブンを予熱しつつ、キッチンカウンターのスツールに腰かけてマニュアルを読み直した。じきにエイミーがタングを連れて帰ってくる。できれば何かしらの発見を携え、ボニーの食事もすませた状態でふたりを迎えたかった。まあ、食事と言ってもただの冷凍ピザだが、お腹は満たされる。

マニュアルの余白に綴られたメモには一部判読できないものもあった。狭い余白に小さな文字で無理やり書き込んでいるせいもあったが、書かれているのが外国語なのだ。ドイツ語だろうか。ドイツ語などさっぱりわからないが、ウムラウト記号やドイツ語特有のアルファベットは、学生時代の外国語の授業で習ったので見覚えがある。

複数の言語で書かれたマニュアルを繰《く》っていくと、ぎっしり記された書き込みは英語とドイツ語のページに集中していた。どうやら僕の予想は当たっていそうだ。ただし、フランス語や日本語の箇所にも書き込みはちらほらあった。キリル文字で書かれたロシア語っぽい箇所にさえ、いくつかメモがある。書き込みをした人物は謎だが、このマニュアルはボニーにとってロゼッタ石になり得る――いや、すでになっているのかもしれない。少なくとも技術用語に関しては。ボニーが日頃から外国語の基礎を学んでいることを考えれば、僕が考える以上にマニュアルやメモの中身を読みといている可能性もおおいにある。僕が新たに解読できることなどほとんどなさそうだ。日本語の箇所はカトウに翻訳を頼むこともできるが、それは必要になってからでいい。

メモは流れるような筆記体で書かれており、その美しい筆跡はフランキーについてきた手紙のものと一致していた。フランキーの元の持ち主は彼女の内部をちょこちょこといじる一面を持つ一方で、その筆跡からは几帳面な性格が垣間見えた。マニュアルの書き込みは、特定の説明を自分にわかりやすいように書き換えたようなものもあれば、取り扱い方法や便利に使うためのコツなどの記述に修正を加えたようなものもあった。ただ、メモを書いた人物にとっては、このマニュアルはボニーと同様に言語を学ぶ教科書にもなっていたんじゃないかという気もした。

今までにわかったことをまとめると、フランキーの元の持ち主にはエンジニアや機械工といった技術者としてのある程度の技能があるらしい。そして、ドイツ人の可能性がある。ゲルマン系なのは間違いないだろう。

ただ、それだけでは身元や所在は割り出せない。僕は立ち上がってオーブンにピザを入れると、二階のボニーの部屋に向かった。

「ボニー、このマニュアルのなくなっているページ、ボニーの手元にあったりしないよな?」

「ない」

「そっか。一応訊いてみようと思ってさ」

両手のつけ根で目をこすったら、持っていたマニュアルが額にぱたぱたと当たった。

あとひとつ、根本的な解決策にはならないものの、確かめたいことがあった。

僕はボニーの前にピザを〝恭しく〟置くと、娘が食べている隙にフランキーを居間に手招きして、静かに切り出した。

「そもそもの出発点が違うのかもしれない」

フランキーは黙っている。僕は先を続けた。

「現状を変える必要はなくて、元の持ち主探しも終わりにすればいいのかもしれない」

僕はちらりとダイニングルームの様子をうかがった。ボニーはタブレット端末で動画を見ながらピザを食べている。僕はフランキーに視線を戻した。彼女は瞼が頭の奥に引っ込むほど目を見開いていた。その表情の意味するところは読みとけなかったが、フランキーが僕の言葉に反応したのは確かだ。

「僕たちは勝手に、君は自分の居場所をはっきりさせたいだろう、自分が何者で何ができるのかを知りたいだろうと思ってきたけど、そのふたつは分けて考えるべきなのかもしれない。そもそも君の登録証がすでに破棄されているのだとしたら、持ち主を見つけたところで、君を我が家の一員だと認定してもらうための書類は手に入らない。今のフランキーと、現段階でわかっている機能をそのまま受け入れて、それ以外のことや君が覚えていない事柄についてはあまり心配しない方がいいのかもしれない。フランキーがトラブルを起こしたり、逆に巻き込まれたりしない限り、詮索されることもないだろうし。君が盗まれたロボットなんじゃないかとはさ。それに、うちのことだから……チェンバーズ家が新しいロボットを連れてたって、今さら変な顔をする人はいないよ」

「要するにベンは、この先も違法な状態を続ければいいと言いたいのですか？」フランキーが言った。「それではエイミーがいい顔をしないと思います」

僕はため息をついた。

「言っとくけど、持ち主探しを休めと言ってきたのはエイミーなんだぞ。まあ、でもたしかにいい顔はしないだろうな」

「ボニーもタングも私にこの家にいてほしがっています」

「知ってる。でも、フランキーはどうしたいの?」

そう尋ねた時、ボニーが僕とフランキーがふたりきりで話していることに気づいた。自分も話に加わろうと椅子から滑り降り、ピザとタブレットはテーブルに置いてこちらにやって来る。

「フランキーに何を言ってたの?」ボニーが尋ねた。

僕は答えに迷い、フランキーを見た。フランキーはボニーを見つめると、床に視線を落とした。

「ベンは私を気遣って、私が今も自分の過去を調べたいと思っているかどうかを訊いてくれたんです。皆さんが調べてくれた事柄だけでよしとして、これ以上の追及はせず、このままこの家で暮らし続けてもいいんだよとも言ってくれました。皆さんが私の過去の記憶を回復しようと手を尽くしてくださっていることには心から感謝しています。でも、私……私、これからも調べ続けたいです」

「この家を出ていくの?」ボニーが顔を歪めた。

「今はそのつもりはありません。でも、先のことはわかりません」

「タングはきっと反対するよ」

ボニーは怒りを爆発させたりはしなかった。ただ、その目に見る見る涙があふれた。こみ上げる感情を抑えられなかったのだろう。

「申し訳ないとは思います」フランキーは言った。「でも、過去の私も今の私の一部です。それを知らずして、自分が今後どうありたいかを見出すことはできません」

哲学者フランキー。

彼女は言葉を続けた。

「それに、元の持ち主が私を捨てた理由も知りたいのです。置き手紙に書かれていた内容がすべてとは思えません。あんな単純な理由だけで捨てられたとは信じがたいのです。手紙の文面だけ見れば元の持ち主は私のことなどどうでもよかったように読めますが……私……私、そうではないと、ここで感じるんです。それからここでも」

フランキーは自分の頭、次いで体をとんとんと叩いた。確信はないが、心を示したかったのではないか。何にせよ、フランキーの気持ちはわかった。ボニーが身を乗り出してフランキーに腕を回し、抱きしめた。

「私たちが見つけてあげるよ、フランキー。心配しないで」

できれば言わないでほしいひと言だった。守れる保証のない約束をするのは残酷だ。

十七　ロボットの支え

日々の暮らしは僕たちの都合などお構いなしに続いていくもので、エイミーとタングがにぎやかに帰宅してああだこうだと報告を始めたものだから、こちらのニュースはその場では伝えられなかった。ただ、嬉しいこともあった。ボニーがまっすぐタングの元へ行き、彼を抱きしめたのだ。タングもエイミーもびっくり仰天している。ボニーの突然の態度の変化に、エイミーが説明を求めて僕を見た。

「あとで話すよ」と、唇だけ動かして伝えた。

エイミーは眉をひそめつつもうなずいた。一方タングはボニーの行動を素直に受け取ることにしたらしく、ボニーを抱きしめ返した。ふたりはそのまましばらく抱き合っていたが、そのうちにボニーがこう言った。

「タング、もう離してくれる？　力が強すぎるから」

タングが腕を解くと、ボニーは一方の手でタングの手を、もう一方の手でフランキーの手を握り、みんなで遊ぼうとふたりを居間へ連れていった。

「いったいどういうこと?」キッチンのドアを閉める僕に、エイミーが尋ねた。

僕がその日の午後の出来事やあきらかになった事柄を説明するのを、エイミーはほぼ黙って聞いていた。大きなグラスふたつにワインを注ぎ、雑多なものがしまってある引き出しからテイクアウトのメニューを取り出す。

「つまり、ボニーはずっと前からフランキーについていろいろと知りながら黙ってたってこと? 本人にも?」

「そうみたいだね」

「私……何をどう考えればいいのやら」

「わかるよ」

「ちょっと整理させて。ボニーはフランキーの機能についてはほぼ把握しているけれど、元の所有者については知らず、私たちにも突きとめさせまいとして持っている情報を意図的に隠してきた。フランキーにうちを出ていってほしくないから。ただし、それは自分が寂しいからというだけでなく、フランキーがいなくなったら、タングからボニーのせいだと責められると思ったから。そういうこと?」

「まあ、だいたいそんなところかな」

僕はマニュアルを取ってきてエイミーに渡すと、彼女がぱらぱらと目を通す間、黙って待った。

「一ページ、なくなってる」

「そうなんだ。元の持ち主がフランキーをうちに遺棄する前に、何らかの理由で破って、そのまま持ってるんじゃないかな」

「きっとその人の名前や住所が書かれてたんだわ」

僕はうなずいた。「僕もそう思った」

「となると、持ち主の名前や住所の手がかりもなければ、フランキーをうちに置いている正当性を立証するものもないって状況は変わらないわけね」

「そう。まあ、持ち主探しを続ける必要性をボニーも理解してくれたようなのはよかったけどな」

エイミーはうなずき、テイクアウトのメニューを開いた。

「フランキーのことで、ボニーが内心ではタングの気持ちをずっと気にかけていたのも嬉しいわ。私たちが考えていた以上にね」

エイミーのスマートフォンの着信音が鳴った。彼女は僕にメニューを渡してメッセージに目を通すと、僕にも見せようと画面をこちらに向けた。マンディとアンドリューからだ。週末に長男ティムの誕生日会があるのだが、イアンが、ボニーが来ないなら出ないと言っているので来てもらえないだろうかと書いてある。僕たちは揃ってため息をついた。

「ボニーは誕生日会に行っても楽しめないと思う」

エイミーはそう言ったが、僕はもう少し前向きに考えることにした。

「そうだな。でも、イアンがいればきっと大丈夫だよ。最初は緊張して尻込みするかもしれないけど、いざ始まってしまえば楽しくなるよ。たぶん……きっと」

「うーん、それはどうかしら。この間、あなたがボニーを連れてタングを迎えにいった時のことを思うと……」

「あれはまた状況が違うよ。あの時はボニーも疲れてて神経が高ぶってたし、かつての同級生たちが自分抜きでわいわいやっている場に入っていかなきゃならなかったんだ。改めて考えるとボニーにはあきらかに酷な状況だった」

自分で言っておきながら、僕自身が自分の言葉を信じていなかった。それでもエイミーは同意した。

「そうかもね。でも、大丈夫だと決めつける前にまずは本人の気持ちを確かめた方がいいわ。いやならいやと言う機会をあげないと」

「そうだな。いやとは言わないと思うけどな」

ボニーはいやだと言った。

「行きたくない。パーティは好きじゃない」

「ほらね」エイミーが僕だけにこそっと言った。

「好きじゃないのは知ってるけど、とりあえず行ってみようよ、きっと楽しいよ」僕は食い下がった。「年上のお兄さんお姉さんは好きだろ？」

ボニーが険しい目で僕を睨んだ。

「パーティに行くほど好きじゃない」

行き詰まった僕は、違う方向から説得することにした。

「でも、イアンがボニーを必要としてるんだ。イアンは、ボニーがいないならお兄ちゃんの誕生日会には出たくないと言ってる。だから、ボニーが行ってあげることがとても大事なんだよ」

ボニーは首を横に振り、腕組みをした。

「いやなんて言ったらイアンがかわいそうだよ。逆の立場だったら、イアンはきっとボニーのために来てくれるよ」

「そんなこと、どうしてパパにわかるの？　わからないでしょ！　イアンが何て言うかも何をするかも、パパには絶対わからない。みんな、わからない」

まただ……ボニーが急速に感情を高ぶらせていく。ここでこっちが引き下がればよかったのだろうが、僕は僕でいら立ち、冷静な判断ができなかった。

「いいから行ってあげようよ、ボニー。来てほしいってお願いされたんなら、行ってあげないと。友達なんだから」

「友達なら、友達にいやなことをさせたりしないもん！」ボニーはそう叫ぶと、怒って自分の部屋に駆け込み、例によってドアを乱暴に閉めようとした。

「あーあ、やっちゃったわね」エイミーが言った。

ところが三十分後、ボニーが一階に下りてきて、キッチンでテイクアウトの食事を取っていた僕たちの前に立つと、腰に手を当てて尋ねた。

「誕生日会はどこでやるの？」

「イアンの家だよ」

「子どもは何人来るの？」

「さあ。パパたちが知ってるはずがないだろう？」

エイミーがすぐに割って入った。

「十二人呼んだそうよ。イアンのパパとママからは、基本的には子どもだけのパーティと聞いてるけど、その場に残る親御さんもいるかもしれないわね」

「ママたちも残る？」

「残るわ」

僕はすっかり〝ボニーを送り届けたらエイミーとランチデートだ、イエイ！〟という気分で、実際そう提案しようと口を開きかけたが、エイミーの顔を見てそのまま閉じた。エイミーが何を考えているにせよ、反論の余地はなさそうだ。

ボニーは数秒間、僕たちの顔を交互にじっくり見つめると、大きく息を吐いた。

「フランキーも連れていっていいなら、行く」

僕はエイミーと顔を見合わせ、眉をしかめた。

「タングじゃなくて?」

「タングも来たいなら来ていいよ。でも、フランキーは絶対に連れていきたい」

エイミーは箸を置き、娘の前にひざまずいた。

「フランキーには訊いてみた?」

ボニーが眉根を寄せる。

「ううん。どうして訊かないといけないの?」

「もしかしたらフランキーは行きたくないかもしれないでしょう」

「フランキーはロボットだよ、意見を聞く必要はないでしょ」

僕はもう一度エイミーと目と目を見交わし、言った。

「ボニー、うちではロボットの意見を無視したりはしない。それはボニーもわかってるはずだよ。タングやジャスミンやフランキーみたいなロボットをただの機械みたいに扱うのは間違ってるってこともな。彼らにも自分の意見を言う権利はある」

「わかったよ」

げた。

ボニーは盛大なため息をつくと、くるりと向こうを向いて廊下に出て、声を張り上
「フランキー、今度パーティがあるんだけど一緒に来られる？」そこでいったん言葉を切り、僕が促そうとしたところで「お願いします」とつけ足した。

フランキーが家のどこか別の場所から大声で返事をした。「もちろんですよ、ボニー、喜んでお供します」

数秒後、ボニーがキッチンに戻ってきて、また両手を腰に当てた。

「これで満足？」


子どもがいやがっているのを知りながらそれをさせなければならないと、どうしてもかわいそうな気がしてきてしまう。それが子どものためになることで、行ってしまえば本人も楽しめるはずだとわかっていてもだ。

パーティならいつでも大歓迎のタングも当然行きたがったので、当初は子どもひとりを預かるつもりでいたはずのイアンの家族は、玄関先に現れたチェンバーズ家一同を、子どもも大人もロボットも丸ごと迎え入れることになった。いなかったのは猫のポムポムだけだ。イアンの家に向かう間、タングは延々としゃべっていた。いや、そのはずだった。ボニーが両耳を塞ぎ、金切り声でタングに〝黙れ〟と叫ばなければ。

タングは珍しく素直に従ったが、イアンの家に着くまでしょんぼりと胸元のガムテープをいじっていた。ボニーはタングがおしゃべりをやめたことをしっかり確かめてから、片方の腕を耳元から離してフランキーの手を握った。そして、タングがまた話し始めては大変とばかりに、もう一方の手と腕だけで何とか両耳を塞ごうとした。だが、ボニーのひどい癇癪《かんしゃく》を目の当たりにしたら僕やエイミーでさえ言葉を発するのが怖くなり、その後の道中は完全な沈黙が続いた。近頃のボニーは気分次第で独裁者みたいになる。それも頻繁にだ。娘がそうなるとその場の空気は恐ろしいほどに一変する。

エイミーはタングも連れていっていいか、事前にマンディに確認していた。大丈夫だろうとは思っていた。タングはものを食べないから、追加のチキンナゲットをどこかから調達してくる必要もない。それでもタングには、自分が行きたいからと言って人の家にいきなり押しかけてはだめで、前もって相手の都合を聞くのが礼儀なのだと教えておきたかった。同じことはボニーにも話してきかせたが、娘の場合はいきなり押しかけるという問題はまず起きないだろう。たいていの場合、少なくとも一週間前には予定がわかっていないと、そもそもどこにも出かけてくれないからだ。

どんな子どもにもそういう時期はあるのだろうが、我が家は日に日にボニーを——彼女のスケジュールや言い分を——中心に物事が進むようになっていた。学校を辞めた以上、親である僕たちの負担が増すのはもとよりわかっていたことだ。それでも、学校の規則や時間割から解放されれば、学習にある程度の自由度が生まれ、ボニーもやりやすいのではないかと想像していた。しかし、そうではなかった。ボニーはあらかじめ決めたことを決めたとおりにこなすルーチンを好んだ。そんな娘を見ていると自信が揺らいだ。学校を辞めさせたのは正しい判断だったのだろうか。これほどルーチンにこだわるのなら、単に転校させた方がよかったのではないか。しかし、それだとイアンとはやはり離ればなれだ。正解のない問題だった。

類は友を呼ぶと言うが、ボニーとイアンが一緒にいる様子を見ているとそのとおりだと感じる。

「これ以上、この問題から目をそらしてはいけないわね」誕生日会の途中で、エイミーがため息とともに言った。「医者に相談するべきだと思う」

「えっ、何で?」聞き返したが、いずれこの話になることはわかっていた。

エイミーは僕を見据え、ひとつ大きく息を吸った。

「それが自閉症の診断への第一歩だから」

自閉症という単語を聞いても、何をどう感じればいいのか、すぐにはわからなかった。エイミーがその言葉を発した瞬間、そうに違いないと納得したが、僕ひとりでは果たしてボニーの言動を自閉症と結びつけて考えられたかどうか。ボニーとイアンが似ているのはたしかだが、ボニーは……イアンほどではない。少なくとも傍目《はため》にはイアンほど顕著ではないように映る。自閉症のことは、対人関係などに問題や困難を生じるという以外ほとんど何も知らないが、僕自身はボニーにそこまで大きな問題があるとは感じていなかった。

「エイミーは本当にボニーが自閉症だと思うの？」

エイミーはうなずいた。

「思う。もはや無視できないところまで来ているわ……もちろん、私たちは親としてまだまだ未熟だし、世間は〝普通〟なんてものはないと言う。それでも……何かがボニーの抱える問題を引きおこしている以上、親としてどうしたらその問題を和らげてあげられるかを知る必要がある」

「それ、いつから考えてたの？」

「ここ数週間くらいかな。マンディからイアンを専門医に紹介してもらうことにしたと聞くまでは、私もその可能性は思いつきもしなかった。自閉症のことは知ってるつもりだった。まさかボニーがという思いもあった……でも、調べてみたらボニーの気になるところが全部当てはまったの」

僕はうなずいたが、食い下がらずにはいられなかった。

「イアンの真似をしてるだけってことはないのかな？　わかんないけど、たとえばイアンを安心させるためとか、孤独にさせないために」

エイミーが片方の眉を上げた。

「ボニーが人とそういう関わり方をすると、本当に思う?」

今度は僕がため息をつく番だった。

「いや。しないだろうな。そういう行動を取る以前に、そんなふうに行動しようとは考えもしない気がする。それにあの子はまだ五歳だ。もっと大きくならないと、なかなかそこまでの共感は示せないよな」単なる可能性として挙げるにしても、少し無理のある考えだったかもしれない。

「子どもが他の子を真似るのはよくあることよ。子どもたち同士を遊ばせている時に、お友達がタングの真似をしたりとかね。でも、とにかく今のボニーの状態を思うと、医者に会って、専門医への紹介が必要かどうかを判断してもらうべきだと思うの。自分でもいろいろ調べたのよ。でも、ボニーの中で何が起きているのか、私たちには推測することしかできない。専門家の助けが必要よ」

エイミーに〝いろいろ調べた〟と言われるたびに、僕は胸がざわつく。調べた内容が、異なる焼き加減ごとのステーキの焼き方なのか(ボニーの分はそもそも焼かないが)、国の法体系の全面的な見直しという急進的な考えに関することなのか、その中間くらいに位置する事柄についてなのか、あるいはもっとばかばかしいことについてなのか、想像がつかない。当たりのわからない宝くじと同じだ。僕にできる返答はひとつしかない。

「そうか」と、あくまで中立的に、不安などおくびにも出さずに返した。

「女の子の方が男の子より自閉症の診断が難しいって知ってた？」

「そうなの？」

エイミーが早々に診断の話をするとは思わず、少し面食らった。

「まあ、その心配をするのはまだ早いけどね。まずは最初の一歩を踏み出さないと」

僕は口をつぐんだ。毎度のことながらエイミーは正しい。それに彼女が専門家の意見を仰ぐべきだと言うということは、自分で調べられることはとことん調べ尽くしたということだ。そう思ったから、僕は自然とこう頼んでいた。

「参考になるリンクをいくつか送ってくれるかな？」

〝時間のある時に〟と言うつもりだったのだが、エイミーはその場でスマートフォンを取り出し、数回タップした。すぐに僕のスマートフォンから、妻からのメールの受信を告げる通知音が鳴った。一見して、かなり長く込み入ったメールだとわかる。僕はやられたと言うように天井を仰ぐと、笑ってエイミーを抱きしめた。

「君らしいや」

「準備しておくに越したことはないだろうと思ってね。ただ、唐突に送りつけるのもいやだったから適切なタイミングを待ってたの」

誕生日会の最中が果たして適切なタイミングなのかは少々疑問だが、わざわざ指摘するほどのことでもない。メールの中身を読むまでもなく、僕はエイミーの判断を信じた。

「病院の予約を取るよ」そう言ったら、

「それももう取ってあるわ」エイミーが決まり悪そうに答えた。

十八　評価《アセスメント》

ボニーの診察がいつになるかはわからなかったが、その場にロボットは連れていかないと、夫婦の間ではすでに決めていた。とは言え、タングが不服を唱えるのは目に見えていた。ボニーがエイミーか僕、もしくは僕たちふたりと出かけるなら、それは正式な家族のお出かけであり、当然自分も参加できるものと思っているのだ。そう解釈して構わないし、むしろかわいいとさえ感じるが、時と場合によっては誰かを置いていかざるを得ないこともある。自閉スペクトラム症の可能性のある我が子を、自分にはどこか悪いところがあるのだと悟らせることなく、診断のための診察に何度も連れていくだけでも十分に大変なのだ。そのうえ置いていこうものなら癇癪《かんしゃく》を起こすロボットまで引きつれていくとなったら、大変どころの騒ぎではない。

ただ、この問題はなかなか厄介だった。エイミーがボニーの自閉スペクトラム症を疑うようになったのにはボニーのフランキーとの関わり方も影響しており、それについては僕も同じ意見だ。専門医の診察にフランキーを同伴すれば、ボニーは喜ぶだろうし安心もするだろう。だが、タングは自分だけのけ者にされたと誤解しかねず、ただでさえ家族としてぎりぎりの落ち着きとバランスを保っている時にそれは避けたい。それにフランキーを同席させることでボニーが普段とは違う行動を取れば、評価チームはそれをもとに自閉スペクトラム症ではないとの診断を下すかもしれない。仮にそうなり、その診断が誤りだったなら、ボニーは生涯を通して必要となる支援をいっさい受けられなくなってしまう。それがどういった支援なのかは想像もつかないが。

しかし、先のことを心配しても始まらないし、そもそも専門医によるボニーの状態の評価《アセスメント》の前に、まずはかかりつけ医に相談しなくてはならない。幸い、かかりつけ医との面談にボニーを同席させる必要はなかったので、エイミーはボニーにもタングにも行き先を告げずにすむよう、ボニーがイアンの家で勉強する日で、なおかつタングが学校にいる時間帯に予約を入れていた。フランキーもボニーの勉強についていくと言うので、彼女への説明も省けた。フランキーのマニュアルの存在が自分だけの秘密ではなくなったボニーは、イアンたち一家にマニュアルを見せたがっていた。

「いろんな言語で書いてあるから、きっと気に入るよ」ボニーが言った。

そうかもしれない。ついでに内容を読みとく手助けもしてもらえるかもしれない。

ただ、後ろめたさはあった。ボニーのことで医者に会うのに、その場にボニーを連れていかないのはひどく間違っているように思えた。だが、ボニーを連れていきながら、まるでそこに本人がいないかのように、娘に問題がある気がするのだと医者に話すのはもっと間違っている。それに、この診断手順はさまざまな団体や学会のサイトを見て調べたもので、かかりつけ医との面談はその第一ステップだった。

イアンの家に行く支度をする間、ボニーはいつも以上に静かだった。

「どうして行くの？」玄関の前でボニーが尋ねてきた。

「行くって、どこに？」

「お医者さん」

「どうしてパパたちが医者に行くことを知ってるんだ？」

いけないいと思いつつ、僕はついちらりとエイミーの方を見てしまった。

「パパたちが話してるのを聞いたから」

くそっ。

「ただの健康診断よ」エイミーはそう答えたが、僕と視線を交わしたのは失敗だった。

「嘘だよ。ただの健康診断ならそうやってふたりでちらちら見合ったりしないもん」

娘の指摘にふたりして慌てて辺りをきょろきょろした。図星を指されたと認めているようなものだった。

「パパたち、死んじゃうの？」ボニーが出し抜けにそう言った。

「えっ？」

ふたり同時に聞き返した。その勢いに驚いたのか、ボニーが後ずさりをして背後の壁の、セントラルヒーティングの放熱器《ラジエーター》にくっついた。僕はその場にひざまずき、ボニーに向かって両腕を広げたが、考えてみれば娘は抱擁など望まない気がする。それでもここで腕を下ろせば、僕がボニーに失望したように映りかねない。だから両腕を広げたままにした。感情に訴えるゾンビみたいだ。

「ごめんね」と、エイミーが謝った。「ボニーを脅かすつもりじゃなかったの」

「ママもパパも死なないよ、ボニー。心配しなくていい」

「わかった。じゃあ、私が死ぬの？」

「まさか！　違うよ。ボニーは死なない」僕は否定した。「死ぬわけがないよ」

「じゃあ、私のどこが悪いの？」

「ダーリン、どうして自分のどこかが悪いと思うの？」

エイミーはそう問いかけ、僕の隣にしゃがんだ。

ボニーはずいぶん長い間、じっとこちらを見つめていた。僕たちは娘を急《せ》かすことはせず、黙って待った。僕は腕を下ろした。

「だって、悪いところはあるはずだもん」しばらくして、ボニーはそう言った。「私は他の子たちと違う。学校で、私はみんなと違ってた。タングは他の子たちと同じだけど、私は違う。私は壊れてる。私、どこが悪いの？」

堰《せき》を切ったように言葉があふれ出た。しばらく前から娘なりに考え続けてきたのだろう。ただ、ボニーの口調は淡々としていて恐れは微塵も感じられなかった。娘の言葉に激しく動揺する僕と、おそらく同じ気持ちのエイミーをよそに、本人は平然としている。たとえるなら、僕が診察した動物の診断について説明を求めているかのようで、心が分離しているように見える。この時点で僕は娘の診断結果を確信した。

僕はひとつ大きく息を吸った。

「今日、パパとママは医者に会う。先生からは、ボニーについていろんなことを訊かれると思う。それが終わったら、ひょっとすると先生から、今度はボニーも一緒に他の先生方の診察を受けてくださいと言われるかもしれない。先生方の話を聞くことで、パパとママがどんなふうにボニーを助けたらボニーが今よりもっと生きやすくなるか、理解する助けになるはずだ。でもな、ボニーは壊れてるわけじゃないんだよ。これから会う先生たちは、ボニーが考えているみたいに壊れたボニーを〝修理する〟わけじゃないんだ。先生たちは、パパたちがボニーの周りの世界を整理して、ボニーが幸せに生きられる場所にするお手伝いをしてくれるんだよ」

「でも、どうして私の周りの世界を整理しないといけないの？」

そこから先はエイミーが引き取ってくれた。

「それはね、周りの世界との関わり方が、ボニーは他の人とは違うからなの。そして、周りの世界は、ボニーとは考え方の違う人たちによって作られているの。それでもボニーはひとりじゃないよ。あなたと同じようなものの見方をする人はたくさんいる。ただ、そうではない人の方が多いってだけなの」

ボニーはため息をつくと、そばに戻ってきて、抱擁を求めて僕に寄りかかった。そして「わかった」と言うと、靴を履き、コートを手に取り、玄関を出て車に向かった。


僕たちはボニーとフランキーをイアンの家に送りとどけたその足で医療センターに向かった。道中エイミーは無言だったが、僕もしゃべりたい気分ではなかったから、あまり気にしていなかった。

だが、認識を共有しているつもりの相手から、予期せぬ変化球が飛んでくることもある。医師に相談しようと言い出したのはエイミーだ。ボニーの診断を仰ぐべきだと言ったのも。それなのに――。

「やっぱり病院に行く必要なんてないのかも」エイミーが、僕とふたりで作成した、ボニーの自閉症を疑う根拠をまとめた書類のファイルの角をいじりながら、助手席でもぞもぞと座り直した。

「えっ?」

「考えてみたら、娘にとって何が最善かを他人にとやかく言われるのもどうなのかなって」

「別に他人に決めてもらおうって趣旨ではな……」

「そもそもボニーは学校には行ってないんだもの」エイミーが僕を遮《さえぎ》って続けた。

「診断結果を教えることが果たしてボニーのためになるかしら?」

「診断がついたとして、それをボニーに隠しておくわけにはいかないよ……」

「どうして?」

「第一に、いずれはボニーも知ることになる。あの子は賢い、自分が他の子と違うことを自覚してる」

「他の子と違うからってどうだって言うの?」

「違ってたっていいと、僕だって思ってるよ。だけど、現実にはその違いが問題になるんだ! この先もホームエデュケーションを続けたとしても、いずれはボニーも働かなきゃならないし、大学に進学するかもしれない……僕たちと同じようにはあの子を理解していない人たちともつき合わなきゃならないんだ。人からおかしな人のように扱われたら、ボニーはどうすればいい?」

「あの子はどこもおかしくなんかないわよ!」

「わかってるよ! それでもボニーは……普通とは違うんだよ、エイミー。最初にそれを言い出したのは君の方じゃないか!」

「普通とは違うなんて、自分のことは棚に上げてよく言うわよ。ロボットのパパのくせに」

「それはないだろ、エイミー」

おおありだった。

「おおありだと思うけど」エイミーは言った。

すでに病院のすぐ近くまで来ていた。生じた迷いに何らかの決着をつけなくてはならない。話をボニーに戻さなければ。

「もしボニーに診断が……」

「ボニーはまだ小さい！」エイミーが叫んだ。「あの子に必要なのは診断なんかじゃない、理解してもらうことよ！」

「そうだよ！　理解されることだよ！　だけどそれまでの間はどうするんだ？　世間があの子を理解してくれるのを待つ間。ボニーはどうすればいい？　周りから勝手な憶測をされても我慢させるのか？　一生、困難な戦いを続けさせるのか？」

議論が堂々巡りをしている気がした。

「そうよ！」エイミーが嚙みつくように言った。「ボニーは強い、そんな人たちは相手にしないわ」

「それは君だろ、エイミー！　君ならそうする。だけど、今話してるのはボ、、、ニ、、、ーのことな、ん、だ」

エイミーは拳《こぶし》で殴られたような顔をした。ただし、殴ったのは僕ではない。僕も一度ならず自分の常識に当てはめてボニーのことを論じてしまったが、今のエイミーもそうで、誰もが自分と同じように物事に対処するという誤った思い込みをした。僕は医療センターの駐車場に車を入れてとめた。

「ごめん」と、謝った。「今のは言い過ぎた」

「ううん、あなたの言うとおりだわ。少なくとも今のは。ボニーが人の無理解を前にしてどうなるかなんて、私にわかるはずがないのよね」

「君はどうしたい？」

エイミーは入り口の扉を見た。ちょうど老人が入っていくところで扉は開いていた。エイミーはかぶりを振った。「わからない」

「ここまで来たんだ。ひとまず先生に会ってみないか？　話だけでも聞いてみよう」

イアンの家へと再び車を走らせる間、僕たちは無言だった。さっきみたいな激しい言い争いになることは、もうないだろう。医師からはいろいろと考えるべき宿題を出されたが、僕たちの見立てには医師も全面的に同意した。すぐに専門医に紹介するとも言っていたが、かなり待たされることは覚悟してくださいとの話だった。

「それはボニーが女の子だからですか？」

思わずそう口走ったら、エイミーに手をぎゅっと握られた。医師は顔をしかめた。

「そうではなく、診察の順番待ちをしている人が大勢いるからです」

暗い顔で言葉少なにボニーを迎えにいきたくはなかった。それではあの子を不安がらせてしまう。

「今夜はふたりでデートしようよ」雰囲気を明るくしたくてそう言った。

「デート？」

「うん、映画でも食事でも……とにかく出かけようよ」

反対されるかと思ったら、エイミーはにっこり笑った。

「アナベルに連絡してみるわ。ちょうど大学が一週間の中休み中で、何日か実家に戻ってるみたいだから。お小遣い稼ぎにベビーシッターをしないか訊いてみる」

ふたりで話し合って映画を観にいくことにした。たぶん、お互いに今日の面談の話はしたくなかったのだ。そもそも紹介先の専門医に会うまではたいして話せることもなく、その診察がいつになるかも見通せない状況でこれまでのやり取りを一からやり直しても、得られるものなどほとんどない。

僕たちの悩みはさておき、ボニーがイアンとの時間を楽しめたのはよいことだった。ボニーがイアンとなら機嫌よく過ごせるのはいつものことだが、今日はフランキーのことを堂々と自慢できたとあって、いつにもまして満足そうだった。そして、予想どおりマンディとアンドリューはフランキーのマニュアルに複数の言語で書き込まれたメモに興味を示した。少なくともマンディはそうだった。アンドリューがどうかは傍目《はため》にはわかりにくい。ちなみにマンディたちが見ても一部の書き込みは判読しづらかったらしい。僕が別の言語だと思っていたものの中には書き手独自の速記文字も含まれていた。

マンディが一枚の用紙を差し出した。書き込みがわかる範囲で翻訳してあった。たとえばこんな感じだ。

〝B271‐1部品交換。別のルート必要。〟

何のことだかさっぱりだ。他にもこんなものもあった。

〝新しいRAM互換性なし。要アップグレード。〟

個人的に一番気に入ったのはこれだ。

〝片方の眼窩《がんか》、緩い。原因不明。要調整。〟

僕はエイミーを肘《ひじ》でそっと突き、その一文を指差した。エイミーはうんざりと天井を仰いだ。

「……でしょうね」

十九　非難

　その夜、僕たちはポップコーンをひたすら頬張りながら、映画館でくつろぎのひと時を過ごした。感情を揺さぶる作品は避け、気楽に観られて余計な考えごともしないですむ、軽めのアクション映画を選んだ。帰りの車内では映画の話はほとんど出なかったが、ふたりともそれなりに楽しんだ。

「アナベルを家まで送ってくるよ」

　自宅の玄関を入ってすぐにそう言ったら、エイミーもうなずいた。

「私は上に行ってボニーの様子を見てくるわ」

　アナベルは、僕たちの留守中にこれといった問題は起きなかったと言った。ボニーはアナベルにもフランキーのマニュアルを見せたものの、寝る時間についてはそこまでごねなかったらしい。

「ボニーは自分でちゃんと寝る支度をしてえらいよね」

　アナベルの言葉に僕たちはうなずいた。

「うん、あの子はほんとにお利口さんだよ」

「そうだよね」アナベルはまだ何か言いたげだったが、そのまま口をつぐみ、エイミーにじゃあねとだけ告げるとコートと鞄を手に車に向かった。

我が家と姉一家の家とはそう離れているわけではない。昼間なら問題なく歩いて帰れる距離だ。だが、いくら治安のよい地域でも、夜間に姪をひとりで歩かせたくはない。万が一にも何かあったら姉は一生僕を許さないだろうし、僕も自分を許せなくなる。

道中おしゃべりに花が咲くとは思っていなかったが、ひとつ、アナベルに訊きたいことはあった。

「この前、一方的に電話を切ったこと、ブライオニーは怒ってるかな？」

アナベルは渋い顔をした。

「全然。その時点で怒ってたとしても、もう怒ってないよ。もっと大きな問題があってそれどころじゃないから」

うんざりと天井を見上げるアナベルに、問題とは彼女自身のことなのだと思った。

「ブライオニーと仲直りしたんじゃなかったのかい？」

「前ほどぎくしゃくはしてないよ。でも、私が家を出るのは反対みたい」

「まあ、気持ちはわかる。アナベルがいなくなったら寂しいんだよ」

「たぶんね」一瞬口をつぐんでから、アナベルは続けた。「それはそうと、私はベンたちに賛成だよ」

「何の話？」

「ボニーを診てもらうこと。正しいと思う」

不意を突かれた。運転中で助かった。おかげで答えを考える間、当然のように道路だけを見ていられた。それでも、「そう？」と返すのが精一杯だった。

「うん。いろいろ読んだの。みんな、診断は受けないより受けた方がいいって言ってる」

「みんな？」

「ほら、支援団体とか、医療の専門家とか、同じような子どもを持つ親とか」

「ちょっと待った……そもそもどうしてアナベルが知ってるんだ？」

アナベルが呆れて目をぐるりとさせたのが気配で伝わってきた。

「ボニーが、今日ベンたちが医者に会いにいったことを教えてくれたの。自分のことで行ったんだって。理由は言わなかったけどね。説明してくれたのは、自分が他の子たちとは違うからだってことだけ。でもボニーのことは前にママも話してたの。家族のことに首を突っ込まずにいられない人だからね。で、ふたつの話をつなげて考えて、そういうことかとぴんときたの。でも、仮にボニーやママが何も言わなかったとしても、やっぱりわかったと思うよ。ボニーは正しい。あの子は他の子どもとは違う」

僕はため息をついた。

「誤解しないでね」アナベルが落ち着いてと言うように両手を掲げた。「ボニーは他の子よりすごいと思う。私の小さい頃よりずっと賢いし」

中年の僕からしたら〝アナベルもまだ子どもだよ〟と言いたくなったが、そのひと言はのみ込み、アナベルが口にした別のことについて尋ねた。

「ママからボニーのことを聞いたって？」

「うん、まあ……」

歯切れが悪い。アナベルの考えていることが手に取るようにわかった。母から聞いたと認めてしまったことで、このあと母と叔父との間で勃発するはずの新たな喧嘩に自分も巻き込まれると思っているのだ。

「心配しなくてもアナベルから聞いたとは言わないよ」

姪がほほ笑む。

「ブライオニーはボニーのこと、何て言ってたんだ？」

「別に……たいしたことは。ボニーにそれっぽい症状があるのはだいぶ前から気づいてたって。それだけ」

「へぇ。なるほどね」腹を立てるなと自分に言い聞かせたが、無理だった。「そもそもブライオニーは僕たちがボニーの自閉症を疑ってることをどうやって知ったんだ？　エイミーから聞いたのか？」

アナベルが大きく見開いた目で僕を見た。

「それは知らない。ほんとだよ。でも、仮にエイミーが話したんだとしても怒らないで。私たち家族でしょ？　みんな、望むことは一緒でしょ？　大事なのは家族みんなが幸せであること、そうじゃないの？」

アナベルがふいに黙った。堰《せき》を切ったようにあふれ出た言葉は、ボニーのことというよりはアナベル自身の母との関係を表している気がした。

「どうした、アナベル？」

そう尋ねたが、世代間の交流の扉は再び閉ざされ、アナベルはそれきり何も話してはくれなかった。

苦いものがこみ上げてきた。今日一日のストレスだけで手一杯なのに、新たな問題にまでうっかり足を踏み入れてしまった。怒りがブライオニーに向いた。家族のすべてをコントロールするブライオニー。彼女が不機嫌になるたびに家族は萎縮してその顔色をうかがってしまう。今は僕の方がそんな姉にむかっ腹を立てていた。

家の前でアナベルを降ろして、そのまま帰るべきだった。だが僕はそうしなかった。

姪が二階の自室に下がるのを待ち、ブライオニーを探しにいった。姉はカーテンを開けたままの居間で明かりもつけずにノートパソコンの画面を見つめていた。ワインが一本、ほぼ空いていた。最後の四分の一は姉が手にしているグラスに入っている。幸せな人の夜の過ごし方には見えない。姉にむかつきながらも心配になった。開いていた居間のドアをノックしてから、中に入った。

「ブライオニー？」

僕の声にブライオニーはさっとパソコンを閉じ、眼鏡を外すと、すばやく立ち上がって傍らのスタンドライトのチェーンを引いた。部分照明をつけても部屋の暗さはたいして変わらなかった。

「ベン……私……アナベルは無事に帰ってきたのね？」

「うん。送ってきた」言わずもがなの説明だが、しんとするよりましだ。

「デートは楽しめた？」

「うん、ありがとう」

答える前に一瞬口ごもったのをブライオニーは見逃さなかった。追及される前に、僕は慌てて続けた。「デイブはいないの？」

「フライトよ。また」

最後のひと言は姉の足音みたいに重かった。僕は姉のそばに行き、ソファに腰を下ろした。ワインのボトルを手に取り、目をこらして中を見ていたら、ブライオニーがサイドボードからグラスを取ってきてくれた。僕はわずかに残っていたワインをグラスに注いだが、すぐには口をつけなかった。

「もう一本開けてもいいわよ」申し訳なさそうにも開き直っているようにも聞こえた。

「いや、いいよ。運転するし」

ブライオニーはソファに座り直すと、グラスをあおるようにしてワインを飲んだ。

「ブライオニー、大丈夫か？」

「何が？」

僕は薄暗い部屋と、閉じられたノートパソコンを示した。

「別に問題なんてない」

突き放すように心を閉ざした姉に、またしてもいら立ちがこみ上げてきた。

「あっ、そう」僕は立ち上がった。「だったら好きにしなよ」

玄関の前まで来た時、ブライオニーが居間から出てきてまくし立てた。

「あんたはいいわよね。結婚生活も仕事もうまくいってて、愛すべき風変わりな子どもたちもいて。家に帰ったらエイミーと抱き合って、悩みも問題もふたりで解決するんでしょうよ」

きょうだいというものは相手を怒らせるつぼをよく心得ている。頭にくるほどよく心得ている。僕は両の拳《こぶし》を握った。子が親の真似をするのとは逆で、ボニーの仕草が親の僕に移ったらしい。冷静に返事をしようと大きく息を吸ったが、結局、姉と変わらない剣幕で言い返してしまった。

「やっぱり今日の面談のこと、知ってたわけだ。そりゃそうだよな！　うちの家族は人の問題に首を突っ込まずにはいられないやつばっかりだもんな。みんなの意見を聞くまでは、自分たちのやり方で物事に対処することさえ許されない！」

「何が言いたいのよ？」

「だったら教えてくれよ」ブライオニーの質問には答えずにそう言った。「自閉症の子どもについてそんなに詳しいなら、ご教示願おうじゃないか。そのすばらしい見識をぜひとも披露してくれよ」

言いながら、軽くお辞儀をした気がする。自分でもよくわからない。何にせよ姉を怒らせたのは確かだ。

「私じゃなくてもボニーに問題があるのはわかるわよ。誰が見たってあきらかじゃない！　学校だって最初の一年だけで通えなくなっちゃったんだから！」

「ふーん、なるほど。その意見も参考にさせてもらうよ。いつか言ってやろうとずっと思ってたんだろ？」

「学校を辞めたのは正しい判断だったと思うわ。私に言われてもむかつくだけだろうけど。ボニーにとっては最善の選択だったと思う」

「へえ、意外。姉さんから褒《ほ》められるなんてな。初めてだよ！」

「いつまでそんな子どもじみたこと言ってるつもり？」

最後の正論にはっとして、一気に冷静になった。

「ボニーに学校を辞めさせるという僕たちの決断をどう思ってるか、ブライオニーは今まで何も言わなかった。一度もだ。それを今になってぶつけるか？　何でだよ？　どうせならもっと早く聞きたかった。自分たちの判断は間違ってたんじゃないかとずっと悩んでたのに……」

ブライオニーは腕組みをして足元に視線を落とした。それを見て、自分も同じことをしているのに気づいた。

「余計な口出しはしたくなかったのよ。ベンの言うとおり。私は、自分は何でもわかってるように振る舞ってしまうから。戻ってワインを飲んでいかない？」

僕たちは居間に戻り、姉の高級なイタリアンレザーのソファセットに直角の位置関係で向き合うように座ると、そのまましばらく黙っていた。ソファの飾りボタンのひとつの縫い目がほつれていて、僕はそれを指先で引っ張った。

ふいにブライオニーが静かに笑い出した。苦く陰気な笑いだった。かぶりを振る仕草に姉の気持ちが表れていた。

「ジョージーはゲイなの」ブライオニーが言った。「何週間か前に本人から打ち明けられた」

僕はうなずいた。

「知ってたの？」

「いや。でも、驚きはしないよ。ゲイじゃだめなのか？」

「だめなんかじゃないわよ。ただ……ショックだっただけ」

「ショック？　本気で言ってるのか、ブライオニー？」

「そうよ、ショックよ。別に驚いたって言ったわけじゃない。そのふたつは別物だもの。そっちこそどうして驚かないの？　アナベルから何か聞いてたの？」

「何も。でも、教えられるまでもない。この前うちでパーティをした時、僕はジョージーがシェリーに会ったら、エイミーがフロリアンを見た時と同じ顔をすると思ってた。でも、ジョージーもフロリアンを見てエイミーと同じ顔をした。シェリーには見向きもしなかった」

「びっくりした。ベンって案外私より鋭いのね」

僕はかろうじて〝まあ、あれは誰が見てもわかるよ〟というひと言をのみ込んだ。それでよく弁護士が勤まるなと思うのは、これが初めてではない。姉の弁護スタイル――という言い方があるのか知らない――はエイミーとはまったく違うのだろう。

それから数分間、僕たちは無言で座っていた。沈黙を破ったのは、僕がローテーブルからグラスを取ろうとして立ててしまった、こすれるような音だけだ。やがて、ブライオニーがため息をついた。

「ひとりはゲイで、ひとりは家を出て元講師のロボットの恋人だか何だかと暮らそうとしてる。子どもたちには強い絆で結ばれた、仲のよい、安定した家庭を与えてきたつもりだったのに。私、何を間違えちゃったんだろう？」

「待った。ジョージーは別にブライオニーの〝間違い〟のせいでゲイになったわけじゃない。誰も何も間違ってない。ジョージーはジョージー。たまたま男を好きだっただけだ」

「わかってるけど、ゲイとして生きるのは大変よ……」

僕はブライオニーの言葉を遮った。

「ブライオニー、今この瞬間、ジョージーの人生を大変にしてるのはブライオニーのその態度だよ」

ブライオニーは口を開けたまま、はっとして僕を見つめた。弟の指摘にも一理あるのか。しばらく考え、あると気づいたらしい。姉がそれを認めるにはとてつもなく劇的な考え方の転換が必要なはずで、葛藤が顔に出ていた。それでも認めようと努力するところは尊敬する。不思議なもので、ロボットの甥を受け入れるよりゲイの息子を受け入れる方が難しいこともあるのだ。

それはさておき、ブライオニーが批判を甘んじて受けただけで終わるはずはない。

「そういうあなたとエイミーはどうなのよ？」と切り返してきた。

「どうって、何が？　別に問題なく、仲よくやってるけど」

「違う、夫婦としてじゃなくて、親としてって意味」

「何だよ、それ」

「私のこれまでの人生の選択をどうこう言えた義理？　そっちだって子どものひとりはロボットで、もうひとりは……」

「もうひとりは何だよ、ブライオニー」

「わかるでしょ……」

わかっていた。もちろん、わかっていた。だが、そんなふうに言葉を濁《にご》してすまされる問題じゃない。相手は姉だし、姉のことは大好きだが、その思考の道筋はもはや僕の許容範囲を完全に超えていた。姉のことはよく知っているつもりでいたが、ここまで狭量な人だとは思わなかった。

「いや、わからないね、ブライオニー。はっきり教えてくれよ」

姉が深く息を吸って僕を睨む。そんな彼女を僕はじっと見下ろした。かつての僕なら姉にこんなふうに睨まれたら黙り込んだだろうし、エイミーに同じ顔をされたら今でも何も言えなくなることはある。それでも僕もいい歳で、今日子どもが生まれましたという新米パパでもない。世界の誰を敵に回そうとも僕はボニーの味方だ。

ブライオニーは両肘を膝《ひざ》について身を乗り出すと、声を落とした。まるで、あなたの娘は連続殺人犯よと告げようとしているか、隣近所に知られてはならないと警戒しているみたいだ。

「つまり、それ系の特性があるってこと」

僕はソファに身を沈め、姉の言葉を払いのけるように手を振ってから、両手をポケットに突っ込んだ。

「ああ、そのことか」と、大きな声で言った。「自閉症ってこと？」

ブライオニーは慌てた顔でしーっと言った。

「そうだよな、ブライオニー。姪っ子の脳の機能が自分とは違うなんて、ハーリー・ウィントナムの人たちには絶対に知られたくないよな。もはや会員でもない地元のゴルフクラブとか、通ってもいない教区教会で罵《ののし》られたりしたらたまったもんじゃないもんな。それとも、牛乳を買いに出ただけで道で呼び止められそうで心配か？」

「幼稚なこと言わないで」ブライオニーはぴしゃりと言った。「私は私なりにボニーを守っているのだとは、考えもしないわけ？」

ブライオニーの言葉の鞭《むち》に、一瞬何も言えなかった。顔をしかめ、「どう守ってるって言うんだよ?」と返すのが精一杯だった。

ブライオニーも僕の真似をするようにソファに深くもたれた。

「ベンがどんなに柔軟で、多様性を認めていようと、そんなの関係ないの。みんながあなたと同じなわけじゃない。特にこの地域では。この町の人たちがベンみたいな価値観にたどり着くまでには時間がかかる。ベン以上にね。そういうものの見方に至るのを後押ししてくれる、個人的な何かがあるわけでもないし。ベンにとってのボニーみたいな存在は。それにそもそもベンにはボニー以前に、タングと向き合ってきた経験がある」

「タング? 今の話にタングが何か関係あるか?」

「もしタングという、あなたにくっついて離れない、あなたを父として、友として必要としているロボットに、心を開いて柔軟な頭で向き合わなくてはならないという経験をしていなかったなら、あなたの言う、ボニーの〝脳の機能が違う〟ことを、今みたいに素直に受け入れられてたと思う?」

姉の指摘はもっともだった。ただでさえ変わり者と思われているのに、今以上に奇異な目で見られるようになれば、ボニーはきっとつらい思いをする。それに、いまだ古い価値観が残るいわゆる郊外の田舎町では、自閉症の子どもは恰好の噂の種であり、噂はひとり歩きしてあっという間《ま》に広がる。

僕はため息をつき、うなずいた。ブライオニーは自分の意見の正当性を認めさせて満足したのか、すっきりした顔だ。そこで終わりにしていればよかったのだろう。だが、僕はあることに気づいてしまった。

「今のはつまり、ボニーに自閉症の検査が必要になったのは僕やエイミーの育て方が悪かったせいってことか？」

「診断を求めることが間違いだとは思ってない。検査を受けさせるのは親として当然よ」

「検査は当然。だけど、僕たちに親として何かしら無責任なところがあって、それが原因でボニーは自閉症になったと、そう言いたいわけだ」

「そうは言ってない」

「言わなくてもわかるよ！　そんなふうに非難する前にちゃんと調べろよ、ブライオニー。調べていれば、育て方の問題なんかじゃないとわかったはずなのに！」

「ごめん。今のは私が悪かったわ。たしかに私は自閉症についてほとんど何も知らない。もっとちゃんと勉強するわ」

「そうしてくれ」

姉もこれ以上言うべきことなど残ってないだろう。そう思った次の瞬間だった。

「でも、私の家族にも必ずしもいい影響があったとは言えないわよね？　あなたたちの型破りな家庭や生き方は……」

そら来た。やっぱりな。予期していた瞬間がついに訪れた。返事をする気にもなれない。実際には問題でさえない問題の責任を誰かに転嫁したいなら、勝手にすればいい。だが、それをしたところで何も好転しない。

ブライオニーの話は終わっていなかった。姉がため息をつく。それが自分とそっくりで、こんな時、やはりきょうだいなのだと実感する。

「私はただ、ボニーも普通の家庭で育っていたなら、ひょっとして……」

ぱっと立ち上がってソファの肘《ひじ》置きからひったくるようにジャケットを取るまで、きっかり〇・五秒しかかからなかった。僕は暗い居間に姉を残し、部屋を出た。向こうはきっとわからず屋の弟だと思っているだろう。

猛然と玄関を出て、ドアを叩きつけるように閉めた。車に乗り込み、事故を起こさないぎりぎりのスピードで、姉がじっと座っている家から走り去った。今回は僕を追いかける気はないらしい。ブライオニーの無神経さに腸《はらわた》が煮えくり返った。だが、同時に、姉の言い分もあながち不当とは言い切れないのかもしれないという思いが僕を苛《さいな》み始めた。

二十　ロボット・イン・ザ・カー

帰宅したらエイミーはボニーのベッドで一緒に眠っていた。本当は今すぐエイミーに大丈夫だと言ってもらいたかったし、彼女を抱きしめたかったが、起こすのも悪い。それにボニーまで起こして不安がらせたくはなかった。だから、気持ちを抑えて寝室に下がったが、安眠などできるはずもなかった。ちっとも寝つけないまま、最後に時計を見たのは午前三時で、次にはっとして飛び起きたら今度は寝過ごしていた。エイミーもボニーもいなくなっていた。

動物病院に電話して出勤が遅れることを伝えると、家中を走り回って妻と娘の姿を探した。エイミーのスマートフォンに留守電のメッセージも入れてみたが、それから少なくとも十分は折り返しの電話はなく、その間僕はずっとそわそわしていた。フランキーがそばに来た時には、キッチンカウンターを指先で叩きながら次にすべきことを考えていた。

「ベン、心拍数が上がっています。大丈夫ですか？」

「大丈夫じゃない……いや、大丈夫だ、フランキー」そう答えつつ、無意識に歯を食いしばっていた。「ただ……ただ、エイミーとボニーの居場所がわからなくて」

「ああ」と、フランキーが言った。「ごめんなさい、すぐにお伝えするべきでした。エイミーから伝言を預かっていたんです。ベンのことはこのまま必要なだけ寝させてあげたいから、自分がタングを学校まで送って、ボニーを連れて仕事に行くと。昼休みにボニーを連れて戻るから、心配しないでと言っていました」


伝言どおり、エイミーは昼にはボニーを連れて裁判所から戻ってきた。午前中、僕は生産性のあることなどほとんどできないまま、ひたすら部屋を行ったり来たりしていた。今から帰るとエイミーから連絡を受けてすぐに、ボニーの昼食用のチキンナゲットとワッフルをオーブンに放り込むことだけはしておいたが、薄茶色の食事を用意したところで親としての罪悪感は薄まらず、しつこいスズメバチみたいに心の隅に留まっていた。

僕がボニーに向かって両腕を広げたら、娘は抱きしめさせてくれた。そして、お昼を食べたいからもう離してと言った。

「ボニーなら大丈夫よ」

すでにブライオニーから連絡を受けているのだなと、エイミーの表情を見てぴんと来た。エイミーは夫婦の絆よりブライオニーとの友情を優先させるだろうか。ふとそんな思いが脳裏をかすめた。

だが、エイミーは靴も脱がずに真っ先に僕を抱きしめ、安心させてくれた。

「うちのことは放っておいてと言っといたわ」僕が尋ねるより先に、そう言った。

「愛してる。ごめん、またしても僕とブライオニーの板挟みになっちゃったよな」

「私も愛してる。謝ることはないわ。まあ、できれば勘弁してほしいけど……」

僕が体をこわばらせたら、エイミーは笑って僕の腰をぽんぽんと叩いた。

「うそうそ、冗談よ。落ち着いて」

僕たちはそのまましばらく抱き合っていた。エイミーが味方でいてくれる安堵感に包まれていくのを感じた。今でも時折不思議に思う。エイミーがそもそも僕を愛してくれていることも、立派なことなど何ひとつできない僕の元に、それでも帰ってきてくれることも。エイミーは僕とよりもブライオニーとのつき合いの方が長い。僕たちきょうだいがいつか絶縁するようなことがあれば、エイミーはふたりのいずれかを選ばざるを得なくなるのだろうか。エイミーの心がつねにボニーのそばにあり続けることだけはたしかだが、彼女にそんな苦しい選択を強いたくはない。

申し訳なさが押し寄せてきて、エイミーのぬくもりをかき消した。僕は体を離した。

「ごめん」

「今度は何を謝ってるの？」

「ブライオニーが僕のことで文句を言いに君に電話するのはわかりきったことだった。君が板挟みにならないように気をつけるべきだったのに。つらい立場に立たせてしまった」

「ベン、言ったでしょ、そのことなら心配しなくていい。私もいい大人だし、議論することを生業としてるんだもの。ふたりの間に立つくらい、どうってことないわ。ブライオニーが何を言おうと、私はベンの味方。あなたもそれはわかってるでしょ。まあ、今回は私から電話したんだけどね」

「どうして？」

「心配だったから。アナベルを送っていったきり、なかなか帰ってこなかったし……何となく、ブライオニーと喧嘩したんじゃないかって気がしたの。ちなみにブライオニーはあなたにブチ切れてる感じではなかったわよ」

「本当に？」

「本当に。むしろ……気にしてた。ブライオニーは頑固なところはあるけど、越えちゃいけない一線はちゃんと認識してる。まあ、その一線を越える前に必ずしも立ち止まって考えないけどね。それでも認識はしてる。越えたあとで」

「たしかに。こっちから電話した方がいいかな？」

「必要ないわよ。向こうがかけてくるまで放っておけばいい。悪いのはブライオニーなんだから、自分で後始末をさせないと」

「愛してる」もう一度言って、エイミーを再び抱き寄せた。

エイミーは午後には仕事に戻らなければならなかったので、僕は職場の動物病院にボニーとフランキーを連れていくことにした。病院に向かう車の中でフランキーのシステムが停止してしまったが、ボニーももはや慣れたもので、やれやれという顔をすると、フランキーの体の正面にあるパネルを開き、いったん電源を切ってから再度オンにした。フランキーのこの不具合もいい加減に何とかしないとなと、バックミラー越しに目だけで語りかけたら、ボニーもそうだねと目だけで同意した。

フランキーのことを勝手にいじるなという先日の僕の注意については、いまいち伝わっていない気もしたが、フランキー自身にさほど気にする様子もなかったので、ここで改めてボニーに確かめるのはやめておいた。

動物病院に着くと、僕はボニーとフランキーをスタッフルームに連れていき、ボニーには希釈タイプのフルーツジュースとサンドイッチとリンゴを、フランキーにはボニーがタブレット端末で算数の勉強をするのを見てやってくれという指示を与えた。

「病院の外には出ちゃだめだぞ」僕はふたりに言い聞かせた。

「うん、わかってる」ボニーはつぶやき、さっそくタブレット端末を起動させた。

「パパに用がある時は受付の人に言うんだよ、いいかい？」

「それもわかってる」

「ひとつ手術が入っていて、二時間くらいはかかりそうだ。必要なものは全部揃ってるかな？」

ボニーが僕を見て顔をしかめた。

「ここに来るたびにいちいち同じことを言わなくても大丈夫だよ、パパ。最初に言われた時に覚えたから」

「それは知ってるよ。パパはただ……念を押しているだけだ。ボニーが覚えているのはわかってる」

ボニーの頭にキスをしたら手で払われたので、僕は算数問題に取りかかるボニーとフランキーを残して部屋を出た。

予定していた手術とは、チャブスという名の年老いたラブラドルレトリバーの絞扼《こうやく》性《せい》ヘルニアの手術で、処置自体は前にも経験があった。チャブスのことは子犬の頃から知っている。あらゆる場所から食べものを漁《あさ》ってくる天才で、それゆえに動物病院の常連だ。ぽっちゃり《チャブス》という名もそこから来ており、血統書に記載された、ブリーダーのつけた名前とは違う。ちなみに〝あらゆる場所〟には、飼い主がさすがにそこは漁れないだろうと思っていた、キッチンの背の高い食器棚なども含まれる。保険会社がいまだに保険金の支払いに応じているのはもはや奇跡だ。チャブスの体重と同じくらい、保険料も相当割り増しになっているに違いない。

それはさておき、犬の胃腸は繊細で、わずかな切開でも出血量が想定を上回ることが少なくない。それを経験上知っていたから、僕は手術時間を余分に取っていた。ところが、いざレントゲンを撮影したら、ヘルニアの問題に加えて、チャブスが鍵の束とリモコンを飲み込んでいたことが判明した。どちらもしばらく前からなくなっていたに違いない。チャブスが鍵の束をすんなり排泄できるとは思えず、リモコンにいたっては排泄は不可能だ。手術で取り出すしかない。

ボニーには手術時間は二時間と告げて、その間は自分で遊んだり勉強したりするように指示していた。それだから、フランキーが手術室のドアをノックしてこう訴えてきても驚きはしなかった。

「ベン、三時です。ボニーがだいぶそわそわしています。そろそろタングのお迎えの時間だし、あなたは二時間を過ぎたのに手術から戻ってこないと言っています。きっと何か問題が起きたんだと言っています」

幸い、あとひと針でチャブスの下腹部の縫合は終わりだったが、つい口調がきつくなった。

「わかってるよ。いいから……あと一分待って」

そう言われたら、たいていの人は本当に一分とは捉えず、もうすぐ終わるんだなという程度に考えるだろう。だが、ボニーは違う。ロボットもだ。ふたりはきっかり六十秒後にやって来て、またしてもごちゃごちゃ言って僕をいら立たせた。ちなみにぴったり六十秒だとわかるのは、処置中はストップウォッチをそばに置いて時間を管理しているからだ。いつもそうしている。そんなわけで、仕事を終える頃にはタングの迎えの時間に遅れそうなうえに僕の機嫌も最悪だった。

裏口のドアを乱暴に押し開けて動物病院を飛び出した。閉扉装置の働きでドアがゆっくりと閉まる間に僕たち三人は車に乗り込み、病院をあとにしていた。

折しも金曜日でラッシュアワーに突入するのが他の平日より早く、町のあちこちで渋滞が起きていた。まだ冬と呼ぶべき時期なのに、僕はショート丈のコートの下で汗をかいていた。この様子では学校の駐車場から事務室まで、ロボットのお迎えに遅れてすみませんと、肩身の狭い思いで行進するはめになりそうだ。

フランキーが身を乗り出し、運転する僕の肩に触れた。

「ベン」と、お節介な口調で指摘を始める。「脈拍数が上がって発汗もしています。可能性は低いとは思いますが、ベンの年齢だと心筋梗塞《マイオカーディアルインファークション》やどこかしらの塞栓《そくせん》症《しょう》の可能性も否定できません」

「えっ？」ボニーが鋭く反応した。「ミトコンドリアの分画《ミトコンドリアルフラクション》って何？　そくしんショック？　ショックって何？　パパ、死んじゃうの？」

フランキーめ、余計なことを。

「違うよ」と、同じく鋭い口調で返した。「フランキーはパパが心臓発作を起こしてるんじゃないかと言ったんだ。心配はありがたいけど、違うよ、フランキー。ただでさえタングのお迎えに遅れそうなのに、この渋滞だから、いらいらしているだけだ。それなのに、フランキーまで大げさで難しい言葉で、僕がぶっ倒れるんじゃないかとボニーを脅《おど》かしたりして。搭載されてる話し言葉モードなり何なりを使って普通に話してくれ。いや、むしろしばらく黙っててくれ！　頼むから」

フランキーは僕の肩に置いていた手を離すと、座席に座り直した。残りの道中、フランキーもボニーも僕の言いつけどおり、ひと言もしゃべらなかった。おかげで僕は歯を食いしばりながら、心置きなく目の前の車列を睨みつけていられた。

学校の前に車をつけたのは、迎えの時間が締め切られるわずか一分前だった。それを過ぎると、まだ迎えの来ていない児童は駅に集まった避難者みたいに受付エリアに集められる。僕は決断を迫られた。通りの角を曲がった、学校から極力近い場所に車をとめるか。その場合、ボニーとフランキーを残して長時間車から離れるのはまずいので、迎えには間に合わないのを承知で走ることになる。あるいは駐車禁止区間内にとめるか。駐車監視員の姿は見当たらない。

「もう、どうにでもなれ」

僕は駐車禁止区間を示すジグザグの線上に駐車した。僕に言わせれば、ジグザグ線を左右にここまで長く引く必要などないと思う。それはともかく、僕は校門の目の前に車をとめた。ここなら迎えの時間内ぎりぎりにタングを連れ帰れる。

他の保護者たちとの立ち話をすっ飛ばし、タングを引きずるようにして車に向かっていたら、ポケットの中のスマートフォンが振動した。フランキーからのメッセージだった。

「ベン。駐車監視員がいます。三台先の車の前です。いえ。二台先です」

僕自身は大急ぎで歩いていたが、タングの速度に合わせると急ぐにも限界がある。おまけにタングは、早すぎるからもっとゆっくり歩いてと言った。背中を汗が伝い、ふと、さっきのフランキーの診断は当たっていたのかなと思った。

車に戻ると、僕はボニーに奥に詰めろと叫び、タングを放り込むようにしてボニーの隣に座らせると、監視員が目の前の車のワイパーを持ち上げるのと同時に運転席に飛び乗った。シートベルトを締め、エンジンをかけた瞬間、監視員が前の車のフロントガラスに駐車違反の切符一式の入った袋を貼りつけるのが見えた。監視員は袋の下部を押さえるようにしてワイパーを戻すと、タブレット端末に何やら入力し、振り向いて僕たちの車を見た。

「みんなシートベルトしたよ！」ボニーが舞台の台詞みたいに大げさに叫ぶ。「行って、パパ、行って！」

僕はエンジンの回転数を思いきり上げると、すばやく安全確認をして車を出した。逃げ去る僕たちの背後で、駐車監視員が、最悪な父親だと言わんばかりにかぶりを振っていた。たしかに逃げるなど褒《ほ》められたことではないし、僕の子育てにおける輝かしいひとコマとも言えないが、ここまで来たら家に帰るよりしようがない。なお悪いことには、バックミラーにしかめっ面さんが映っていた。街灯の脇に立ち、走り去る車を見据えている。僕への非難の眼差しだった。

車を走らせること一分、フランキーが再び身を乗り出して僕の肩に触れた。

「ベン、あの、私、ストレスに打ち勝つ効果的な方法をいろいろ知っているんです。よかったらお教えしま……」

僕は肩越しにさっと振り返ってフランキーを睨んだ。

「……やっぱり今はやめておきます」

二十一　勇気

「ミトコンドリアの？　ほんとにそう言ったの？」

エイミーが言った。僕の脈拍もようやく正常に戻り、食後のワインを楽しみながら今日の出来事をエイミーに話していた時のことだ。子どもたちはそれぞれ気の向くままに好きな場所にいた。ボニーは自分の部屋だ。ロボットたちは、まあ、家のどこかだ。

「そう。フランキーが言った単語の聞き違えではあるけど、ちゃんと存在する言葉だ。いったいどこで覚えたんだろう。考えられるとすれば学習用動画で聞いて覚えたってくらいだけど」

「しっかり学べてるってことよね」エイミーはほほ笑んだ。「安心したわ」

僕は立ち上がってワインをもうひと口飲むと、グラスをローテーブルに置いた。

「さてと、子どもたちを寝かせる時間だ」

エイミーも立ち上がり、僕を抱きしめた。

「ママ、パパ」

背後から小さな声がして、誰かが僕のズボンのふくらはぎの辺りを引っ張った。ボニーだった。赤くなった顔を不安げに曇らせ、手には折りたたんだ一枚の紙を持っている。紙の一方の端は裁断されたのではなく、千切られていた。ボニーはその紙を僕に差し出した。

「パパたちにちゃんと渡さないとと思って」

エイミーが僕に回していた腕をほどいた。その顔を見れば、僕と同じことを考えているのだとわかった。差し出されたのが何の紙かは見て確かめるまでもなかったし、開いた内側に書かれているはずの内容も想像がつく。

「どうしてママたちに隠してたの？」

エイミーが静かに尋ねた。ボニーはうつむいて床を見つめた。

「怖かったから。でも、駐車違反のおばさんに見つかっちゃった時、また怖くなった。おばさんが車にロボットも乗ってたって警察に話したら、警察にフランキーのことを知られちゃう。そうしたらパパたちは、誰のかわからないロボットを何で家に置いてるんだって怒られて、牢屋に入れられちゃう。そうなったらどっちみち私もフランキーもタングも、違う人の家に行かなきゃならなくなって、それで……」声が次第に小さくなる。

「この紙、持ってないって言ったよな」僕は言った。「パパが訊いた時。ボニーは持ってないって答えたよな！」

ボニーは瞼《まぶた》の下からすくうように僕を見た。怖がっている時のタングと同じ表情だ。僕は腹立ちを顔に出すまいとこらえた。そもそも、娘がひそかに抱えていた不安に対して怒ることなどできない。

「パパは手元にあるかって訊いた。手元にはなかった。あの時、手元にはなかった。靴下がいっぱい入ってる引き出しにしまってあった。奥の方に。でも、そこにあるって言いたくなかった。だって、言ったらパパに渡さなきゃならなくなる。渡したくなかったの。だって、渡したらフランキーが前はどこに住んでたかわかっちゃって、どこに住んでたかわかっちゃったら、パパはフランキーのこと、そこに連れていっちゃうに決まってるから」

僕はため息をつくと、娘は求めていないかもしれなかったが、その場にかがんで娘を抱き寄せた。エイミーも同じようにした。ボニーは体をこわばらせたが、身をよじったり拒絶したりはしなかった。娘も僕たちの首に腕を回した。

「ごめんなさい」

ボニーが僕の肩に顔を埋め、くぐもった声で謝った。エイミーがボニーの頭にキスをして、「いいのよ」と答えた。

「ボニーの気持ちはよくわかったから」僕も言った。「紙を渡してくれてありがとう」

ガシャガシャという音がして、車輪の回る音がそれに続いた。タングがフランキーを従えてふらりと部屋に入ってきたのだ。抱き合う僕たちを見て、タングは何も言わずにそばに来ると、僕の背中に覆いかぶさるようにして抱擁の輪に加わった。タングは重く、僕にはこのスクラムを長くは支えられそうになかった。それでもこんなにも穏やかな気持ちになったのは久しぶりで、このままずっと抱き合っていたかった。

「何でみんなで抱き合ってるんだっけ?」一分ほどして、タングが言った。

「おまえの妹がすごく勇気のあることをしたからだよ」

翌日、僕とエイミーは、ボニーがフランキーの元の持ち主の名前と住所が書かれた紙を破り捨ててしまわなかった理由を本人に尋ねた。ボニーは肩をすくめるばかりで、明確な答えは返ってこなかった。きっとボニー自身も紙を取っておいた理由はよくはわからず、ただ、直感的に破り捨てるのは間違いだと思っていたのだろう。現実的に考えれば取っておく意味などなかったはずだ。書かれている情報を親に知られることを恐れていたのだから。それでもきっと心の奥底では、いずれは覚悟を決めてその紙を僕たちに渡さなければならないと理解していたのだろう。

僕とフランキーとで〝ミセス・S・カッカー〟に会ってくると告げても、ボニーは抗議せず、黙ってうなずいて床を見つめていた。エイミーと相談し、タングには今の時点では話さないことにした。訪問先で何を知ることになるのかも、それによってどんな結末がもたらされるかもわからない。不必要にタングを不安がらせるのはよくない気がした。

その日は僕とフランキーとで、タングを車で学校まで送り届けた。このあと車でどこへ行くのとタングに問われ、フランキーが頻繁に停止してしまう原因を突きとめられないか、相談にいくんだよと説明して、歩いて登校しないことに理由をつけた。嘘ではない。本当のことをすべて話してはいないだけだ。こんなことなら、まずは徒歩でタングを学校まで送ってから、家に戻って改めてフランキーと車で出かければよかったと後悔したが、さっきはそこまで考えが及ばなかった。

フランキーを車で待たせ、校門から手を振ってタングを見送ると、僕は車に戻り、マニュアルから破り取られたページをポケットから取り出し、カーナビゲーションシステムに住所を入力した。道中、フランキーも僕も無言だったが、元の持ち主に会うまでは話せることなどほとんどない。この訪問に胸騒ぎを覚えるかと問われれば、答えは当然〝はい〟だ。フランキーに選択権が与えられたとして、我が家に留まるか、出ていくかは、こちらの意向もくんで決めてほしいかと問われたら……それも〝はい〟だ。だが、正しいことではない。フランキーはこれまで自分のことを自分で決める機会を十分に与えられてこなかった。そろそろ自分の人生の舵取りを許されてもいい頃だ。

「行きたいです」

フランキーはフランキーで元の持ち主との再会に複雑な思いを抱いていた。

事前にフランキーの気持ちを確認した時、彼女はそう答えた。

「思い出したのです。彼女は高齢で、今も私の助けを必要としているはずです。ただ……この感覚を表わす言葉がわかりません。もし私が人間だったなら、昨日の車でのベンと似たような感じになる気がします」

「緊張してるってことかい？　わかるよ、フランキー。緊張して当たり前だ」

「緊張。そうですね、それだと思います。センサーが少し……ピリピリしている気がします。うまく説明できないのですが」

「そんなことはない、ちゃんと説明できてるよ。それに緊張したっていいんだ。それより教えてほしいんだけど、彼女について他に何か覚えていることはないかな？　今わかっているのは名前、正確には苗字と、女性だということ。それ以外に何かないか？」

フランキーは首を左右に振って肩をすくめた。

「覚えていません。すみません」

「まあ、いいさ。じきにいろいろわかるよ」

住所に導かれてたどり着いたのは二階建ての長屋式の集合住宅だった。一階と二階を別の世帯が使用するようになっており、S・カッカーの住まいは二階だった。二階の住居も玄関は一階にあり、通りに面してドアがある。フランキーが本当にここで暮らしていたなら、階段の上り下りの仕方を知っていたのにも合点がいく。エレベーターのありそうな建物ではなく、おそらく玄関を開けたらすぐに二階の住居へと続く階段があるはずだ。

玄関の呼び鈴を鳴らしたが、応答はなかった。僕はかすかに汗ばんだ手をジーンズで拭き、もう一度鳴らした。やはり応答はない。

フランキーと顔を見合わせたが、彼女は静かだった。ここに来るまでに頭の中でさまざまなシナリオを描いたが、S・カッカーが不在だった場合の対応は考えていなかった。僕は高齢者のことには詳しくない。動物病院に来る老人や、ボニーを病院や歯科医院に連れていった際に待合室でたまに見かける、驚くほど大きな声で話す老人を見て知っていることがすべてだ。どうやら僕は、老人はいつでも……家にいるものだと勝手に信じ込んでいたようだ。過去に会ってきたのは外出中の老人ばかりで、辻褄の合わない思い込みなのに、そのことにはてんで考えが及ばなかった。

見知らぬ他人の家の玄関先でおたおたし、どうしたものかと途方に暮れながら、自分がいつの間《ま》にか高齢者に対して無知で無関心になっていたことを痛感した。

「どうやら留守みたいだよ、フランキー」僕は言った。「出直すしかないな」

玄関から離れかけ、ふと、フランキーがついてきていないことに気づいた。玄関ドアに体を押し当てている。

「彼女はいます、私にはわかります」フランキーが言った。

「どうしてわかるんだ？」

「音がしているからです」

「なぜ玄関まで下りてこないんだろう？」

「わかりません。でも、動き回っているのが聞こえます」

「それがわかっただけでも一歩前進だな」

フランキーはドアから離れて後ろに下がると、目の前の住戸の正面全体を見回した。そして、玄関ドアの脇、ちょうどフランキーの目の高さの位置に黒い箱を見つけて近寄った。

「それは何だ、フランキー？」

フランキーは答えるかわりに箱のカバーを開いた。内側にあったキーパッドに迷うことなく番号を打ち込む。背後のパネルが開くと、奥には鍵が入っていた。

「番号を覚えてたのか？」

フランキーは鍵を取り出すと、僕を振り返り、両腕を持ち上げて肩をすくめた。

「そうみたいですね。きっと私みたいなタイプのロボットには、購入時にこういった情報が登録されるのだと思います。そして、初期化されたとしても暗証番号情報は消去されないようにできているのでしょう、念のために。持ち主が鍵を忘れて自宅から閉め出された時にドアを開けられないのでは、せっかく介助ロボットがいても意味がありませんから」

「まあ、そうだろうな」

フランキーは玄関に向き直ると鍵でドアを開けた。そのまま中へ入ろうとする彼女を、僕は止めた。

「待った、人の家に勝手に入ったらだめだよ！」

フランキーが暗証番号を知っていたということはここが目的の家である可能性は高いが、保証はない。それに仮にここがフランキーのかつての住まいだったとしても、この家に暮らしているはずの女性はフランキーを手放したわけで、彼女の訪問を喜ぶとも思えない。

「でも、私、以前はここに住んでいたはずで……」

僕はフランキーの隣にしゃがんだ。どう伝えてもフランキーを傷つけてしまいそうだったが、自分の家に他人が足を踏み入れることを歓迎する人ばかりではないと、僕は経験から知っていた。以前、ボニーが世話をしていたナナフシの餌探しをした際にいやと言うほど思い知らされた。

むろん、今回は状況が違う。フランキーがこの場所とつながりがあることはあきらかだ。それでも、フランキーが人の人生に再び関わろうとするのを安易に許すわけにはいかない。

「フランキー、どんな事情があったにせよ、ここに住む女性は君をうちに寄越して僕たちと暮らさせることにしたんだ。そんな人が君に会いたがると思うかい？」

フランキーはうつむいて地面を見つめた。だが、少しすると彼女は言った。

「でも、私は彼女に会いたいです。彼女が私を拒絶した理由を知りたいのです」

二十二　事のよしあし

正しいことをしようとしたのに、結果的に間違っていたということはある。反対に間違ったことをしてしまったと思っていたら、結果的に正しかったということもある。はたまた、何が正しくて何が間違っているのか、さっぱりわからないこともある。なぜそうなるかと言えば、その事柄があまりに重大で、いざ紐解いてみると、よいことや悪いこと、あるいはその両方が組み合わさったような、たくさんの些細な事柄でできているためだ。そうなると、もはや善悪を決めることに意味などないじゃないかとテーブルをひっくり返したくなる。

いきなり何の話だと思われるかもしれない。今回に関して言えば、僕たちの人生に祖母のような存在ができるにいたった出来事の話をしている。招かれてもいないのに勝手に人の家に押し入ろうとするフランキーを思い留まらせようとして失敗した僕には、ふたつの選択肢があった。フランキーについていくか、外に留まるか。外に留まれば、家の中でフランキーに対してどんな反応があろうと、フランキーはひとりでそれに向き合わなければならない。一方、僕がフランキーと一緒に家に入り、友好的とは言えない反応が返ってきた場合、僕はまず間違いなく不法侵入の罪で刑務所の独房に入れられる。そのうえナナフシ事件のことが警察に知れたら、常習犯の印象を持たれかねない。そもそも、見知らぬ男が事前の連絡もなくいきなり自宅に現れて喜ぶ高齢の女性などいない。いや、そういう人もいるのだろうか。僕にはわからない。そして、それが問題だった。

「フランキー?」玄関を入っていくフランキーに声をかけた。「僕にどうしてほしい?」

「どうしてほしい?」

「一緒に来てほしいか、それともここで待っていてほしいか」

認める。フランキーに決断を委ねた僕は意気地なしだ。だが、後ろめたいとは思わない。罪悪感など、今は何の助けにもならない。

「あなた次第です、ベン。私からこうすべきだとは言えません」

「だけど、君は僕にどうしてほしい? どっちが希望?」

フランキーはしばし僕を見つめた。

「私……わかりません」

「わかった。ちょっとそのまま待ってて」

フランキーは素直に従った。僕はエイミーに電話し、現状を説明した。

「入っちゃだめ」エイミーは言った。

「絶対に？」

「絶対に。弁護士として、入らないように忠告するわ。フランキーにはあなたがその家に入ることを許す権限はない……少なくとも、あるかどうか、私たちにはわからない。そして、その家の所有者は玄関の呼び鈴に応答せず、あなたが家に入ることも許可していない」

これだけ言われれば判断を下すには十分だった。

「わかった。ありがとう」

僕は電話を切った。その直前、電話口の向こうでボニーが「パパたち、持ち主の人に会ったの？」と訊いているのが聞こえた。

僕は手の甲をくいっと振り上げるようにして、開いた玄関の先に見えている二階への階段に進むよう、フランキーを促した。

「ひとまず僕は玄関前で待っていた方がよさそうだ」

フランキーがうなずく。

「何か困ったら知らせて」

「連絡します」

フランキーがくるりと背中を向けた。離れていく彼女に、僕は胸が詰まった。一緒に家には帰らないとジャスミンに告げられた時みたいに、フランキーが僕たちの人生からいなくなるのを見送っている気分だった……いや、そういう気分になっていたに違いない。フランキーが階段を上るのにあんなに時間がかからなければ。誰かとコーヒーを飲んだあと、店の外でそれじゃあまたと挨拶したのに、歩く方向が一緒だと気づいた時と似ている。気まずい。

だが、幸か不幸か、それは捉え方次第だが、僕の気まずさは一瞬にして消し飛んだ。家の中から「今の一階の物音は何？」と叫ぶ老人の怒った声が響いたかと思ったら、ドサッという鈍い音がして、外国語の悪態が聞こえたからだ。それは偶然にも僕が唯一知っているドイツ語だった。やがて、二階の廊下と階段とが交わる角から手だけがのぞいた。床でも壁でも何でもいいから、摑めるものを必死に探している。

フランキーは歩みを速めたが、彼女が状況を確認するのを待たずに僕は家に駆け込むと、階段を一気に上がってフランキーを追い越した。彼女の脇をすり抜けた瞬間、フランキーが僕を呼んで手を伸ばした。彼女を抱き上げ、残りの階段を上った。

二階の廊下に足を踏み入れようとして、立ち止まった。恐れていた光景が目の前にあった。僕たちが会いにきた女性が顔を向こうに向けた状態で床に倒れ、立ち上がろうともがいている。僕は女性に近づき、大丈夫ですかと声をかけながら助け起こそうとした。

「何するの。触らないで！」女性が怒鳴る。

女性の状態は今すぐどうこうという危険なものには見えなかったので、僕は両手を掲げておとなしく後ろに下がった。その時だ。相変わらず起き上がろうともがきながら、女性がこちらに顔を向け、ロボットに気づいた。そして、僕にも彼女の顔が見えた。

「あっ、あなたは！」

目の前でうつ伏せに倒れていたのは、通学路ですれ違う我らが天敵、しかめっ面さんだった。

「ロボット嫌いのあなたがどうして！」

しかめっ面さんは舌打ちをしただけで僕の質問には答えず、フランキーの方に顔を向けた。

「どうしてここにいるの？　おまえの頭はリセットしたはずだよ。おまえはここに来てはいけないの」

「動かないでください」

フランキーはそう言って前に進み出た。胸元のディスプレイがつき、ジャスミンを彷彿とさせる赤い光が倒れている持ち主の体の上を走る。そうされてもしかめっ面さんは少しも驚かなかった。しばらくして、フランキーが告げた。

「右手首を骨折している可能性がありますが、それを除けば、体を動かしてはならないような怪我はありません。上体を起こしても大丈夫です」

「わざわざご親切にどうも」しかめっ面さんは言った。そして、何もせず突っ立っているフランキーと僕にこう続けた。

「で、手を貸してくれるの、くれないの？」


S・カッカーのSはソニアのSだと、病院に向かう途中で知った。ミセス・カッカーは自分がフランキーの元の持ち主だと認めた。ただ、いつの頃からか、フランキーから得られる助けを考慮しても主要機能の維持コストが高くつくようになってしまった。それでも離れがたくてぎりぎりまでそばに置いていたが、交換用の部品を取り寄せるにも金がかかるようになり、次第に部品そのものが手に入らなくなった。本来なら何年も前に新しいモデルに買い換えていてもおかしくなかったのだ。フランキーが寿命を大幅に越えて動けていたのは、ミセス・カッカーがその技術を駆使して大事にしてきたからだ。だが、フランキーを長年修理してきたミセス・カッカーにも、フランキーのシステムが異常終了する理由は突きとめられなかった。そんなある日、ミセス・カッカーは薬を飲み忘れてしまう。やはりフランキーのシステムが異常終了し、そのことをミセス・カッカーが認識していなかったことが原因だった。その出来事が決定打となり、ミセス・カッカーはフランキーを手放さざるを得ないと決心した。

そこで彼女はタクシーに乗り、荷馬《にうま》を引退したシャイアホースに余生をのんびり過ごせる牧場でも探してやるみたいに、フランキーの第二の人生にふさわしいと思われる場所へ彼女を連れていった。我が家を選んだのは、僕やエイミーがタングを学校まで送り届ける姿を何度も見かけていたからだ。家の場所を確かめるため、ある午後、タングを連れて帰宅する僕たちのあとをつけたらしい。客観的に考えればぞっとする話だが、不思議と怖さは感じなかった。ミセス・カッカーはフランキーを工場出荷時の状態に初期化したうえで我が家の外に置き、僕たちの帰国を待たせた。そして、ロボットの内部に入れたままのマニュアルのことはすっかり忘れて、ひとり帰宅した。

ミセス・カッカーは人づき合いを避けている。長年この地で暮らし、引退後もここで生きることを選びはしたが、移民であることに変わりはなく、この国での自分の地位がいまいち摑めずにいる。助けてくれる家族もいなければ友もおらず、頼れるものは、フランキーの修理やアップグレードにも役立ってきたエンジニアとしての技能と経験だけだった。フランキーを失ったミセス・カッカーは完全にひとりぼっちだった。通学路で見かけたミセス・カッカーのしかめっ面は、たったひとりの友を僕たちに託しながらも何も言えない、彼女の心の痛みの現れだったのだ。以前、コンビニエンスストアで鉢合わせした時のミセス・カッカーの言葉も、今思えば純粋に知りたくてした質問だった。けれども、あの時の僕はそれまでの彼女とのやり取りから、また不躾《ぶしつけ》な質問をされたのだと決めつけた。

「ああするのがフランキーにとって一番いいと思ったの」ミセス・カッカーは言った。何度も。

ミセス・カッカーのことも、彼女の事情や気持ちも、一度に全部わかったわけではない。僕たちが少しずつミセス・カッカーのことを知り、彼女の方も僕たちが彼女を内偵する行政機関の人間ではないと信頼するようになって、ようやくいろいろなことがつながった。

話を戻そう。自宅で転倒したミセス・カッカーに僕はすぐに救急車を呼ぼうと言い、フランキーも賛成した。ところが、ミセス・カッカーは頑として首を縦に振らず、あなたの車に全員を乗せて病院まで連れていってちょうだいと言った。

診察を待つ間、フランキーはミセス・カッカーに寄り添い、彼女の体の状態を終始観察しながら励まし続け、せめて気が紛れるようにと話し相手になっていた。

僕はエイミーに電話した。

「今、病院にいる」

そう告げたら予想どおりの反応が返ってきた。大丈夫だからと何度も言ったが、間《ま》もなくエイミーも病院に駆けつけた。

「ボニーは?」僕は尋ねた。

「ブライオニーに頼んだ」

金曜の真っ昼間に姉がなぜ仕事に行っていないのかという疑問は、その時は浮かばなかった。真っ先に思ったのは、喧嘩をして以来一度も口をきいていなかったのに、それでも僕たちの助けになろうとすべてを置いて駆けつけてくれたのだということだった。

僕の気持ちをエイミーは読んでいた。

「前はああ言ったけど、やっぱりブライオニーに電話した方がいいと思うわ」

僕はうなずいた。

「そうするよ」

エイミーは僕にキスをすると、フランキーとミセス・カッカーに向き直った。

「エイミーと申します」と挨拶し、握手をしようとミセス・カッカーに手を差し出す。

ミセス・カッカーは相手がひるむような目でエイミーを見据えると、負傷した右手首を持ち上げた。ふたりは探り合うように互いを見つめ、そんなふたりを僕とフランキーはせわしなく見比べた。僕自身はふたりの無言のやり取りの意味を読み取ろうとしていた。睨み合いに終止符を打ったのはミセス・カッカーだった。

「この怪我を診てもらうのに、ご主人が親切にここまで連れてきてくれたの。そもそも私が転んだのは、家に押し入ってきたのが誰なのかを確かめようとしたからだけど……まあ、それはご主人が全面的に悪いわけでもなさそうね」

ミセス・カッカーはフランキーに非難の目を向けた。エイミーはミセス・カッカーとは逆側のフランキーの隣に腰かけた。

「お会いできて嬉しいです、ミセス・カッカー。本当なら、フランキーからお話はかねがねうかがっていたんですよと言えたらよかったんですけど……」

「いいのよ。フランキーは何も覚えていてはいけなかったんだもの。それがフランキーのためだと思ったの。この子が新たに生き直せるように、やるべきことはきっちりやったつもりだったけれど……まあ、ほら、こういうロボットは……自分たちの思ったようにするところがあるから。言っている意味、わかるかしら」

「よーくわかります」

エイミーと僕は同時に答えた。わかり合えるものを見つけたことで人間同士の空気が和らぐと、フランキーは椅子に深くもたれた。そうか、フランキーはずっと警戒態勢を取っていたのか。考えてみれば当然だ。フランキーに与えられた社会的な役割を思えば、人同士の潜在的な対立や人間関係のもつれを察知する能力もそれなりに必要で、機能として備わっているはずなのだ。待合室内をすばやく見回したら、多様なロボットがそれぞれの機能にもとづき、さまざまな形で人間を支援していた。後日、ミセス・カッカーはフランキーももとは介助ロボットとして製造されたのだが、そこに少々……変更を加えたのだと認めた。改良よと、彼女は言った。

「フランキーをよりよくしたの」

病院の待合室に話を戻そう。エイミーがミセス・カッカーに言った。

「手首のことはお気の毒でした。何か私たちにできることはありませんか？　もちろん、帰りはベンがご自宅までお送りします」

僕に何かをさせると勝手に請け合われるのはあまり気分のいいことではないが、この状況で文句を垂れるのはみみっちいし、優しくない。そもそも文句を言う暇もなかった。患者の治療の優先度を決める救命救急科のトリアージナースがミセス・カッカーを呼びにきたからだ。彼はミセス・カッカーを小部屋へと促しつつ、歩くのに手を貸そうとした。ミセス・カッカーの断り方は僕からしたらそこそこ感じが悪かったが、看護師に気にする様子はない。

「ああいうの、しょっちゅうなんだろうな」僕はぼそっとつぶやいた。

「ああいうのって？」エイミーが訊いてきた。

「いや、何でもない。看護師に対するミセス・カッカーの態度が少し礼を欠いてた気がしただけだよ」

「まあ、たしかにね」エイミーもうなずいた。「でも、私、彼女のこと好きよ」

「会ってすぐなのに、どうして言い切れるんだ？」

「どうしてかな。とにかく好き。彼女は人にどう思われるかを気にしない」

なるほど、考え方の一致か。ふと気づくと、フランキーが床を見つめていた。

「ミセス・カッカーならきっと大丈夫だよ」と、僕は声をかけた。

「ああ、はい……私もそう思います。ひどい骨折ではなさそうですから。それでもしばらくは痛みが残るでしょうけれど。転倒による痣《あざ》もあちこちに出てくるでしょうし。でも、彼女は強い人だと思います」

「ほらね？」エイミーがフランキーに手を差し出しつつ、顔だけ僕に向けた。「言ったでしょ？」

エイミーがミセス・カッカーを評して言った言葉はニュアンスが違っていた気がしたが、言わんとしていることはわかった。

「じゃあ何が問題なんだい、フランキー？」

「彼女が私を追いやった理由がまだわかりません。今はソニアを許せない気持ちが強くて、そのせいでソニアの助けになれない気がして不安なんです」

僕はさっきまでミセス・カッカーが座っていた椅子に腰をかけた。

「フランキー、君がミセス・カッカーに怒りを覚えるのは当たり前だよ。彼女は君の記憶を消して僕たちの家の前に置き去りにした。君が腹を立てていなかったとしたら、そっちの方が心配だ」

「そうね」と、エイミーも言った。「でも、考えてみて。ミセス・カッカーにはミセス・カッカーなりの正当な理由があったはずよ。まずは彼女の話を聞いて、それを自分がどう感じるかを確かめたら？」

「それはそれで怖いんです。もしソニアの話に納得して、怒りが消えてしまったら、ソニアの元に戻ってもう一度一緒に暮らしたい、ソニアの支えになりたいと、きっと思うでしょう。でも、ソニアは私をそばに置きたくはない。また捨てられるかもしれないと思うといやな気持ちになります」

僕は片手をフランキーの肩に添えた。

「エイミーが言うように、まずはミセス・カッカーの話を聞いてみよう。でも、これだけは覚えておいてほしい。たとえ彼女がフランキーに戻ってきてほしくないと思ったとしても、君と暮らしたいという僕たちの気持ちは変わらない。誰も君を見捨てたりはしないよ、フランキー。二度と見捨てない。ミセス・カッカーのことを許せるかどうか、自分の胸に問いかける時には、そのことを思い出してごらん」

許す、か。僕は立ち上がって表に出ると、ブライオニーに電話をかけた。

二十三　知恵

　それからの数カ月、僕たちはミセス・カッカーの回復をできる限り支えようとした。転倒は僕たちのせいだったから、せめてそれくらいのことはしたかった。まあ、僕たちの〝せい〟は言い過ぎかもしれないが、責任はある。

　ミセス・カッカーは僕たちの助けを借りたがらなかった。病院から家まで送らせてほしいというエイミーの申し出こそ受け入れたものの、余計な情けなどかけられたくないし無用だと、かたくなに言い張った。情けというよりは罪滅ぼしなのだと説明しても、ミセス・カッカーは自宅の窓辺に置いたお気に入りの安楽椅子に座り、不機嫌そうに「ふん」と鼻を鳴らしただけだった。彼女がそうしている間に、僕たちは紅茶を淹れたり、頼み込んでさせてもらった日常の買い出しの荷物を片づけたりした。

　ミセス・カッカーの目を盗み、できる範囲でこっそり掃除もしておいた。フランキーがいなくなり、ミセス・カッカーは部屋をきれいな状態に保つことにやや苦労しているようだった。何か理由があってのことなのか、単に片づける意欲が湧かなかったのかはわからない。それでも、家にあるすべてのカップと受け皿の汚れを洗い流し、元は食べものだったはずのものが黒焦げになってこびりついているフライパンをひとつ捨てた段階で、僕とエイミーは、ミセス・カッカーに不法侵入だと通報されない限りは注意して見守った方がいいという結論に達した。本人にもそう伝えた。

ミセス・カッカーは不服そうに目を細め、安楽椅子の肘《ひじ》のけばを指先で引っかいた。そこだけやけに生地がすり減っているところを見ると、ミセス・カッカーにとってそのけばは、タングにとってのガムテープみたいなものなのかもしれない。誰にでも何かしらの癖はある。

ミセス・カッカーは頑固な人で、僕たちからは最低限の助けしか受けようとしなかった。だが、彼女がなぜ人間ではなくロボットの介助を望んできたのかをうかがい知るには、そのわずかな機会だけで十分だった。ロボットの方がミセス・カッカーには不思議と受け入れやすかったのだ。ただし、フランキーの所有者に戻ることは望まなかった。誰にも頼らず、かたくななまでに自立した生き方をしてきたミセス・カッカーにとって、人の助けを請うなど我慢のならないことだった。それなのに手首を骨折してしまい、回復するまではだいぶ人の手を借りなければならない現状に、ミセス・カッカーはいら立っていた。

それでもフランキーは、ミセス・カッカーを許したらしく、何度拒絶されても彼女の元へ通うことをやめなかった。朝もまだ早い時間にミセス・カッカーから電話がかかってきて、ロボットがまた家に来てしまったから、悪いけれど連れ帰ってくれないかと頼まれたことも一度や二度ではなかった。

フランキーはミセス・カッカーに追い返されて我が家に戻ってくるたびに元気をなくし、ふさぎ込んでいった。

「どうしてミセス・カッカーのところに行き続けるんだ、フランキー？」僕たちは尋ねた。「彼女が人の助けを拒む限り、訪ねていってもしてあげられることはほとんどないんだよ」

「でも、彼女には助けが必要なんです」フランキーは強い口調で反論した。「いつの日か、ソニアにもわかるはずです」

解決の糸口を見出したのはボニーだった。

「私たちがフランキーを助けてあげられたら、フランキーもミセス・カッカーを助けてあげられるんじゃない？　それなら、ミセス・カッカーも今まであんまり助けてもらったことのない人に頼らなくていいし、フランキーのこともそんなに心配しなくていい。異常終了しちゃう問題はあるけど、それは私たちで直してあげられる。絶対直してあげられる。ミスター・カトウなら直せるよね、パパ？」

それが質問ではないことはボニーの口ぶりでわかったが、それでも僕はうなずいた。

カトウとはここ数カ月ほど話していないから、報告することが山ほどある。

「でも、ミセス・カッカーはフランキーにいてもらいたくはないのよ」

エイミーの指摘に、ボニーは首を左右に振った。

「そうじゃないよ。本当はいてほしいけど、フランキーの面倒をちゃんと見てあげる自信がないから、フランキーが家に行くと困っちゃうんだよ。それじゃあフランキーがかわいそうだって思ってるから。だからね、私たちがいつでもフランキーを直して壊れないようにしてあげますって言えば、ミセス・カッカーはフランキーを追い返さなくなるよ。どうやって面倒を見ようかって心配がなくなるから。私、フランキーを直せるよ。パパだって直したことある。ママも。みんなでフランキーを元気でいさせてあげたらいい。パパたちが上手にお願いすれば、ミセス・カッカーもわかったって言うよ。絶対そうだよ」

ボニーの読みは当たっていた。こちらの提案をミセス・カッカーに伝える役目は、それを考えたボニーに託し、フランキーにも援護役として同席してもらうことにした。どんな時も取り残されたくないタングも、当然一緒に来たがったが、家族総出で押しかけたらミセス・カッカーがびっくりしてしまうからと説得して、ようやく渋々ながらもエイミーと留守番をすることに同意させた。

ミセス・カッカーはいつもの椅子に座ったまま、ずいぶん長い間黙り込んでいた。やがて、彼女は尋ねた。

「どうしてそこまでしてくれるの？」

「それはフランキーが娘によくしてくれて、娘もフランキーによくしてきたからです」

フランキーのことを調べたり直したりする過程でボニーが何度もフランキーの電源を切ってきたことは言わずにおいた。娘のその行動については、僕は今も違和感を覚える。

「それでも、あなたを助けることこそがフランキーの一番の機能で、彼女が何より望んでいるのもそれです。フランキーにとっての幸せはあなたを助けることなんです。そして、フランキーの幸せはボニーの幸せでもある」

ミセス・カッカーはフランキーに向き直った。

「本当にそうなの？」もう何度も耳にしている、つっけんどんな口調だ。

「はい」と、フランキーは答えた。「本当です」

ミセス・カッカーがうなずき、人差し指を振るようにしてボニーの方を示した。

「でも、そうしたらこの小さな女の子はどうなるの？　この子だってお前を必要としているのは誰の目にもあきらかだよ」

　僕は少しむっとした。ボニーが他の子どもより支援を必要としている事実を、僕はまだ受けとめきれずにいる。それでもミセス・カッカーの指摘が正しいことはわかっていた。この世界はボニーのような脳の働き方をする人に合わせて作られてはおらず、ボニーを異質な存在と見なし、区別する。そんな世界をボニーが理解できるようにいわば翻訳してくれているのがフランキーで、ミセス・カッカーはそれを見抜いていた。

「これからもボニーのことは助けていきます」フランキーが言った。「もしお許しをいただけるなら。ボニーは私の友達です」

　フランキーがボニーの手を取り、ミセス・カッカーに差し出した。その手をしばらく握ってから、ミセス・カッカーは言った。

「そういうことなら、あなたの提案で決まりね、お嬢さん」

　ボニーは満足げだったが、すぐに顔をしかめた。

「フランキーの登録証とかって持ってますか？　それがないとママとパパが牢屋に入れられちゃうの」

　ミセス・カッカーと合意した内容を伝えると、タングはパニックに陥った。

「そうやっていっつも僕からみんなを取り上げる！　ベンはジャスミンを取り上げたし、今度はボニーがフランキーを追い出そうとしてる！」

「だから言ったでしょ、タングは絶対こう言うって！」ボニーは僕たちに向かってわめき、こちらが返事をする間《ま》もなく続けた。「私は追い出そうとなんかしてないもん！私だってフランキーがいなくなるのはいやなんだから！」

ボニーが両の拳《こぶし》を握るのを見て、一瞬、タングを叩くのではないかと危ぶんだ。だがボニーは、僕たちがこれまで幾度となく言い聞かせてきた〝怒りに我を忘れてはいけない、自分の言動がどんな結果を招くかを考えなさい〟という言葉を思い返しているような顔をした。やがて拳を開くと、ボニーは泣き出した。

つらかった。本当なら今すぐ抱き上げてぎゅっと抱きしめてやりたいのに、傍らに立ち、娘が苦しい胸のうちをひとりで吐き出すのを見守ることしかできない。できるものなら髪を撫《な》でてやりたい。優しく揺すってやりたい。大丈夫、心配はいらないよと言ってやりたい……。だが、身体接触という交流の手段が通用しない我が子には、そのほとんどはできず、無理にやろうとすればかえって娘を苦しめかねない。

「きっと大丈夫だから」大丈夫であってほしい。ボニーやタングだけでなく、自分にも言い聞かせた言葉だった。

「全然大丈夫じゃない！」タングがわめいた。「フランキーはうちを出てミセス・カッカーと住むんだよ、もう二度と会えなくなっちゃう！」

フランキーが前に進み出た。片方のゴム手袋を外し、タングの手を取る。

「会えますよ。いくらでも会えます。毎日とまでは約束できませんが、頻繁に会えます。私が前の家に帰るのはタングから逃げるためではありません。前の家に帰るのは、私のおばあさんが私を必要としているからです。私の役目は彼女のお世話をすることです。タングやボニー、そしてあなたたちのお父さんとお母さんのおかげで、もう一度彼女のお世話ができることになりました。記憶を取り戻すことができました。役目をなくしてしまったら、私にはいったい何が残るでしょう？」

「僕がいるよ。僕たちがいるよ」

「でも、何をすればいいのですか？」

「何でもやりたいことをすればいいんだよ」

フランキーはさらにタングに近づき、ドームカバーの頭をタングの金属の額にくっつけた。

「私はソニアのお世話をしたいのです」

「でも、ボニーはどうなるの？　ボニーだってフランキーが必要なんだよ」

ボニーが口を挟もうとした。おそらくその話はすでに終わっていると指摘したかったのだろう。だが、僕はこの状況の中で初めて自分にも伝えるべき大切な言葉があると感じ、待ってと言うようにボニーに向かって片手を掲げた。娘もその合図を受け入れた。僕はタングに語りかけた。

「ボニーとミセス・カッカーがどちらもフランキーを必要としているのは事実だ。でも、必要の仕方が違う。それぞれが必要としているフランキーの助けも、必要となるタイミングも違っていて、どう対応するかはもう話し合ってある。フランキーは僕たちの人生からいなくなってしまうわけではないんだよ、タング。むしろ逆だ。たしかにミセス・カッカーの家に戻ってあっちで暮らすことにはなる。ミセス・カッカーは起き上がるのにも食事の準備をするにもフランキーの助けがいるし、物を取ってきてもらう必要もあるからね……だけど、ボニーはそういう助けはいらない。一日の大半はフランキーの助けなしで過ごせる。ボニーに必要なのは、僕たちとは違う形でボニーのことを理解してくれて、人生の大きな壁にぶつかった時に助けてくれる友達だ」

タングは何も言わず、フランキーから少し体を離すと、説いてきかせる僕の顔をまっすぐに見つめた。

「でも、フランキーがいない時に急に助けが必要になったらどうするの？」

「その時はフランキーに急いでこっちに来てもらえるように、ミセス・カッカーに丁寧にお願いしよう。でも、それ以外にもできることはあるよ。ボニーがどんな時に人の助けを必要とするかはすでにわかっているから、それをどういう形でサポートしていくか、前もって考えて計画も立てよう。みんなで力を合わせたらうまくいくよ、タング、絶対に」

タングがうなずく。

「ボニーが助けを必要としてて、でもフランキーがそばにいない時は、僕が助けになれるかも」

タングは基本的にうるさいし、人同士の快適な距離感などお構いなしに唐突に相手に近づくところがある。うるささや近づき方が度を過ぎることもある。それを思うと、タングがボニーの支援ロボットとしての役目を果たすのは難しい気がした。それでもボニーを助けたいというタングの思いに僕は胸がいっぱいになった。

ボニーが僕を脇に押しやった。泣いたせいで顔がまだらに赤くなってはいたが、涙はもう乾いていた。ボニーはそのままタングに近づくと、腕を回して抱きしめた。そして、言った。

「そうしてくれたら嬉しい」

タングのたどる道はフランキーとは違うだろうし、フランキーと同じ形でボニーを支えることはとうていかなわないだろう。それでもタングはこれからも、フランキーにはなれない存在であり続ける。

ボニーのお兄ちゃんだ。

短篇

ロボット・イン・ザ・パンデミック

タングと暮らすようになってもう何年にもなる。タングの体にあるいくつものへこみも、どんなにこすっても取れない汚れも、全部把握しているし、人間くさいとは言え半分くらいはロボットっぽさの残る声の抑揚も聞きとれる。それでもいまだに毎週のようにタングの言うことややることに驚かされる。

ある日、とりわけびっくりすることがあった。僕が居間に入っていった時のことだ。タングはソファにもたれるようにして床に座り、胸元のガムテープをいじっていた。見るからに元気がない。僕は慌ててそばに駆けよった。

「タング？」と、その場にかがみ、タングの肩に手を載せた。「どうした？　大丈夫か？」

タングが頭をくるりと回して僕を見た。金属製の左右の瞼《まぶた》が平行線を描くように斜めになっている。ちっとも大丈夫ではない。

タングは片手を上げてテレビを指した。ちょうど夕方のニュースの時間で、今日のニュースをまとめて伝えているところだった。何人もの記者が全国各地、いや、世界各地からいつもどおりに情報を伝えようとしていたが、どの記者も周囲の人からかなり離れて立っていて、やけにぽつんとして見えた。報道の仕事においてさえ、人と人との十分な距離が求められる。今はそれが普通なのだ。

僕やエイミーにしても仕事は続けているが、これまでみたいに裁判所内の事務所や動物病院には行けず、できることには限りがあった。ビデオ会議中に子どもやロボットが、下手をすればふたり一緒にやって来て、子どもはサンドイッチが食べたいとねだり、ロボットはふざけて画面をタップしようとする状況ではなおさらだ。僕の診察にしても今までと勝手が違い、我が子がかわいがっているペットのモルモットが今にも死にそうだと切羽詰まって助けを求めてきた親のために、視覚情報を頼りにオンラインで診察するという、これまでにない経験もしている。

僕がリモコンに手を伸ばしてテレビを消そうとしたら、タングがマジックハンドの手で僕の手を押さえた。

「僕、助けたい」タングは言った。

僕はため息をついた。

「あのな、言われたことをきちんと守る以外に僕らにできることはあまりないんだ。とにかく家にいて……」

途中からタングは頭を左右に振り続けていた。あまりに激しく振るものだから、頭が外れてしまうのではないかと一瞬心配になった。やがてタングはソファにもたれるのをやめ、上体を起こしてきちんと座り直すと、もう一度僕を見つめた。

「そんなことない。僕、助けられるよ。おうちにいるだけじゃなくて、もっとできるよ」

「どういうことだ？」

そう尋ねたら、横目でちらりと見られた。何でそんなこともわからないのと言わんばかりだ。

「タングは、自分は病気にはならないって言いたいんだよ」

背後からもどかしげな声がした。「そういうことだよね、タング？」

ボニーだ。世間は僕がロボットのことを何でもわかっているように思っているが、最近ではボニーの方がよほどロボットの気持ちを理解し、代弁できる。ボニーはソファの肘《ひじ》掛けを乗り越え、座面にあぐらをかいた。タングがボニーの方に顔を振りむけ、うなずく。

「まあ、そりゃ……そうだろうけど……」

「たくさんの人が、人も物も足りなくて困ってる」タングは言った。「それに病院にはものすごく具合の悪い人がいっぱいいて、その人たちをよくするために働いてる人たちも病気になるかもしれなくて、ほんとになっちゃって、それがひどくなってる人だっているんだよ。病気を治そうと頑張ってる人たちも病気になっちゃうかもしれないのに、病気にならない僕がここに座ってるだけで何もしないなんておかしいよ」

「だけど……」反論しかけたものの、それ以上言葉が続かなかった。タングの言うとおりだからだ。僕はタングを守るという視点で話をしようとしている。だが、今回に限っては誰より安全なのはタングだ。たしかにタングなら皆の助けになれるかもしれない。

「わかった」少しの間《ま》を置いて、僕は言った。「それで、タングは具体的にどうやって〝助ける〟つもりなんだ？」

タングは両手を掲げて肩をすくめた。

「何か、これをしたいってアイディアがあったはずだろ？」

タングがまたしても肩をすくめる。

「ないよ。考えてる途中でベンが話しかけてくるんだもん。どうやって助けるかは、まだ思いついてなかった。とにかく何かできるはずって考えてただけ」

ボニーがこれは大変だとばかりに頰を膨らませた。「うまい方法を考えないとね」

エイミーが部屋を行ったり来たりした。片方の腕で腹の辺りを抱き、もう一方の肘をその腕に載せ、指先で顎を叩いている。

「つまり、私たちには行けない場所にも自分なら行ける、病気にならないからと、こういうわけね？」

「うん。でも、最後に僕をきれいにできるところじゃないとだめだよ。だって、そのまま家に帰ったら、僕のせいでみんなが病気になっちゃうかもしれない」

「そうね。じゃあ、ご近所を回って必要なものを届けてあげるっていうのはどう？」

「それはやだ」

「どうして？」

「暑い中でいっぱい歩かないとだめだし、あちこち回っていろんなものを取ってくるなんて無理だもん」

「それもそうね」

「じゃあ、僕と動物病院に行くか？　急患が入った時に」そう提案してみたものの、たぶん来たがらないだろうなと思った。タングはボニーと違って獣医学にはあまり興味がない。飼っているペットのことは大好きだが、タングは基本的に人間が好きなロボットなのだ。

タングはかぶりを振ってうつむいた。

「どうしたの？」エイミーが尋ねた。

ボニーがエイミーを、次いで僕を、さらにタングを見て、呆れ顔で目をぐるりとさせた。

「たぶん、タングの頭の中にはもうやりたいことがあるんだけど、ふたりにだめって言われる気がしてるんだよ」

僕たちは揃ってタングに目を向けた。本人はかたくなに足元だけを見続けている。

「そうなの、タング？」エイミーが問いかける。

タングは少しためらってから、うなずいた。

「だめかどうかは話してみないとわからないわよ」

「僕……僕、病院が好き。病院にいる人たちを助けたい」

「それは絶対にだめだ」

僕の返事に、皆が咎《とが》めるような身振りをした。

「わかった、わかったよ。ちゃんと話を聞くよ。どういうことか、説明してくれ」

タングはよいしょと立ち上がると、さっきまでのエイミーを真似するように行ったり来たりしながら考えた。

「病気になって入院しないといけない人たちがいる。でも、誰も会いにいけない。自分たちもうつっちゃうかもしれないから。病院の看護師さんとかお医者さんはたくさんの人を助けなきゃならなくて、ものすごく忙しいから、病気の人全員のそばにずっとついてることはできない……」

「そうだね……」

「だったら僕が病気の人たちのそばにいて、本を読んであげたり、冗談を言ってあげたり、ティッシュとか取ってきてあげたりすればいいと思う。僕、病院で働く人たちを助けられるよ。役に立つよ。エイミーがボニーを産んだ時も、僕すごく役に立ったよね?」

「うん、役に立ったわ」

エイミーは答えると、僕と目を合わせ、部屋の外に来てという仕草をした。

「タングに付着したウイルスが誰かに感染する可能性はある。それでもタング自身は感染しないから、人間と比べれば抱えるリスクは半分だわ。あの子の言うとおり、たしかに助けになれるかもしれない」

「だけど、タングにうまくやれるか? あの子の中身はまだ子どもだよ」

「ベン、タングの夢は助産師になることよ。きっといろいろ勉強にもなるわ」

「そうだけど……」

「タングをすべてのことから一生守り続けることはできないのよ、ベン。あの子ならみんなの役に立てる。あなただってよくわかってるはず。病院もボランティアを募っていることだし……」

「だけど、本人も言ってただろ。ものを運んだりって作業はタングには無理だ」

「そうね。でも、あなたならできる」

タングを受け入れてもらうには、弁護士としてのエイミーにビデオ通話で関係各所の人々をうまく説得してもらわなくてはならなかった。ただ、世界的な危機に直面している今は平時のルールにとらわれている場合ではないのだろう。ほどなくして僕とタングは大勢のボランティアに加わることになった。僕は動物病院にあった器具や消耗品で役に立ちそうなものを提供し、指示に従って地域の病院などに配布した。

タングは社会的距離を取ることを求められないさまざまな仕事を任された。本人がもともとやりたくて、だがうまく言葉で説明できなかった、皆の士気を高める応援役も然りだ。しかし、タングが特に気に入ったのは意外な仕事だった。手指用の消毒液のボトルを手に病院のロビーに立ち、訪れる人々がちゃんと消毒するように目を光らせる役目だ。直接触れずに手の消毒ができるハンズフリーのボトルがいたるところに置いてあるのだから、やることなどたいしてなさそうな気もしたが、病院からは、皆に手を消毒してもらうのに、あれほど効果的な方法はないと言われた。何しろ身長一二〇センチほどのロボットが大声で叫びながら追いかけてくるのだから。

「ウイルスに気をつけて！　いりょーげんばを守ろう！」

訳者あとがき

松原　葉子

二度あることは三度ある。ジャスミンとの切ない別れを経て日本から帰国したベン一家を待っていたのは、新たなロボットでした。捨てるのは忍びないから面倒を見てやってほしいとの置き手紙つきで、ベンの家の前に置き去りにされていたのです。ディスプレイつきの胴体に、ルームサービスでお馴染みのドームカバーみたいな頭、そのてっぺんから伸びる、昔の携帯電話を彷彿《ほうふつ》とさせるアンテナ。手にはゴム手袋をしています。実に個性的な姿をしたロボットは、名をフランキーという以外、元の所有者が誰なのかも何をするロボットなのかもわかりません。ただ、そんな得体の知れないロボットでも放っておけないのがこの一家です。かくして人間三人、ロボットふたり、猫一匹のドタバタな日々が始まります。

前作でボニーを家庭で教育すると決めたベンとエイミーですが、本作ではボニーにとって学校生活が苦痛だった背景があきらかになります。作中では診断は下されませんが、ボニーの言動に「おや?」と感じる場面が増え、夫婦は娘が自閉スペクトラム症なのではないかと思い至ります。自閉スペクトラム症とは、コミュニケーションや対人関係の困難、興味や活動の偏りや強いこだわり等の特徴を持つ発達障害のひとつです。ボニーが聴覚や触覚の敏感さを見せたり、痣《あざ》をこしらえても気づかない反応の鈍さを示したりしたように、感覚過敏や鈍麻が表れる場合もあります。親の育て方やしつけの問題ではないかと誤解されることがありますが、そうではなく生まれつきの脳機能障害です。

ベンやエイミーが、自分たちの感覚や常識では理解が難しい娘の言動を目の当たりにするたびに悩みながらも向き合っていく姿を通して、多くの人にとっての普通は、あくまで〝多くの人にとっての普通〟でしかないことに、はたと気づかされます。私自身、〝普通〟から外れた物事に出会うと、つい短絡的に眉をひそめそうになることがあります。本作を翻訳していたのは日本もコロナ禍に見舞われ、国民が行動の変容を求められていた最中でした。外出時は症状がなくてもマスクを着用することが望ましいとされる中、スーパー等でマスクをしていない人を見かけると、「こんな時なのに」との思いを抱くこともありました。けれども、ボニーの症状を訳すにあたっていろいろと調べる過程で、感覚過敏がある人の中にはマスクをつけたくてもつけられない人もいると知り、了見の狭さを反省しました。きっと自分が気づいていないだけで、そういうことはたくさんあり、無知ゆえの無理解が誰かを苦しめていることもあるのだと思います。そこに思いをいたすことが知ることへの第一歩になるのだと、作品を通して改めて教えられた気がします。

さて、本作ではボニーのホームエデュケーションの様子も描かれていますが、作者自身も今年は思いがけず子どもを家庭で教育することになりました。英国では新型コロナの影響で三月下旬から休校になり、六月現在も多くの子どもが家庭学習を余儀なくされています。学校と違って時間的な枠組みもなく、ともに学ぶ同級生もいない状況での学習は子どもにはつらいものがあり、作者の家庭ではビデオ通話を利用して仲のよい友達と一緒に学べるように親同士で協力し合ったり、元数学教師だった作者の母親の助けを借りたりと、工夫を重ねてきたそうです。また、動物好きで科学技術にも強い関心を示している我が子がそれらを自由に追究できる時間を取ったところ、『マインクラフト』というゲームを通してコーディングを覚えたり、『ポケットモンスター』を通して生物の環境適応について学習したりという具合に、自ら遊びの要素と組み合わせて学び出したと言います。子どもには興味のある事柄についてその子なりの学び方を見出す力がある。ホームエデュケーションについて調べる過程でそう感じたという作者ですが、今回の休校期間にまさにそれを実感したと話していました。

一方、子どもの教育と執筆活動の両立は時間的な制約もあり容易ではありません。気持ちの面でも、コロナ禍によって世界中の人々が困難な状況にある中、明るいフィクションを書く難しさを感じたと言います。それでも、物語には苦境に立つ人を支え、勇気づける力がある。その思いが書き続ける大きな原動力になったそうです。

そんな作者からタングのショートストーリーが届きました。新型コロナウイルスが猛威を振るう中、無力感に苛《さいな》まれながらも、作家だからこそできることをしたいとの思いで書き下ろされた作品です。人類が直面している途方もない事態に触れることなくタングの物語を進めるのは間違っている気がする一方、本編で描くのもしっくりこず、短篇としたそうです。タングたちなら新型コロナウイルス感染症の世界的な大流行をどう感じ、行動するだろうとの着想から生まれた作品には、「タングを大切に思ってくださる日本の読者への贈り物になれば」との作者の思いもこめられています。

ここで、作者から読者の皆様へのメッセージをご紹介します。

日本の皆様、小さなロボット・タングとその家族の物語を愛してくださり、ありがとうございます。皆様の読書への情熱や作品への深い愛情に触れることができ、英国の作家として幸せに思います。皆様のツイート、お便り、絵、メッセージ、そのひとつひとつがとてもありがたく、日本とささやかなつながりを持てた喜びを嚙みしめています。これからも皆様に楽しんでいただける作品を書いていきたいと思います。

最後は、タングからのメッセージです！

日本！　日本！　日本！　日本は最高。日本の読者、みんな大好き！　この本には僕たちに起きたいろんなことが詰まってるよ。面白いって思ってもらえたらいいな。

——本書のプロフィール——

本書は二〇二〇年にイギリスで執筆された小説『A ROBOT IN THE FAMILY』を本邦初訳したものです。

小学館文庫

ロボット・イン・ザ・ファミリー

著者　デボラ・インストール
訳者　松原《まつばら》葉《よう》子《こ》

二〇二〇年九月十三日　初版第一刷発行
二〇二三年六月二十九日　第四刷発行

発行人　石川和男
発行所　株式会社　小学館
〒一〇一‐八〇〇一
東京都千代田区一ツ橋二‐三‐一
電話　編集〇三‐三二三〇‐五七二〇
販売〇三‐五二八一‐三五五五
印刷所――――凸版印刷株式会社

ISBN978-4-09-406657-9